世界科幻大师丛书
主编：姚海军

电波骑士

THE SHOCKWAVE RIDER

［英］约翰·布鲁纳 著　高麒鹏 译

四川科学技术出版社

THE SHOCKWAVE RIDER By JOHN BRUNNER
Copyright: ©
This edition arranged with JANE C. JUDD LITERARY AGENT
Through BIG APPLE AGENCY, INC., LABUAN, MALAYSIA.
Simplified Chinese edition copyright:
2020 SCIENCE FICTION WORLD

图书在版编目（CIP）数据

电波骑士 / [英] 约翰·布鲁纳　著；高麒鹏　译
-- 成都：四川科学技术出版社，2020. 1
（世界科幻大师丛书 / 姚海军　主编）
书名原文：The Shockwave Rider
ISBN 978-7-5364-9729-0

Ⅰ. ①电… Ⅱ. ①约… ②高… Ⅲ. ①幻想小说 – 英国 – 现代
Ⅳ. ①I561.45

中国版本图书馆CIP数据核字（2020）第018047号
图进字号：21-2018-95

世界科幻大师丛书
电波骑士

出 品 人　钱丹凝
丛书主编　姚海军
著　　者　[英]约翰·布鲁纳
译　　者　高麒鹏
责任编辑　宋　齐　姚海军
特邀编辑　钟睿一
封面绘画　李　凯
封面设计　李　鑫
版面设计　李　鑫
责任出版　欧晓春
出　　版　四川科学技术出版社
　　　　　四川省成都市槐树街2号出版大厦　邮政编码：610031
开　　本　140mm×203mm
印　　张　10.5
字　　数　224千
插　　页　2
印　　刷　成都市金雅迪彩色印刷有限公司
版　　次　2020年3月成都第一版
印　　次　2020年3月成都第一次印刷
定　　价　42.00元
ISBN 978-7-5364-9729-0

 THE SHOCKWAVE RIDER

第一部 基础施压手册

今日漫想

取其一寸，必遭百倍报应①。

数据回收模式

坐在裸钢座椅上的男人，赤裸得犹如房间里的白墙。

他们已将他的头发和体毛完全剃净，只保留了睫毛。十几个传感器由带黏性的小衬垫固定在他全身上下，包括他的头皮、太阳穴和眼角之间、双颊、喉咙、心脏、腹腔神经丛，以及从头顶

---

① 原文为"Take 'em an inch and they'll give you a hell。"这句话与英语中"得寸进尺"的表达非常相近（Give them an inch and they'll take a mile）。作者很可能是转变视角，以"得寸"那一方出发戏拟出了这句感想。故在翻译时保留了"寸"这个词。

到脚踝的每一个主神经节。

每个传感器都由一根精细如蛛丝的导线连接至同一个设备。除了裸钢椅子和另外两把椅子——这些椅子都垫有软垫——该设备算是房间里唯一的陈设。那是一个数据分析控制台,大约两米宽,一点五米高,略微倾斜的表面上装有许多显示屏和信号灯。其中一把椅子离控制台很近,便于人坐着操作。

此外,从裸钢座椅背后伸出的可调节拉杆上,装有一些麦克风和一台3V摄像机。

这位被剃净毛发的男人,并非房间里唯一的人。屋里还有三个人:一位穿着白色罩衣的年轻女人正忙着检查传感器是否固定到位;一位穿着时髦的深红色无袖上装、面容瘦削的黑人男性正把名牌别在胸口上,名牌上有他的照片和名字——保罗·T.弗里曼;房间里还有一位年近五十、体格健壮的白人男性,他穿着深蓝色衣服,胸前的名牌上写着他的名字——拉尔夫·C.哈尔茨。

哈尔茨若有所思地看着正在进行的一切。良久之后,他开了口。

"这就是那个叛逃的人吗? 比其他人逃得更远、更快、更久的那个?"

"哈福林格的履历,"弗里曼温和地说,"真是令人赞叹。你看过他的记录了?"

"当然。所以我才会在这里。也许是我家族隔代相传的冲动性格使然吧,但我还是觉得有必要亲眼来看看,这位拥有过如此多形象的男人究竟是何方神圣。在我看来,比起问他做过什么,还不如问问他没做过什么。他曾经是乌托邦设计师、生活顾问、德尔斐①赌徒、黑客行动顾问、系统重组师，天知道除了这些他还干过什么。"

"还有牧师。"弗里曼说，"我们今天就将探究这一点。然而值得注意的并非是他从事过如此多迥异的职业，而是他在每个相继版本之间的差异。"

"看来你已经默认，他会竭尽所能地模糊他的行踪？"

"这不是重点。他既然能从我们手下潜逃这么长时间，说明他已经知道如何忍受并控制他的崩溃反应了。他应该用了市场上常见的镇静剂，像是我们缓解搬进新房时的不适而使用的那种。他用的剂量应该也不大。"

"嗯……"哈尔茨沉思道，"你说得对，这的确了不起。我们准备好开始今天的试验了吗？你知道，我不能在塔诺威待太长时间。"

"是的，先生。他已经准备就绪。"身穿白色塑料罩衣的女人并未抬头，说完便走向门口。

哈尔茨应弗里曼手势的邀请坐下后，语带怀疑地开口说道："你不需要给他注射点什么吗？他看起来完全处于镇静状态啊。"

弗里曼在数据分析控制台旁边的椅子上舒服地坐好，然后回答道："不必了，我们不是靠药物才让他镇静下来的，而是通过调节他的运动中枢里的感应电流。你知道，这可是我们的专长。我只需要动一下这个开关，他就会恢复意识，但行动能力自然是不会复原的，只会达到能够详细地回答问题的程度。对了，在我让他恢复意识之前，我有必要跟你说明一下情况，昨天接入以后，我看见了一幅画面，这个画面似乎相当清晰地印刻在他脑

---

①德尔斐是作者在小说中虚构的一个赌博彩池。

海里。接着连接便中断了。所以待会儿我要将他的状态退回到那一天,并输入同样的指令,然后我们再观察事态会如何发展。"

"是什么样的画面?"

"一个约莫十岁的小女孩在黑暗中拼命奔跑。"

记录以辨明身份

现在,我是亚瑟·爱德华·拉撒路,职业为牧师,四十六岁,独身,"无尽洞见教会"的创立者和所有人,也是一家改造过的露天汽车电影院的老板(还有什么比一次成功的改造更适合一家刚起步的教会呢? ①)。多年来,这间电影院一直被弃置在俄亥俄州的托莱多市。倒不是因为人们不去电影院了——实际上人们仍在拍电影;那种眨眼之间就能把3V卫星盗版片淘汰掉的宽屏黄片从来就不乏观众——原因在于电影院所处的位置:这是一片争议领土,比利金帮、一帮清教徒还有信天主教的格莱勒帮,都在争夺这块地盘。没人想看到自己的产业被某个帮派占据。不过一般而言,他们对教会还是有所敬畏的。而且离此最近的穆斯林部落——吉哈德②之婴,就在西边十英里③的地方。

我的代码,当然是以4GH开头的。过去六年里一直如此。

致各位的备忘录:找到以4GH开头的代码在状态方面是否

①原文的"改造"一语双关,也有"皈依其他信仰"之意。

②吉哈德是出自《古兰经》的伊斯兰教概念,为阿拉伯语音译,意指"努力奋斗、尽心尽力、克服困难、多做好事"。

③1英里等于约1.609千米。

有过改变,尤其要关注是否有更好的东西被引入了这种代码……这是一个复杂的难题,需要怀着虔诚之心去查探。

玛黑珥–沙拉勒–哈施–罢斯[①]

悲伤蒙蔽了她的视野,她在布满繁星的天空下飞奔。天上有一千多颗飞速移动的星星,比钟表的分针还要快。六月的夜晚,空气中满是灰尘,令她的喉咙很不舒服。她的腿上,肚子上,甚至手臂上的每一块肌肉都在疼,但她依然竭尽所能地往前跑着。今夜的气温很高,从她眼中渗出的眼泪已经在脸上变干,仿佛她不曾哭过似的。

她时而在还算平整的道路上奔跑——虽然年久失修,但地面依旧坚实;时而在崎岖的土地上奔跑——这里以前可能是工厂区,不过如今工厂主已经把业务转到了太空轨道上;也可能是一些民房,只不过很久以前的一场骚乱令他们的家园被部落占据了。

前方的黑暗中隐约出现了灯光和发光的标牌,那是一条公路。其中三块标牌是一家教会的广告,上面说该教会向已经注册的会众免费提供关于德尔斐赌博的咨询服务。

她扫视周围,眨了眨眼,试图看得更清楚些。她看见一个硕大无朋的彩色穹顶,仿佛一块用河豚制成的灯罩,只不过被吹胀得比鲸鱼还大。

[①] 玛黑珥–沙拉勒–哈施–罢斯是《圣经·以赛亚书》中记载的人物,是先知以赛亚的第二个儿子的名字,意思是"掳掠速临、抢夺快到"。

在她身后,有个男人驾驶一台电动汽车,慢慢地跟着她。他循着一个藏在她的纸质连衣裙①里的追踪器,谨慎地保持着距离。除了这条连衣裙,她还穿着一双凉鞋。男人努力忍住了打呵欠的冲动,暗暗希望这场周日进行的追捕不会持续太久,或者不会太无聊。

大鱼肚子里的蝇头小利②

拉撒路教士不仅主持着教堂的运作,他还住在那里。他的家在一台拖车里,就停在那座用来展示图片的圣坛后——之前那是一块二十米高的投影屏。说到底,一位牧师又能拥有多少隐私和生活空间呢?

嗡鸣不已的空气压缩机,使一个长三百米、宽二百米、高九十米的彩色塑料穹顶保持着满气的状态。拉撒路的办公室位于拖车前端的隔间里,他独自坐在桌子前,正在计算着今日收到的捐款。

拉撒路非常焦虑。他与为教堂演奏音乐的科莱③乐队的分成协议,是按百分比计算的。但这也意味着,他必须保证每日有

---

① 20世纪60年代短暂流行于美国的一种女式服装,所用材料为一次性纤维织物。

② 原文为 minor profit in the belly of the great fish. 这句话与《圣经·旧约》中记载的 Minor Prophet in the Belly of the Great Fish(约拿被巨鱼吞入腹中)类似,且 profit(利润)和 prophet(先知)的读音也十分接近。

③ 科莱(Coley)是作者在小说中虚构的电子乐器。

一千人来教堂参加活动。而随着人们对教堂的新鲜感日渐减退，来教堂的人越来越少。今天这里只来了七百个人。他们开车返回公路时，甚至都没造成拥堵。

除此之外，自九个月前教堂正式开放以来，今天头一回出现了捐款中的股票多于现钞的情况。现钞如今已不怎么流通了——至少在拉撒路所处的这片大陆上是这样——只有一些付费规避区还接受现钞。在这些地方，人们一般使用联邦补助金。然而在周日与联邦信贷电脑联机往往意味着需要付一笔额外费用，因为周日它们往往会停机。而这笔费用要比大部分教堂（包括拉撒路的教堂）的收费贵得多。因此来教堂的人通常都会记得带上一些硬币、纸钞或是他们参加教会时发给他们、订成小册子的股票券。

可是问题在于——按拉撒路的惨痛经历来看——当他第二天拿着这些股票券到银行后，它们之中至少半数都会被标上"无效"，然后被银行退回。面额越大的股票券，这种情况越有可能发生。有的股票券是一些已经负债累累的人交上来的，因此银行电脑已经禁止了他们在非必要项目上的花销；任何一家新教会都会吸引这样一大批绝望的市场牺牲品。不过还有一些股票券是突然作废的，原因是持有者人与家人发生了争吵："你花了多少钱来着？我的天啊，我到底做错了什么要忍受你这个神经病？马上去把那张股票券从网络上注销！"

但还有一些慷慨得过于无知的人。有人捐献了将近五十枚铜制美元硬币。由于小行星矿石中缺乏高传导性的金属，任何一家电子公司都愿意出三百元买下这些硬币。把货币当废金属售卖是违法的，但人人都在这么做，比如谎称自己在购买的二手房的阁楼上发现了老旧的平底锅，或是在自家后院挖出了一条废弃的电缆。

现在高居德尔斐公告板前列的是一项关于美元的预测：下一版发行的美元将用塑料制成，使用年限在一到两年之间。总之，小修小改得越频繁的东西，就越少不得生物降解……

拉撒路将硬币全都倒进了熔炉里，没有费神去数到底有几枚——说到底，重要的不是数目，而是最后铸出来的金属块的重量。随后，拉撒路开始了今天下班前必须完成的最后一个任务：分析信众们填写的德尔斐表格。与四月份相比，如今拉撒路收到的表格少了很多；那时他以为每周能收到一千四五百份，但本周他收到的勉强只有预期的一半。不过就算是七百份表格，其传播范围也算很广了，比大部分人想象的要广得多，尤其是考虑到当下的人们不是患有严重的抑郁症，就是有这样那样的生活危机。

严格来说，他的信众都有生活危机。

这些表格上写着一系列直白的陈述，每一项都与私人问题有关。后面的空白用于邀请付费教会成员答疑解惑，提供建议。今天的表格上只有九项内容，与春日时的繁忙形成了巨大的反差，令他有些沮丧。那时候，他通常要填写到表格的第二面。如今这些话一定已经传开了："上一次他们只给了我们九项预测去投注德尔斐彩池，所以下个周日我们要……"

"冰雪球"的反义词是什么？"融雪球①"？

就算之前抱有的巨大期望落了空，他还是决定走个过场，把

---

① 这里原文为"thawball"，是作者自创的词。意在表达曾经所有化为虚无，一切都落空了。

表格挨着分析一遍。这是他欠自己的,是他欠那些定期来他这儿参加集会的信众的,更是他欠那些内心充满痛苦、在今天被窃听了的人的。

他略过了表格上的第一项内容。那不过是他设计的一个巨大的诱饵。没有什么能比这样的丑闻更适合被媒体用来吸引大众的眼球了。其诱惑力就在于那种模糊的希望——将来的某一天,他们或许会看到另一条相关的新闻,然后便能对彼此说:"喂,看到刚播的那条新闻了吗?就是那个因为乱搞自己女儿而给人拿枪打死的混账——记不记得以前我们在教会预测过这事儿?"

与过往的联系虽然脆弱,却会被无比珍视。

拉撒路面带苦笑地重读了一遍自己虚构的情节:我是一个女孩,今年十四岁。我的父亲总是醉醺醺的,而且想要占有我的身体。他在酒精上花了好多钱,以至于我出门都没钱付账了。于是他们收回了我的……

故事的后续无聊得一眼便知:这位女孩应该向法院提起上诉,并表明自己的年龄;她应该立即通知自己的母亲;她应该匿名告发自己的父亲;她应该从医生那里弄来一张证明,限制他父亲的花销;她应该从家里逃走,住进青少年宿舍……如此这般。

"上帝啊!"他对着空气说道,"要是我给我的告解室加装一个电脑,人们肯定能得到比这好得多的建议!"

计划完全没有按照他预想的轨迹发展。

另外,表格上的下一项内容充满了悲剧色彩。可问题在于,人们又能为这样一位女人做什么呢?她才三十多岁,是一名训练有素的电子工程师,签了一份为期六个月,去轨道上工作的合同。而等她发现自己患"骨内钙质渐退症①",已经为时太晚。这是一种因身处零重力环境,导致骨骼内钙质及其他矿物质流失的病症。她不得不放弃了自己的工作。现在她的情况很不乐观,就算跌一跤都有骨折的风险。她还没来得及申诉,她的公会就将"违约"的帽子扣在了她头上。她无法复职,除非她能用工作挣的钱聘请律师;她无法工作,除非公会允许她复职……如此循环往复。

在我们这个美妙的新世界里,这样的悲剧数不胜数!

拉撒路叹着气把表格整理在一起,然后摞在电脑的扫描镜下,以便对其进行总体分析。这么少的表格,不值得去租公共网的使用时间。空气压缩机的呜呜声中又加入了分纸机那些塑料手指的唰唰声。

他的电脑是台快被淘汰的二手货,不过多数时候它依然可以运行。所以,只要它没有突然崩溃,当那些害羞的孩子、忧心忡忡的父母、身体健康却没来由闷闷不乐的中年人以及那些心情绝望的老人来寻求精神安慰时,他们最后都会握着一根纸质的救命稻草离开:一张能使人回想起旧日的至高权威的证明。该证明的抬头印着仿金树叶图样,以此表明这是一张通过认证且合法的德尔斐评估证明,其中的数据是基于不少于___*百位顾问(___*处插入数字;如果总数不超过99则无效)提供的信息得出的;这些数据受誓言/证词的约束,且誓言/证词由在场的成年见证人/公证人亲自封缄**(**可删除)。封缄日期为:___

①原文为osteochalcolysis,是作者造出的合成词,其中osteo意为"骨骼的",lysis意为"渐退",故根据两个词的意思以及后文的解释,将这种病症译为"骨内钙质渐退症"。在现实中,类似的疾病一直困扰着探索太空的宇航员们,这类病症通常被笼统地称为"太空病"。

(月)___（日）20___（年）。

这不过是个粗劣的权宜之举，是对他那些夭折的计划的一种纪念——他曾计划说服信众，让他们转而把钱投进他那平淡无趣的赌池，好让他能拥有足以撼动地球的地位。现在他知道，自己选错了地方。可每当回想起自己刚来俄亥俄的时候，他的内心依然感到一股隐隐的痛苦。

但不管怎样，他的所作所为或许也拯救了一些人，使他们远离了毒品、不必自杀或是犯下谋杀罪行。就算德尔斐证明没啥用，但它起码会给人们留下一种潜在的印象：说到底我还是很重要的，因为这张证明上写着呢，这世上可是有成百上千的人为我的事操碎了心！

有几次他还采纳过人们在无意中提出的建议，并因此在德尔斐公告板上取得了不错的成绩。

今天的工作结束了。然而等拉撒路回到拖车的起居区后，他发现自己毫无睡意。他考虑要不要打电话约个人玩一场圈围游戏①，随即想起最后一位与他定期保持联络的本地对手也已经搬走。而在晚上十一点打电话给俄亥俄州圈围委员会去找个选手，也确实太晚了些。

因此用来玩圈围游戏的屏幕及配套的光笔和计分器依然原封不动地放在那儿。无奈之下，拉撒路只好选择看一小时的3V节目。

在第一批加入他的教会之人中，有一位过分慷慨的信众送给拉撒路一件极其昂贵的礼物：一块显示屏。他可以根据自己的喜好将程序编入其中，该显示屏也能自动选择合适的频道进

---

① 后文有详细解释。

行播放。他躺到一把椅子上，然后打开开关，显示屏瞬间亮起。接着拉撒路便发现，牙买加反对党向观众发出了邀请，希望他们能就如何应对在牙买加岛上肆虐的饥荒，并借此在下一次选举中击败现任政府提出建议。目前大多数人的建议是让反对党购买一架货运飞船，然后将合成食物空运到受灾最严重的地区。然而到目前为止都没人指出，购买一艘合适的飞船意味着一笔七位数的支出，而牙买加当下一如既往地处于破产状态。

今晚可不行！我再也受不了这种蠢事了！

然而就在他拒绝此事之后，显示屏却熄灭了。难道在3V的众多频道之中，就没有一个能让拉撒路感兴趣的？他关掉了显示屏的自动运行程序，开始手动切换频道。

在第一个频道里，他看见了一支科莱乐队，成员们的皮肤都画成了蓝色，头发上还插着羽毛。他们并没有演奏乐器，而是在一些不可见的微波柱间移动，以此造成的波动再由一台电脑转换成声音……运气好的话，会形成音乐。他们的动作僵硬而笨拙，成员之间的配合也松散无序。拉撒路自己的业余科莱乐队，虽然是一群刚刚高中毕业的小孩，但至少比这群人更懂得如何演奏而不跑调，以及如何回到主和弦上来。

换频道的过程中，他发现一个专播丑闻的频道正在报道未经证实、带有诽谤性质的各类谣言——但因为经过了电脑剪辑，所以无法被指控。这些谣言都经过了精心设计，旨在消除观众的疑惑，让他们相信这个世界确实如他们想的那样糟糕。节目中提到了得克萨斯州埃尔帕索市市长的名字，接着便是一个男人因经营非法德尔斐赌池而被逮捕的新闻。这个赌池下注的内容，包括曲棍球和橄榄球比赛中会死多少人、断多少胳膊、瞎多少眼睛;它之所以被端掉,并不是说它本身触犯了什么法律,而是因为它返还给赌赢的人的钱少于法定的百分之五十。毫无疑问的是,市长的名字确实被提及多次。

视线转向英国:种族净化局局长邀请雪莉公主和吉姆王子成为该局的联合赞助人。因为众所周知,对于前往那座郁郁寡欢的岛屿定居的移民,公主和王子总是抱有很大的成见。鉴于贫困使英国人口飞速减少——离欧洲大陆最近的地区除外——澳大利亚人或新西兰人多半是不会当一回事的。此外,上周发生在塞舌尔群岛上针对旅馆的火箭弹袭击,确定是由遭袭旅馆的某个竞争对手资助的,而非由塞舌尔自由党那些民族统一分子暗中支持。鬼才相信呢。

他翻到的下一个频道是一个马戏节目——大家都这么称呼,虽然其官方名称是“实验性奖赏及惩戒情结”。他一定是在无意中发现了一个行业领军者——说不定还是这行里最出色的那个。该马戏团的大本营位于中美洲的奎马杜拉,利用了某个在当地尚未被废止的法规——因为他们用的是活物。六个因恐惧而把眼睛睁得大大的孩子,正排成一排,走过一块横跨一个池子、宽度不足五厘米的木板;在这块木板下的池子里,躁动的短吻鳄正张着血盆大口四处游弋。热情的家长们在一旁为自己的孩子加油打气。根据屏幕角落的一块醒目的红色标记显示,在这些孩子滑倒掉进池子前,他们努力走出的每一步都值一千美元。拉撒路又切换了频道,而这一次他打了个冷战。

下一个频道理应是没有节目的,但它却在播放着什么。貌似是一颗中国卫星接管了这个频道,试图用它和身处美国中西部的什么人取得联系。克利夫兰附近有一个中国人聚居地,至少拉撒路是这么听说的,不过也可能是在代顿。既然自己不懂中文,他便切换到了下一个频道。这个频道放的是广告:其中一则广告宣传的是一家生活方式咨询公司。据他所知,这家公司专门为那些花过重金咨询、但自身情况依然每况愈下的客户设立了私人病房;另一则广告是关于一款宣称不会让人上瘾、但事实并非如此的欢欣剂——打广告的这家公司,以自己正面临美国食品药品监督管理局的指控为噱头进行营销。然而据说他们已经买通了那位很有手段的法官。在该案进行正式审判之前,这家公司早就赚得盆满钵满了,到时他们便会主动下架自己的产品。而大约几十万名瘾君子,则会被扔给缺乏资金支持且一直在超负荷运作的联邦卫生署来照顾。

广告之后,又是一个来自海盗卫星的播报。听口音是澳大利亚节目。一位身穿带有六个装饰泡沫衣服的女孩正说着什么:"你们懂的,要是有生活危机的人都被头尾相接地摆在地上……呐,我的意思是,真的会有所谓的不存在生活危机的人来摆放他们么?"

这番话引得拉撒路微微一笑。由于很少能看到澳大利亚的节目,于是他决定看一会儿。就在这时,尖利的电子铃声突然响了起来。

有人在大门处的告解室里。竟然在夜里的这个时候过来,看来那人一定很绝望。

建立这家教会之初,拉撒路就已经意识到,任何时候都会被打扰是他必将面临的麻烦之一。于是他站起身来,叹了口气,关闭了显示屏。

致各位的备忘录:进入 3V 世界待一段时间或许是个好主

意。重新与媒体保持联系,还是说牧师这个职业,已经让代码以4GH开头的人用光了在一段有限时间内,准许自己在公共场合享有的曝光率?如果没用光,又剩下多少?

一定要搞清楚。一定。

拉撒路露出一副和善的表情,启动了连接告解室的3V线路。他有些担心。少数依然消息灵通的人早已知道:就在上周,比利金帮和格莱勒帮的冲突造成了七人死亡,而格莱勒帮占据了上风。众所周知,他们更加凶残。比利金帮的人一般只会把他们的俘虏打残,然后放掉,任他们挣扎着回家;但格莱勒帮的人却喜欢把他们的俘虏绑起来,塞住嘴巴,然后扔到某个废墟里,任他们口渴而死。

所以,今晚来访之人可能并非需要建议,甚至不需要药物。或许是某个想要摧毁这家教会而前来调查的家伙。说到底,这家教会在各帮派眼里都是让他们感到蒙羞的异教。

然而出现在屏幕中的却是一个女孩,她年纪太小,哪个帮派都不可能收留她:一眼看去,她顶多十岁,头发乱糟糟的,哭红了眼圈;她的脸颊很脏,尽是灰,上面有两条泪水流过的痕迹。看来这是一位不自量力、想要模仿大人的孩子,在黑暗中迷失了方向,又受到了惊吓——噢! 不! 不止如此,还有更糟的。他看见她手上拿着一把匕首,刀刃以及她的绿色连衣裙上都沾着红色的污渍。那污渍鲜红无比,除了鲜血不可能是别的。

"小妹妹,有什么事吗?"拉撒路不动声色地说道。

"神父,我必须忏悔,不然我一定会受到诅咒的!"她哽咽道,"我砍了我妈妈,把她砍成了碎块! 我觉得我一定是杀了她! 我很确定!"

时间似乎停滞了很久。接着,竭尽所能保持镇静后,拉撒路说出了在录音的情况下最合适的那句话……原因在于,虽然告解室本身是神圣不可侵犯的,但这条3V电话线路和其他所有线路一样,都与这座城市的警察网络相连,然后连至位于卡纳维拉尔那永不停工的联邦监视器——或者其他某个地方。如今有太多联邦监视器了,它们不可能都装在同一个地方。

致各位的备忘录:值得搞清楚其余的监视器在哪儿。

他用如碎石路一般粗糙的声音说道:"我的孩子"——他第一次意识到这个称呼蕴含的讽刺意味——"欢迎你来找我倾诉心事,以卸下压在你心中的负担。不过我必须向你说明,当你对着麦克风倾诉时,告解室的保密政策并不适用。"

女孩用灼热的目光盯着屏幕里的他,有那么片刻,他仿佛从她的视角看到了自己:一个身材瘦削、鼻子已断的男人,身着一件黑色无袖短上衣,白色的衣领上装饰着镀金的小十字架。最后她摇了摇头,仿佛最近的恐怖遭遇已经占据了她的大脑,使她没法离开告解室去面对新的冲击。

他又温言细语地解释了一遍,而这一次,她选择了连线。

"你的意思是,"她勉强从口中硬挤出一句,"你想要叫条子来?"

"当然不是。但他们现在一定在千方百计地找你。而鉴于你刚才对着麦克风承认了自己的所作所为……你明白我的意思吧?"

她的面容皱成一团,匕首从手中滑落,拾音器接收到"叮当"的一声,如精灵的铃铛般清脆。

几秒钟之后,她再次哭泣起来。

"在那儿等着，"拉撒路说，"我马上过来。"

隐蔽之处

一阵肃杀的冬日之风呼呼刮来，吹过环绕塔诺威的山丘，将树上枯萎的红色和金色的叶子纷纷吹落。尽管如此，天空仍是一片澄澈，阳光依旧灿烂。哈尔茨正在一家餐馆排队，那是研究所里二十家餐馆中最好的那一家。排队令他联想到了那些老派的奢侈做法，其中就包括将热气腾腾的食品公开摆在食客面前。

他用赞赏的目光望着窗外的景致。

"美极了。"最后他说道，"简直美极了。"

"嗯？"弗里曼一直在揉自己的头，从太阳穴一直揉到脑后，仿佛想要将无尽的疲倦从脑袋里挤出去。这时他也转头望向窗外，并同意道："噢，没错，是挺美的。这几天我都没什么时间欣赏风景。"

"你看起来很疲惫。"哈尔茨同情地说道，"不过我也可以理解。你的工作可不容易。"

"而且进展缓慢。每天工作九小时，每三小时为一班。简直要把人累死。"

"但这是不得不做的事。"

"没错，不得不做。"

如何种植飞燕草①

大致来说，整个流程是这样的：

首先，你要聚集一批人——如果可能的话，得是很大一批人。由于这群人此前从未正式研究过你将要询问他们的问题，他们自然不太可能给你正确的答案。但尽管如此，他们还是需要被连接入与那个问题相关的文化之中。

接下来，你会询问他们一些问题，比如：估测一下有多少人在紧随一战而来的西班牙流感中丧命，或者：在1970年6月，有多少条面包被欧共体食品监察员指责为"不适宜人类消化"。

奇怪的是，当你整合了他们的回答后，你会发现它们总是接近于某个具体数值。而这个数值，往往都记录在年历、年鉴以及数据反馈里。

这似乎证实了如下悖论：虽然没有人清楚这里到底发生了什么，但所有人都知道这里发生了什么。

那么，既然这个方法适用于过去，为什么不能适用于未来呢？三亿个可以接入北美综合数据网的人；就咨询者来说，这个数量相当可观。

不幸的是，大部分人对不可捉摸的未来恐惧不已。要如何

---

① 原文为 How to Grow Delphiniums，其中 Delphinium 本意为"飞燕草"，一种花形酷似燕子的多年生草本植物。此处作者借该词玩了一个文字游戏：Delphinium 可以被拆分为 Delphin-ium，其中 -ium 表示"元素"的词尾，-n 在古英语弱变化词中表示复数的词尾，Delphi 则是作者在小说中多次提到的德尔斐奖池。因此这句话也可以理解为"如何培养德尔斐元素（人们如何参与到德尔斐赌博之中）"。从下文来看，作者显然不是在介绍植物的种植方法。

更好地利用这群人呢？

对有些人来说，他们的贪婪或许能激发兴趣，而给予另一些人希望或许有用。然而大多数人，对这个世界都没有什么实质影响。

就如一些人所说，这么群人，办一场乡村音乐会，倒是足够好了。

背负重担的时刻

就在他要打开拖车大门并解除警报时，他犹豫了。

星期日。收入还算可观，虽然还没有打破历史纪录。（他吸了吸鼻子，热空气，从熔炉散发出来的。）

那个女孩，她或许是一个早慧的优秀演员……

他在脑海中勾勒出一幅画面：一帮人袭击了某个地方，将其洗劫一空，然后赶在警察到来之前逃得无影无踪；他们只留下了一个未成年人，而警察不会盘问她，她则因为成功地实施自己的"恶作剧"而偷偷地狂笑不止。

因此，在关掉所有警报之前，拉撒路启动了除科莱音乐系统以及自动收费吊盘以外，教堂里所有的电子设备。当他绕过祭坛底部（曾装有屏幕的地方）时，眼前的景象犹如火焰正在教堂穹顶下那好似鲸鱼般的肚子里熊熊燃烧：各种颜色的光芒不停地闪烁着，一台位于他上方的3V远程设备，在祭坛上不断播放着他的巨大肖像，同时也将这些景象精确地录入了一台埋藏在混凝土地面下的记录器里。如果他遭受了袭击,那台记录器就将成为证据。

此外,他身上还有一把枪……不过他一直都带着它。

这些预防措施,虽然看起来没什么用,却是一位牧师所能构建的最有力的防线了。要是防范措施再严密些,很容易会惊动联邦电脑,使得他被那些机器评估为"潜在的妄想狂"。去年夏天在西雅图曾出过一件事:一位把自己教堂周边的道路布满了地雷的犹太教拉比,在某次成年礼之前,忘了关掉地雷的触发系统。自这起事件之后,联邦电脑就对这类行为变得特别敏感。

一般而言,联邦电脑对那些怀有强烈宗教信念的人是持认可态度的。相比其他人而言,这类人捅娄子的可能性更低。不过安分守己的人总是有限,更别提还存在些特立独行的家伙。

要是放在几年前,拉撒路这套防范措施可以说绰绰有余了;而现在,这套措施如此不堪一击,令他每次走在那条没有墙壁、由这几十年里来来往往的车胎留下的黑色橡胶印记划定出来的走道上时,都会战栗发抖。当然,除了必须给告解室的入口空出地方以外,教堂底部的围栏全都通上了电。告解室本身也是防爆的,还装有独立的空气补给装置,以防有人用毒气发动攻击,可就算这样……

致各位的备忘录:下一次,我的身份要能更好地保护自己。独处是很好的,我来到这里以后也确实需要独处。但这地方根本不是靠一个人就能维持运转的。我不可能扫描每一处变换不断的阴影,以确保没有身手敏捷的坏人暗藏其中!

我一边想,一边环顾四周:我是在用肉眼看东西。在四十六岁这个年纪,居然还在用肉眼看东西?在这三亿人中,肯定有到了我这个年纪却从未买过眼镜的人，而绝大部分原因是他们买不起。不过也可以这样设想一下，是不是联邦卫生局或某些医药医疗集团觉得没有眼镜的中年人实在很少，不值得进行一次详尽的调查？或者塔诺威的人民认为这其中必定有遗传基因的影响？噢。

致各位的备忘录，用红色斜体标出：尽量记得实际年龄！

他沉思着走进了告解室，发现透过那道三厘米厚的防爆玻璃，自己看见的，并非是一位裙子上溅满血渍的小女孩。

恰恰相反，告解室外站着一位身材魁梧的金发男子（他的卷发里有一缕蓝色），身着一件时髦的紫红色T恤，脸上带着歉意的微笑。

"打扰您真是很抱歉，神父。"他说，"不过，小盖拉能找到您这儿来实属走运……噢，对了，我的名字叫夏德·弗拉克纳尔。"

要说面前这人是那女孩的父亲，那也未免太年轻了，他最多二十五六岁。不过换个角度想，在拉撒路的信众里，也有结了三次或四次婚的女人，新郎还比自己小了差不多二十岁。这人会是那女孩的继父吗？

如果是的话，他脸上的这种笑容又是怎么回事？因为他刚利用这位自己从未关心过的小女孩，摆脱了他那位富有却无趣、年纪偏大的妻子？在这间告解室里，人们曾吐露过比这更污秽不堪的事。

一头雾水的拉撒路问道："那你是，呃，盖拉的亲人？"

"从法律上来说，不是。但在我们一同经历了那么多事情后，您大可说我比她那些法律意义上的亲人更为亲近。唔，我为'抗创伤'有限责任公司工作。之前盖拉的父母敏锐地察觉到他们的女儿有些行为异常的征兆,于是为她报了一个全套疗程。去年我们治愈了她的同胞竞争障碍①——典型的由于阴茎妒羡②导致她对弟弟心生憎恶——而现在,她正努力克服自己的恋父情结③。运气好的话,我们会在今年秋天将她的治疗推进到波贝娅层级……噢,顺带提一句,她说过您要把条子叫来之类的事。这个您不必担心。在警方的电脑里,她的情况被归档为非诉讼案件。"

"她告诉我,"拉撒路缓缓而努力地说道,"她用刀杀了她母亲。"

"噢,考虑到她的情况,她当然会这么做了!自从她母亲因为生下弟弟而背叛了她,她就不自觉地想要杀掉母亲。不过这一切自然都是我们设的一个局。我们给她注入了恐暗肽,把她关在一间阴暗的房间里,以消除她回归子宫的冲动。然后,我们给了她一把阴茎形状的武器,以消解她残余的性妒羡心理,并把

---

① 一般指年龄较小的弟弟妹妹出生以后,年龄较大的孩子出现的某种程度的情感紊乱。这种情感紊乱如果引导不当,很可能形成病理性的紊乱症状。

② 弗洛伊德提出的理论,即女性在性心理发展时期,有意识或无意识地会对男性拥有阴茎这一事实产生羡慕情绪,由此又对自身缺乏该性器官,以及对自己异于男性的撒尿方式,产生自卑和低劣感。弗洛伊德认为,阴茎妒羡是女性成年后许多心理特点的来源,诸如虚荣心、嫉妒心等。这一理论长久以来广受讨论。法国著名作家及女权主义者西蒙·德·波伏娃就认为该理论事实上在暗示男性的唯一价值,及女性的从属地位。该心理现象在男性身上的对应则是"乳房羡慕"。

③ 恋父情结也译作"厄勒克特拉情结",是弗洛伊德提出的心理学概念。弗洛伊德将恋父情结看作女性性心理发展的第二阶段,此时女孩对父亲抱有极为深厚的感情,将其视作主要性爱对象,而母亲在她们眼中则是多余的存在,并抱有取代母亲、独占父亲的想法。这一现象在男性身上的对应是"俄狄浦斯情结",亦即"恋母情结"。

一个匿名的同伴放到了她的房间里。等她发起攻击后，我们打开了屋里的灯，让她看见自己母亲的尸体浑身是血地躺在地板上。接着，我们给了她绝命狂奔的机会。当然，我一直在后面跟踪她。我们并不希望她受到任何伤害。"

他那略带无聊的语气表明，对他而言，这不过是一件琐碎的日常工作而已。然而，当他讲述完毕后，他的眼睛忽然一亮，仿佛一下子想到了什么。他从衣兜里掏出了一部记录器。

"噢，神父！我的宣传部欢迎您就我们的工作方式发表任何正面的评价。由于您身穿神职人员的服装，您的言论一定会格外有分量。比如，您可以针对我们采取的措施所取得的成效说两句——让孩子们在一个受控环境内展现出他们最为暴力的一面，要好过放任他们在现实生活中犯下罪行，因为那会危及他们那不朽的——"

"没错，我还真有一句你该记录下来的评价！如果说这世上有比战争更恶心的事情，那就是你们公司正在做的事了。至少战争之中还存在激情。你们所做的一切都经过了精心计算，更像是机器而非人类所为！"

弗拉克纳尔微微地向后缩了缩头，就像是害怕有人会一拳击穿他们之间的玻璃，打在他的脸上似的。他辩解道："可我们所做的，是在维护道义的过程中运用科学的力量。你当然会看到——"

"我看到的是我平生第一次觉得应该遭受诅咒的人。你冒犯了我们的小朋友，你的脖子上应该被套上一块磐石，然后被扔进大海。立刻从我眼前我滚开，滚去永恒的黑暗之中！"

弗拉克纳尔的脸瞬间涨得通红，声音中满是愤怒。

"你会为自己说的话后悔的,我向你保证！你不单侮辱了我,还侮辱了千万名指望着我们公司的优秀市民,以及他们陷入地狱般苦境的孩子。你会为此付出代价的！"

他转过身去,然后离开了。

光与电在衰减

"对,盖拉当然很好！她努力地爱着母亲,却又无意识地恨着她,还有什么比发现母亲被杀了更让人高兴呢？——尽管她母亲其实还活着。我们之前已经谈过这些了！"

他刻意地抹了抹额头,暗自希望别人会认为自己满头大汗是夏日的炎热所致。

"我能用下你的电话吗？单独用一下,如果你不介意的话。父母们最好不要知道太多我们所用方式的具体细节。"

这是一间明亮的屋子,地上有个水池,里面的水将四周闪烁不已的灯光投射到了一个十字架、一尊佛像和一尊身覆玫瑰的六手迦梨①神像之上。夏德·弗拉克纳尔在电话上按下了"大陆电能与光能"公司的匿名投诉代码。

听见接线成功的声音响起后,他报出了"无尽洞见"教会的代码,声称该团体的行为无异于"欺骗并滥用信徒的慷慨捐赠",并表示应当"扣押该教会的资产直至法庭依法做出裁决"。如此一来,这位牧师的信用等级将会被自动抹除。最后他还表示,

---

① 印度教神话中的女神。

"应该把这个情况通知所有的信用评级电脑"。

这样应该就可以了。他满意地拍了拍手，离开了房间。他基本上不可能经由这通电话被追查到。他已经为"电能与光能"公司工作两年了。而每年都会有百分之六十五的员工经历大换血，所以在这将近五十万人之中，谁都可能提供虚假数据。

等拉撒路牧师从联网信用评级电脑的迷宫中逃出，钉住那条刚刚孵化的蠕虫，他早就已经遍体鳞伤，饥肠辘辘了。

他活该。

在线而非实时

在实验的间歇期，当一位护士往实验对象的喉咙中喷洒液体以存取他的声音时，哈尔茨看了看自己的手表。

"就算这项工作得花很长时间，"他喃喃道，"你也不能每天以这种速度进行下去，很显然——这样的话，根本了解不完对象这一天的经历。"

弗里曼露出了他常挂在脸上、犹如骷髅一般的笑容，"即便如此，我还是很怀疑他身为生活方式咨询师的经历。不过要记住一点，我们一旦知道了探索方向，就能把所有与他曾用身份有关的数据存储起来。我们现在知道了他做过什么，我们需要了解他的具体感受。在某些情况下，关键的记忆与他异常激烈的反应之间的联系是很明显的。今天我们就找到了这种联系，你该感到庆幸才是。"

"你是指他对那个因恐慌而狂奔的少女的认同？觉得她的人生与自己一生被人追捕的经历相似？"

"不止如此。恐怕远不止如此。想想他对这位弗拉克纳尔的诅咒吧，再想想引发这一切的原因。这无疑与拉撒路牧师的一贯态度是相通的。我们去挖掘这种态度对他的真正自我到底有多大影响。护士，如果你手头的事做完了，我想我们可以继续了。"

在路上：多云而炎热

面对来自别人的人格侮辱时，一定、一定要学会控制住我的脾气，比如——这他妈是怎么回事？

他突然倒抽一口气，从昏睡中醒了过来。昨天晚上他躺在床上，好几个小时都没合眼，弗拉克纳尔的威胁在他脑海中不断回响。最后，他不得不服用安眠药。过了很久，他那混沌的头脑才意识到一件非常重要的事。

空气压缩机的嗡嗡声停止了。

他翻过身去，查看床头自备电源的发光闹钟。上面显示现在是早晨七点四十五分。按理说早就该太阳高照了，天气预报也说天气会比昨天好，况且当他的拖车顶部的塑料薄膜完全绷紧时，透光性也是非常不错的——可现在，拖车的窗户外还是一片漆黑。

看来电源被切断了，教堂穹顶也垮塌了——二十二点五吨重的穹顶。

浑身赤裸、内心极度不安的他把脚伸出床外,去够最近的台灯开关,以便确认自己的猜想是否正确。周遭的黑暗充满了压迫感。更糟的是,空气已经开始变得污浊——这无疑源自那些积灰、油污和散发着恶臭的湿气。当穹顶还在时,这些东西不过是不易察觉的薄薄一层;可随着穹顶垮塌,它们搅成了一团,有如淤积在下水道里的污物。

不出所料,台灯没亮。

工人罢工了?不太可能。那些还有能力关闭国家自动供电系统的重要工人,总会等到霜冻或是下雪才进行罢工。电路过载引发的停电?也不太可能。自1990年以后,夏天就再也没有发生过电路过载了。人们似乎早就不再把电能视为如空气一般可以免费获取的东西了。

不可否认的是,1990后的新一代已经长大……其中也包括他自己。

核电站发生事故了?

自从去年连续发生了三次事故后,如今在德尔斐公告板上,下注类似的灾难将在两年之内发生的赌金相当可观。不过,他还是抓起了自己唯一一部装有电池的收音机。按法律规定,每个人口达到或超过一百万的大城市,都会有一个只播报新闻的单频道电台持续进行广播。这样一旦有暴动、帮派火并和灾难发生,人们就能及时收到警报。电池快没电了,但当他把收音机贴在耳边后,听见的却是新闻播报员正在谈论与今日的橄榄球比赛伤亡情况有关的赌博。要是核电站真发生了事故,这会儿收音机里应该会持续不断地传出辐射警告。

那么是……弗拉克纳尔?

后脊感到一阵颤栗。他随即意识到,自己正渴望地望着闹钟上那一小片模糊的光芒,仿佛周围的黑暗象征着子宫,而闹钟上的微光则预示着他会进入一个陌生的新世界。

虽然心头涌上一股失望之情,但他不得不承认,事实显然如他所想。

虽然空气中弥漫着恶臭,但至少二氧化碳的浓度还没有超标。他没有感到头疼,只是微微有些想吐。稍微平静下来后,他摸索着走向拖车的起居区。以防万一,他在生活区一直备有一盏装有电池的台灯。由于是由主能源系统自动充电,台灯的电池依然电力充足。然而当他打开台灯、昏黄的光芒照亮四周后,他发觉四周的一切既可怕又陌生。他拿起台灯,周围的阴影在擦得光亮的金属墙面上不住晃动,仿佛在重现昨晚他想象的情景:那些阴影在为那些追随安息日男爵[1]、圣尼古拉斯[2]甚至迦梨女神的青少年提供掩护。

他走到洗脸池前,扭开中间的水龙头,把本该冰凉的水泼在自己脸上,没什么用。电力被切断了这么久,水箱已经变得有些温热了。他昏昏沉沉地拉开拖车大门,向外看去:垮塌的塑料穹顶堆在了祭坛上,穹顶优美的曲线之下,他看见远处有一丝微光。这意味着他或许可以凭自己的力量逃出去。

不过要是能恢复电力供应就更好了。

办公室里,熔炉已经冷却,铜块已经铸成,随时都可以取出。之前正在处理一项极具挑战性任务的电脑,却因电力中断

---

① 巫毒教中的死神。

② 圣诞老人的原型。

而停机了。对今天的第四项——不,应该是第五项——德尔斐赌博的评估已经完成,纸条从电脑端口露出一截,就像一条苍白僵硬的舌头。上面还遵照程序,盖着公证员的印章。不过这并非眼下最重要的事。他必须搞清楚弗拉克纳尔(除了他,还有谁能在一夜之间抹除拉撒路的信用等级?)是否已经成功切断了他的电话线路和电力供应。

答案是他做到了。一个甜美的、事先录制好的声音告诉他,他的电话信用点在某个诉讼案件判决之前,将无法使用。而这个案件很可能会以他的所有资产被扣押而告终。如果他想要再次享有电话,必须提供证据表明法庭的判决对他有利且该案已被撤销。

诉讼? 什么诉讼? 在这个国家,你不能因为一个人出言诅咒了别人,就把他押上法庭受审吧?

接着,他渐渐明白了是怎么回事,并差点哈哈大笑起来。弗拉克纳尔耍了一个很老套的手段,在大陆网①之中投放了一个能够自我延续的蠕虫病毒,而引导它前进的很可能是他从某家大企业"借"来的一串投诉代码。每当他的信用代码在键盘上被敲出,该蠕虫病毒就会自动从一个链结点转移到另一个链结点。要杀掉这种蠕虫病毒,少说要花掉几天甚至几周时间。

除非受害者知道使原始指令过载的方法,而拉撒路恰好知道。每一位代码以4GH开头的人——

他的笑容渐渐消失了。要是——自从他上一次充分利用了代码的潜能——4GH代码的有效性被降级,甚至直接被抹除了,

---

①《电波骑士》写于20世纪70年代,由于当时的互联网没有海底电缆,大陆之间网络不通,大陆网是一个地区覆盖最广的网络。

会发生什么事？

　　只有一个办法能找到答案。那台尽职的机器正等着他提供法律要求的证据。他在电话上敲出自己的完整代码，又敲出了一串专门处理"因恶意滥用职权而造成的输入错误"的代码，同时用一条指令对代码进行跟踪，以获取将他卷入的那个诉讼案的档案号。

　　拨号音在电话里回响着。

　　一直不自觉地屏着呼吸的他，突然猛吸了一口气，这声音在这不寻常的安静氛围中显得尤为响亮。（有多少种嗡嗡声消失了？电脑、饮水机、空调、警报监视器……人们一般不太可能立刻计算起自己拥有多少电器，所以他便没费心去回想。）

　　他马上以牙还牙，投放了一条反击型蠕虫去追踪弗拉克纳尔的蠕虫。这应该能在三十到四十分钟内解决燃眉之急，时间长短取决于他能否解决每周一必然会发生的线路过载问题。他确信自己肯定没法解决。最近的报道表明，如今的数据网中有大量蠕虫和反击型蠕虫，而所有机器都已收到指示：除非它们与紧急医疗事件有关，否则一概给予低级优先权。

　　行啦，等灯光一亮起，他就能知道了。

　　现在，拉撒路牧师是时候"自杀"了。为了振奋精神，他喝下了一杯温热的、甜得令人恶心的仿制橘子汁，但这并不会对他的新陈代谢造成实质性损害——对于自己日常选用的品牌，他一直都很小心——与此同时，他仔细琢磨着自己的下一个化身的具体细节。

　　三十分钟之后，电力供应恢复；六十分钟之后，穹顶充气完毕；九十分钟之后，他启动了自己的重生程序。

电脑化分娩的体验总是相当糟糕。由于他之前并没有打算放弃拉撒路的身份，因而没有做好充分的思想准备，今天的体验可谓是最糟糕的一次。他的皮肤上起满了鸡皮疙瘩，心脏怦怦乱跳，手掌因汗水而滑腻腻的，而他的屁股——光着的，因为他没有浪费时间去穿衣服——与椅子接触的部位感觉很痒。

即便发现自己的代码依然有效，当他琢磨该用什么新谎言来应付联邦电脑时，他还是不得不两次挂断电话。他的手指颤抖得很厉害，他担心自己会按错号码键。像这样的一台普通电话，并不会配备"显示最后五个数字"的功能。

他敲出最后一组代码，激活了将会抹除拉撒路一切痕迹的"噬菌体"。与拉撒路的这条超级蠕虫相比，弗拉克纳尔的那条可以说是微不足道。如此一来，他也可以舒展下筋骨，去处理其他那些他不得不放弃的东西，以免打扰他的全新自我的塑造过程。

国会议员级别以下的任何人，都无权要求电脑打印出存储在4GH代码之后的数据。设计这个代码的初衷，一定是为了让那些拥有官方许可的人可以去体验除了自己人生之外的其他人的生活。他不止一次想要搞清楚，他的代码在理论上将自己塑造成了什么样的人——肩负秘密任务的联邦调查局探员、反间谍特工、负责收拾上司捅的娄子的白宫特别代表……不过他并没有傻到真的付诸行动。他就像一只老鼠，在现代社会的墙壁下鬼鬼祟祟地行动。而他一旦暴露，上面就会派出灭鼠人来消灭他。

他穿上不合身的衣服，整理出一堆他觉得没必要留下的物件，放进一个包里。其中有可转让的德尔斐券和他新铸造的铜块。他还把两个装有镇静剂的呼吸器装进了衣兜。他知道,在今天结束之前,他会用上它们的。

最后,他在自己的桌子下安了一颗炸弹,并将其与电话相连,这样他就能随时引爆了。

这座教堂的毁灭大概会出现在媒体的每日罪行名单上——上面已经有许多谋杀案、抢劫案和强奸案了——但像纵火这种罪行,经常会由于时间不够而被省略。只要没人索要保险赔偿金,这件事会就此画上句号。考虑到格莱勒帮和比利金帮的冲突史,他们就是现成的嫌疑对象,当地警方一定会对这起案件处理起来如此简单感到满意。

在他准备走出教堂的塑料穹顶之前,他最后一次环顾了周围一圈。车流的喧嚣从高速公路的方向传来,但目力所及之处,没有谁会特别关注他。从某种程度上说,他心想,我现在生活的时代肯定没有二十世纪那么复杂。

要是一切都如看起来这么简单就好了。

您所拨打的号码

在那个电视依然盛行、3V网络还未出现的时代,有一位脾气暴躁、愤世嫉俗、名叫安格斯·波特①的著名历史学家。他活了很久,久到足以被人称为"元老"。 因此,他一辈子都持有左派观点的这件事,也在今天得到了世人的默许,被视为可以原谅的

---

① 作者虚构的一个历史学家,后面那句所谓的评论也是作者虚构的。

古怪行为。他当初已经用简洁的话总结了此事。

或者如某些自称智者的人所说：用疯言疯语总结了此事。

在被邀请对1989年《世界核裁军条约》的签订发表评论时，他说道："这是人类文明发展的第三个阶段。首先我们经历了脚力竞争；随后我们经历了臂力①竞争；现在，我们即将进入脑力竞争阶段。

"而最后一个阶段，如果我们幸运的话，将回归人类本身。"

天赋的象征

"他就是这么做到的！"哈尔茨惊叹道。他盯着那位坐在裸钢椅子上、浑身毛发被剃光的男人，仿佛是初次见到他一般。"我以前一直觉得，通过一台家用电话将一个全新身份投入网络是不可能的——再怎么说，他也需要一台大得多的电脑才行啊。"

"这是一种天赋。"弗里曼一边说，一边查看控制台上的屏幕和指示灯，"你要是愿意，可以和钢琴家的天赋作比较。在磁带出现之前，有些独奏家能把二十多首协奏曲全记在脑子里，且一个音符不差，还能根据一个四分音符的旋律即兴演奏一个小时。如今已经没人有这项天赋了，就像现在的诗人再也无法背诵几千行诗歌了。但在荷马所处的时代，他们无疑能做到这一点。这么来看，这人的所作所为倒也不是特别神奇。"

过了一会儿，哈尔茨开口说道："你知道吗？我见过不少令

---

①原文亦有"武力"之意。

人不安的事情，就在塔诺威这儿，而且人们还告诉过我不少。可是我觉得没有一件……"他不得不强迫自己说完接下来的话，"能像你刚才所说的那件事那么可怕。"

"我不太明白你的意思。"

"哎呀，就是你刚才说的，这种了不起的天赋'倒也不是特别神奇'！"

"可事实确实如此啊。"弗里曼向后靠在椅背上，"以我们的标准来看，非常普通。"

"这正是问题所在。"哈尔茨喃喃道，"你们的标准，有时候，似乎一点也不……"

"人道？"

哈尔茨点了点头。

"噢，挺人道的，我向你保证。我们人类是一个颇具才华的种族。这里的大部分工作，目的都是要重新发现那些被我们忽视的天赋。我们一直都对自己拥有的那些最宝贵的精神财富视而不见，这实在令人震惊。除非我们填补上自己的知识空白，否则就无法建成通向未来的路。"弗里曼看了看他的手表，"我觉得今天就这样吧。我会叫护士来，给他喂点吃的，再给他清洁一下。"

"你谈论他的时候，用的是非人格化词汇，这也令我有些不安。虽然我很钦佩你周全的考虑和敬业精神，但对你采用的方法依然持保留意见。"

弗里曼站起身来，轻轻舒展着身体，以放松自己有些抽筋的四肢。

"这是我们探索出来的有效方法，哈尔茨先生。此外，请你务必记住,我们面对的是一名罪犯,一名逃兵,而一旦有了机会,他多半还会成为一个叛徒。别的机构也在进行类似的项目。而那些人不光脑子一根筋,采用的手段也极其残忍。我相信你一定不希望看到那种人做得比我们好。"

"当然不。"哈尔茨不安地说道,手指在衣领上来回摩挲,仿佛衣领忽然变紧了似的。

弗里曼露出一个微笑。刚才那番话的效应堪比一盏黑色芜菁灯[①]。

"那么,我明天是否还能荣幸地与你一起继续工作?"

"噢,不行,我明天必须回华盛顿。但是,呃……"

"嗯?"

"匆忙离开托莱多之后,他又做了什么?"

"噢,他去休假了。非常明智。事实上,可能是他做过的最好的一件事了。"

为了重新识别身份

现在我是桑迪(当我疲惫不堪的时候,我会悄悄向别人承认,这不是常见的"亚历山大"的简称,而是——偏偏是! ——莱桑德的简称)·P.(这个更糟,是伯利克里的简写!!!)洛克,今年三十二岁,是一个浪荡子,考虑到我这不长胡子的模样,估计还

————————

　　[①] 万圣节时英国和爱尔兰的常见装饰,人们挖空芜菁并在上面刻出鬼怪造型后,会在其中点燃一根蜡烛。这一装饰传入美国后,很快变为家喻户晓的万圣节符号——南瓜灯。

是个弯的。不过,我正努力改变我的浪荡天性,甚至考虑在这几年找个人结婚。

即便假期结束,我也会继续用一段时间桑迪·洛克这个身份。我住的这家度假酒店位于乔治亚海群岛。这是一间还算高档的酒店,但不像其他酒店那样,虽然紧跟潮流,却显得十分呆板,哪怕它也的确拥有一块专门用于治疗返回子宫情结的水下区域,以及一位拿到了心理学毕业证书的总经理。至少你不会被迫接受凭经验进行的心理实验。

这是我今年的第二个假期。在秋天快结束的时候,我将还要再度一次假。

不过,我是不会把"再度一次假"与"赋闲失业"混为一谈的,虽然我知道有些人分不清楚。酒店里其他许多游客已经在享受今年的第三个假期了,他们本打算一年要度五次假。不过这些人年纪都比较大,不必为子女的事操心。在三十二岁的年纪度三次假,这让我看起来像个无所事事、初来乍到的伪成功人士。"伪"字尤为重要——我需要一份工作。

我选了一个很合适的年纪,这要比假装成四十六岁容易得多,尤其是当你的实际年龄是二十八岁(忽然又想起了眼镜!噢!)。

在中年人眼中,你的年轻将充满吸引力;在青少年眼中,你的成熟则会让他们佩服不已。

致各位的备忘录:能否让我一直保持在三十二岁,直到我的实际年龄变为——比方说——三十六岁?保持耳聪目明,留心数据。

受到款待，受到拒绝

年纪已过四十，却不透露具体是多少岁；美丽动人，且能长期保持美貌；由于皮肤被晒成了鲜亮的棕色，她目前正处颜值巅峰；她的秀发有所褪色，是因为日晒而非用洗发露的缘故；不同于多年来养成的睡眠习惯，最近她每天都要多睡一个小时。与此同时，伊娜·歌瑞尔森还是一位坚强的人。这一点便是明证：她掌管着世界上最大的轨道工厂建造商"大地–深空"工业有限公司，位于堪萨斯城总部的临时执行招募部。

但问题在于：她是否足够坚强？

她想起了一句老话，说的是一个人常常会被提拔到自己不能胜任的位置——行话是怎么说的来着，好像是"彼得付钱给保罗"原理①，还是其他什么名字？——然后越想越来气，越想越发愁。她女儿一直拒绝退学，而且每年都会报一些越来越奇怪的课程。（都是在同一所大学，老天啊！要是她愿意换所学校，情况也不至于这么糟糕！）伊娜觉得自己身受束缚，渴望挣脱身上的枷锁，搬去墨西哥湾，或者科罗拉多，甚至是旧金山湾区。鉴于沉降技术如地震学家宣称的那般有效，以及永远（至少五十年）都不可能再发生一场夺去百万人生命的大地震……她觉得可以付诸行动。

当然，这是她自己的看法——不是别人的。

去年，她拒绝了五份工作邀请。今年到现在为止，她只收到

---

①此处作者刻意混淆了管理学中的"彼得原理"（Peter's Principle）和英语习语"拆了东墙补西墙"（To rob Peter to pay Paul）。

并拒绝了一份。明年呢？

　　有个像凯特这么不按常理出牌的女儿糟透了！那个蠢丫头为什么就不能向其他人那样正常一点，到其他地方去，最好是去另一块大陆上重新开始？

　　如果"抗创伤"有限公司能创建得早那么一点……

　　一些不懂分寸的人有时会当众问她，为什么伊娜坚持要和女儿待在同一座城市。毕竟，她女儿已经二十二岁，上了大学后有了自己的兴趣爱好，并且也不是特别依赖母亲。但伊娜很讨厌别人问她这个。

　　两周的假期已经过去一周，伊娜想要振作起来。然而来到此地后一直与自己做伴的那个男人在今天离开了。这意味着她要独自用晚餐，情况真是越来越糟。最后，她还是努力穿上了自己最喜欢的红金色晚礼服，来到了露天用餐区。柔和的音乐与海浪的哗哗声融合在一起。两杯酒下肚后，她觉得心情好了一些。要想恢复她以前的那种活力，来杯香槟怎么样？

　　一分钟之后，她便朝侍者咆哮起来（这家酒店走的是高端路线，收费昂贵，绝非那种街头随处可见的小店——在那种地方，你总是会经常面对出错的机器……而非永不会出错的人类。）"你说没有香槟是他妈什么意思？"她那尖利的嗓音惹得不少人转头看了过来。

　　"那边那位先生，"侍者指着一个方向说道，"刚刚点了我们库存里的最后一瓶香槟。"

　　"把你们经理叫来！"

　　酒店经理来了之后，怀着不像作假的真诚歉意向她解释（谁愿意看到自己的尊严与快乐被区区一堆电路抹除呢?)为何他对此也无能为力:这是一家连锁酒店,总部的电脑负责分配这里的资源(以及其他上百家)。而那台电脑已经决定,将库存的香槟配送到各个度假胜地去。因为在那里,香槟能卖到乔治亚海群岛的游客能负担的上限的两倍。这个决定是今天才做出的。到了明天,酒水单就会重新印制。

在酒店经理解释的同时,那位侍者暂时离开,去招呼另一桌客人了。等他回到伊娜的桌前时,她正极力控制自己,以免发出愤怒的尖叫。

侍者将一张纸条放到了她面前。上面的字是手写的。这很不寻常,因为如今所有识字的孩子在七岁时就都开始学习打字了。她看了眼:有幸得到那瓶香槟的家伙有个主意,一起喝怎么样?——桑迪·洛克

她抬起头,看到一个男人在向她微笑。他穿着一件时髦的海盗衬衫,扣子直开到了腰部,头上绑着一条花哨的头带,手上戴着镀金腕表,一根修长的手指正搭在一瓶香槟的软木塞上。

她感觉怒火渐渐消退,仿佛朝阳升起时散开的晨雾。

这个叫桑迪的人有点古怪。她向他抱怨,这家酒店居然没有充足的香槟,实在是荒谬至极。对此他并没有说什么,而是把话题引开了。这让她又恼火起来。最后,她独自上床睡觉去了。不过第二天早上九点,当送早餐的推车自动行驶到她床边时,她发现上面放着一瓶绑有彩带的香槟,旁边还有一束花。晚上七点在泳池边再次遇见桑迪时,他问她那瓶香槟好不好喝。

“这么说,一切都是你安排的!你在为这家连锁酒店工作吗?”

"这种不景气的行业？你这话可有辱我的尊严。我一般不涉足这种三流行业。我们可以一起游泳吗？"

下一个问题她没有问出口。她本来想问他背后是不是有什么关系——政府？还是大企业？但还有一种解释显然更合理。而如果这个解释正确无误的话，其中的深意是如此诱人，以至于她不敢贸然提及。她说道："当然可以，走吧。"然后她脱掉了自己的衣服。

结果，酒水单并没有重新印制，而酒店经理对此一脸茫然。这似乎印证了伊娜的猜想。第二天早上，当他们一起在床上吃早餐时，她直截了当地向桑迪说出了自己的看法。

"喂，我觉得你肯定是个黑客行动顾问。"

"只要这床没被人窃听，我就承认。"

"床被窃听了？"

"没有，我全都检查过了。我只是不在乎让电脑知道某些事情。"

"你做得很对。"她的身体在发抖，"我有一些在'大地–深空'工作的同事。他们住在特里亚农，在那里测试新的生活方式。他们对于自己的言行二十四小时受到监控感到很是自豪，认为自己接触到了各种各样的超现代窃听器……我不知道他们是如何忍受的。"

"忍受？"他语带讽刺地重复道，"也许他们得忍受自己卑微的社会地位，但这项测试和忍受无关。而且，这种方式或多或少地支撑着他们生活下去。再过几年，他们就会忘记自己还长着脚。"

整整一天，伊娜都因为心情激动而微微发抖。想一想吧，自己竟然幸运地在现实中遇见了声名远扬的3V网络精英,那个由黑客行动顾问组成的秘密小团体中的一员!他们的所作所为是完全合法的,只要不去碰那些遵照麦克贝恩-克鲁奇"大多数人的最大福祉"法案留存给政府部门的数据。不过他们中的一些专家,一直都认为自己不过是"商业间谍"。礼貌一点的做法,应该是询问他是否参与过"疑难数据回收"工作。幸运的是,他并没有觉得受到了冒犯。

她含蓄地暗示了自己担忧的事情。等换了工作以后,她还能继续在职场向上(而非原地踏步)打拼多久?一开始他的回答很随意:"噢,做个自由职业者有何不可,就像我那样?这与普通的接入式生活没什么不同。等你习惯就没事了。"

"自由职业者"这个词在她脑海里不断回响:孤胆骑士策马而出,努力捍卫他的女伴和他的信仰,就像是"国王的信使"、秘密特工、商业冒险家……

"我自然想过这些。但在做出决定之前,我真的很想知道,'大地-深空'到底往我的档案里加了什么内容。"

"这个问题,你可以试着找我。"

"你的意思是,"她从不敢有这样的奢望,"我可以雇佣你?"

"做这个?"他用自己尖锐的、精心保养过的牙齿轻轻咬住她的乳头,"不了,我的男妓评级约等于零。这种事情我可以免费做。"

"你知道我在说什么!"

他哈哈大笑:"别激动。我当然知道。去调查一下'大地-深空'说不定会很有趣。"

"你是认真的?"

"等我度完假，我可能就会认真对待此事。但现在还是假期呢。"

凌晨两点，她依然在沉思——睡眠时间正在被挤压，但又有什么关系呢？——她说道："有件事人们并不知道：那些机器对他们十分了解。它们知道的那些信息，他们连自己的矫正机都不会告诉，更不会对他们的伴侣或者上司提起。人们根本想不到那些机器知道什么。"

"同。我见过许多人，仅仅是因为那种可能性就变得精神不正常，整天疑神疑鬼的！"

"同？"

"啊，看来你不看冰球比赛。"

"偶尔会看看，但我不是人们通常说的那种资深球迷。"

"我也不算是，不过平时怎么着也会有所耳闻。那是一句法语，是加拿大冰球运动员传到南方来的。是'我同意'①的简略说法。现在似乎人人都爱用这句话。"

她下意识地说道："噢，没错！我听凯特对她朋友这么说过。"

"谁？"

"呃……我女儿。"她微微颤抖起来，想象着他们接下来不可避免的对话：

——我不知道你还有个女儿。她在上高中？

——不是，呃，在密苏里大学堪萨斯分校读书。

---

① 原文为 je suis d'accord，在法语里意为"我同意"。从读音上看，suis d' accord 与 sweedak 比较相似，故说 sweedak 是这句法语的简略说法。

接下来会是一阵短暂的沉默,他会在心里默默计算,而她的年龄也会暴露无遗。

然而这个男人相当老练,只是哈哈一笑,"别担心。我对你了如指掌。我投机取巧搞来的香槟是不是太过了?"

果然如此。几秒钟后,她也哈哈地笑了起来。笑完以后,她说:"你真的会来堪萨斯城吗?"

"如果你付得起我的酬劳。"

"'大地-深空'付得起任何人的酬劳。你一般用什么身份?"

"系统优化师。"

她双眼一亮。"很好!我们刚刚失去了干这个的部门主管。他违反了合同,而且——喂,你不会连这个也知道吧?"她突然起了疑心。

他摇了摇头,努力忍住打哈欠的冲动:"遇见你之前,我没理由去调查'大地-深空'。"

"没错,这是自然。是什么吸引你从事现在这种工作的呢,桑迪?"

"可能因为我爸爸是个'电话控'吧,而我遗传了这方面的基因。"

"给我个正常的答案。"

"我也说不清楚。人们说:'人类再也无法跟上这个世界的发展速度了,我们应该把一切都交给机器来打理。'可能我潜意识觉得这是错的。我可不想挂在进化之树的枯枝上逐渐腐朽。"

"我也不想。好吧,我会带你去堪萨斯城,桑迪。我觉得你的态度很不错。现在,我们需要来点新鲜空气。"

卖给了身居顶端的那个人

"我不是跟你抱怨,这家伙实在是能跑又能藏。自从科特溜之大吉后,我们就很缺一个系统极客。我倒不是说乔治的坏话,她真是一点儿用处都没有,丝毫不能减轻我的工作量——就更别说你的了,对吧?"

"没错,他要求给自己一个试用期。八周,或者十二周,看看他是如何与其他人协调的吧。"

"现在他正在度假。我告诉过你了:我是在乔治亚海群岛遇见他的。你可以去那儿找他。"

"很好。现在记下他的代码:4GH……"

变幻的程序

堪萨斯城国际机场周围那圈高达千米的高楼破了两道缺口,它们并非是为了纪念那些被暴徒或帮派分子破坏的建筑(这一次不是),而是两架垂直起降飞机的坠毁地点。上周,一架正在起飞和另一架正在降落的飞机同时滑出了它们的重力抑制器。坊间传言说,这两起事故的原因可能与"大地-深空"最近进行的一次轨道工厂发射有关,发射地点就在他们位于堪萨斯州西部的那座临河发射场。据说有人忘了将发射时的冲击波规模和波及范围告知那两个航班。不过调查仍在继续。鉴于"大地-深空"在这片地区有很强的影响力,它应该不会在听证会上受到工作失职之类的指控。

尽管如此，听证会的结果依然是很多非法的临时德尔斐赌池的热门下注对象。而合法的赌池，自然都被禁止对裁决进行预测。

剩余的那些高楼的表面，不论是住宅还是办公楼，都如古代的墓碑一般苍白得死气沉沉。这些高楼大部分是九十年代初修建的。那时候的建筑设计正处于所谓的"希塔布里克①"时代。这种设计风格有一个更华丽的名字：反装饰。不过这个名字实在拗口，人们都记不住。这种建筑反人类的程度，堪比那些用来埋葬湾区大地震遇难者的棺材。而两者的出现，可以说是源自同一个原因。旧金山外加伯克利及奥克兰的大部分地区在一夜之间因地震而毁灭后，其造成的持续破坏几乎将整个国家拖向了破产的边缘。自此以后，所有东西都必须遵循一个设计思路，即装饰越少越好。

为了彰显出这种举措的必要性，所有这种样式的建筑都被修建得充满了"生态便捷性"——换句话说，它们极其隔音，包含精密的垃圾回收系统，每间公寓都配备一片平坦的户外区域，至少拥有一定的光照条件——据说足够一个普通家庭以无土栽培法种植足以自给的蔬菜和水果。结果便是，人们普遍产生了一种印象，认为所有运转高效的楼房，一定都是单调、丑陋、令人讨厌、呆板无趣的。

由于航班电脑对他的航行进行了微调，他比预定时间早到了几分钟。伊娜同意在大厅和他见面，可当他从机门边的静电排除室走出，身体感到微微刺痛时，却并没有看见她。

---

① 原文为shitabrick，是作者生造的一种建筑风格。

浪费这早到的几分钟不符合他的性格。他揉着自己的手臂，心中想着就算飞机的电动推升器高效、经济又环保，对于那些每次飞行后都要清除身上静电的乘客来说，还是十分烦人。这时，他看到了一块指示牌，箭头指向公共德尔斐公告板。

大部分他买来的与自己身份相配的随身物品，都已经在送往"大地-深空"的招聘-安置区的路上了。不过他还是随身带着一个重约九公斤的旅行袋。他当着一个脾气暴躁的女人的面，抢先一步跑到一部自动搬运机前——那女人随即破口大骂——查看了机器侧面亮着光的资费表后，付了一个最低价：三十五美元用一小时。这地方的花费比在托莱多高，但这并不令人意外。一百公里以外的特里亚农，其生活成本可是高居世界第二。

从现在起直到付费花光，这台机器会用其柔软的塑料嘴叼着他的行李，像条忠诚的、训练有素的猎狗一般跟着他——说句实话，它的样子确实像条猎狗。除了会发出呼哧呼哧的声音，根据程序设定，它会在被使用到第五十五分钟时开始吠叫，在第五十八分钟时大声嚎叫。

到了第六十分钟，它会扔下旅行袋，转身就走。

他站定脚步，望着上方高挂的屏幕，凭借多年的经验，轻松自如地观察着上面不断变换的数字。他首先望向自己最喜欢的领域：社会立法。他高兴地发现，自己赢下了最近投注的两场赌局。虽然施加了各种压力，但总统终究无法因为那人诽谤了自己的助手，就强行令其受审入狱——如果他真敢这么做，一定会付出高昂的代价。另外，俄罗斯人的数学教学法肯定会被引入美国，因为为此下注的赌资仍在不断增加，而赔率已经降低到了五赔四。要是美国代表队不想在国际奥林匹克数学竞赛上丢脸,除此之外别无他法。

不过德尔斐公告板上关于这一领域的赌注很少,除了那个赔率为一赔十的赌注:最新的宪法修正案是否会通过。这项修正案将会改变以往参照地理位置划分选区的方法,改用依照职业及不同年龄群体的分布情况来划分。这么做合情合理,不过大部分人都还没有做好准备。或许下一代人能接受吧。

他把注意力转向社会分析领域,上面有许多赔率达到了两位数,还有几个达到了三位数。他下注了一千元,赌今年的纽约市每个成年人遭抢劫的概率会突破百分之十。这一概率已经在百分之八左右不可思议地徘徊很久了,人们对此正渐渐失去热情。不过布朗克斯区最近新上任了一位素来以强硬而闻名的警长,这样一来问题应该就能解决了。

关于科技突破的赔率也非常诱人。出于对旧日时光的缅怀,他又下注了一千元,赌在2025年以前,地球和月球之间将会建成一条重力滑道。事实上,这个构想已经让人白期待很多年了。其具体做法是:用一条线缆将货物从月球上拖过两个星球的中间点,直接使其进入地球的重力井,这样货物就能凭借惯性落在接收平台上,且没有成本。如今这项实验已经失败了两次。但新西兰有个家伙正在试验一种长达几公里的单晶线缆。由于……

这时,两位看起来很饿的老人——一个是黑人,另一个则是白人。他们显然不是游客,只是来这儿打发时间的——注意到了他正在下注。他们打量着他身上昂贵的服装,估量着他身上散发出的土豪气息。经过一番争论后,他们决定每人花五十元冒险赌一把。

"这玩意儿把赛马场的生意都抢走了。"他听见他们其中一人说道。

"我以前可喜欢赌马了!"另外一个回应道。他们继续向前走去,两人的声音中带有不满之意,仿佛都渴望和对方吵一架,但因为害怕失去自己唯一的朋友,又都不愿意起这个头。

——嗯!不知道俄罗斯或者东德的德尔斐系统是不是也像我们的一样,是模仿股票市场和赛马赌金计算器来设置的。人人都知道,在中国,他们——

就在这时,他看见了屏幕上那些正在显示的赔率,不禁感到十分意外。到了2020年,基因优化将会成为一项商业服务,而非只是政府官员、大企业高管和百万富翁的特权,而这一项的赔率竟然只有一赔三?上次他查看公告板的时候,赔率可是高达一赔两百,而尽管如此,大家还是疯狂地想要下注。赔率这般跳水,肯定是有人泄露了内部信息。塔诺威上千位员工(或者说"学生")中的某一个,肯定没有抵抗住诱惑,卖掉了脑子里存储的所有数据。该企业的科学家们,一定正忙着将一个前景不明的希望,转变成一个自证预言。

除非……

噢不!不会是他们知道有人从中逃出去了吧?已经过去了这么久,六个令人煎熬、可恶至极的年头都已经过去,难道我逃走的秘密已经泄露了?

这之间不可能存在联系!即便有联系——!

他的心怦怦直跳,感觉四周的世界都在旋转。有人狠狠地撞了他一下。那人是个经济学家(他差点没认出来),衣服上缝着一个绿白相间的徽章,上面写着"功率不足!"——这种人通常会拒绝用完自己所有的电力配给,并会竭力阻止别人借用。据说堪萨斯城有不少经济学家。

这时,一个轻快的声音对他说道:"桑迪,见到你真开心——出什么事了吗?"

他尽全力让自己振作起来,然后面带微笑,保持镇定。他随即注意到了眼前的伊娜与在度假酒店时有很大不同。她身着一件轻薄却很正式的黑白色工作装,长发也束了起来。现在的她就是一位部门领导,正为一位新员工提供特殊帮助,将其安插进公司高层。

因此他没有亲吻她,甚至没牵她的手,而只是说道:"你好。不,没什么。我只是刚看到我最关注的那项高风险赌局的赔率。最近每天早上醒来,我都会发现自己的资金在变少。"

他一边说,一边向出口走去。伊娜和自动搬运机在他旁边跟着。

"你还有托运的行李?"她问道。

"只有这个。我把其他物品直接寄过去了。我听说你们有一个很棒的居住区。"

"噢,是的。那里的评价还不错。已经投入使用十年了,直到今天也没出现过严重的环境问题。说到住宿,我早该先问问你是否计划自带一套房子来。目前我们那儿还有空地,直到九月才会开始建新工厂。"

"不了,我在我的老房子住了四年了,已经决定把它卖掉。我可能真的会在这里建一座新房子。听说堪萨斯城里有不错的建筑师。"

"那我就不知道了,我更喜欢住公寓。不过派对上有些人也许能给你建议。"

"我到时候问问,派对几点开始?"

"八点。举行欢迎派对的地方就在一楼。所有算是同事的人都会参加。"

悖论,荒郊野岭后的下一站

"并非因为我已经下定决心,所以不希望你用更多的事实来把我搞糊涂。

"而是因为我还未下定决心。我了解的事实已经够多了,多得我都处理不过来了。

"所以给我闭嘴,听见没有? 闭嘴!"

你正遭到陷害

虽然严格来说,这只是一间临时住所,但它还是和酒店套房有细微的差别。他以赞许的眼光打量着屋里的装饰,这些装饰让这里看上去更像是一个私人公寓。可伸缩墙壁能根据住户的喜好,将主室以六种方式进行分隔。他刚进来时,屋里的色彩风格偏中性,包括米黄色,淡蓝色和白色。接着他按了门边的开关,将颜色变成了浓重的暗绿色、黄褐色和暗金色。这都是靠透明隔板后的灯实现的。至于便捷设施,比如3V设备、极性反转洗衣机和附着在浴缸上的电紧张保持器,都不是连锁酒店用的那种廉价货,而是更昂贵的家用版。最重要的一点是,你不光可以拉开窗帘,甚至还能打开窗户。这种设施在如今的酒店可看不到。

出于好奇,他打开了一扇窗户,然后听见前方那片树林的另一端正传来阵阵轰鸣。由于窗户采用了无比高效的隔音技术,这声音在他开窗之前根本听不见。

到底是什么?

一道如燃烧的镁一般耀眼的亮光,从树林后升起,而伴随着那阵阵的轰鸣,又出现了一股强劲的气流。他只来得及辨认出单人轨道飞船那如针一般细的外形,刺眼的光芒就迫使他闭上眼睛,转开视线,双手摸索着关上了窗。

毫无疑问,那是一艘"大地-深空"用于检修故障、正前往近地轨道的飞船。这家公司一直都为自己迅捷而高效的售后服务感到自豪。即便现在四分之三的轨道工厂都只是一次性项目——每隔一周都会有新企业在那上面建厂——优质的售后服务依然是保住其行业领先地位的重要因素。

但实际上,"大地-深空"的行业地位并没有董事会希望人们相信的那样稳固。他已经调查过了。在他将要接受的任务中(虽然伊娜还没有提及),有一项是去刺探与某家竞争公司进行的一项研究,搜集有关的情报。该研究对象就是所谓的"奥利弗斯",即能将用户从人际关系的巨大压力中解放出来的电子多重人格。古罗马时期,有一群专门负责通报访客姓名的随从,他们会在一旁将信息悄声告诉皇帝,于是皇帝便拥有了记忆超群的美名。这种电子人格便是那些随从在二十一世纪的翻版。"大地–深空"急需产业多样化,但在决定购买某家独立小公司的研究成果之前,它想确保没有其他哪家公司的研究已经达到了可以商业发布的程度。

要是他能在刚开始工作不久后立刻找到答案,那无疑会为他的头饰添上一根非常醒目的羽毛①。

他继续检查房间,然后在床底发现了一个压力缓解器,上面装着一个可正反两用的尖嘴。要是女人用,可以让它伸在外面;要是男人用,可以把它撅进去……也不一定,这要看个人口味了。压力缓解器上方有一个体积虽小但细节到位的屏幕,上面的图像——比方说一个小标签——会每八天变换一次;除此之外,还配有耳机和一副能产生二十种香气的面具。

他一边把缓解器放回消过毒的盒子里,一边心想自己一定得试试这玩意儿,至少试个一两次吧——毕竟这样才符合接入式生活——但最多两三次。像"大地–深空"这样的公司,对那些过度依赖机器、以机器替代人与人之间的交流的人是非常警惕的。他们会一直监视自己。

他叹了口气。有些人满足于(也许是迫不得已?)机器带来的愉悦……可是在某些特殊情况下,说不定这是最好的选择。比如说,对于拥有强烈的情感依附心理或完全没有这种心理的人、那些因为换工作或调职而去了另一个城市、为人际关系网被破坏而痛苦万分的人,以及那些必须与自己的同事保持距离才感到最安全的人来说,这么做才是最好的选择。

这不是他第一次反思自己的好运气了——他总是把好运伪

①在某些古老的文化中,武士会在每杀死一个敌人后,往自己的头饰上加一根羽毛,以此表明自己取得了非凡的成就。

装得严严实实的——那种好运气妨碍了他投入真情的能力，使他总是仅仅满足于喜欢的程度。比起自己孩童时期表现出的那种短暂的占有欲，以及青少年时期在塔诺威表现出的冷漠，这要好太多了。

最好还是别去想塔诺威。他一边冲澡，一边开心地思考着自己的新境遇。很多事将取决于他在欢迎派对上要遇见的人，不过他们一定都坚定地选择了接入式生活。对于他的才华而言，这份工作十分理想。大部分商业体系都缺乏逻辑，且极度冗杂，不得不处理一些混乱的状况，每年帮"大地-深空"省下几百万元，对他而言应该不成问题。他还能借此证明，自己确实是一个系统极客。几周之内，他们就会将他视作一位极其重要的员工。

同时，借助该公司的地位，他可以获得进入通常很安全的数据网络的权限。这是他来堪萨斯城的真正目的。他想要——确切来说，应该是他需要——获取他身为牧师时永远都不敢搜索的数据。六年，这是他逃离塔诺威前，事先计划好的最长时间跨度，因此……

他走出淋浴间，一阵温暖的气流自动吹干了他的身体。就在这时，他听见了自己的血液在身体里流淌的巨响：砰，砰，砰-砰-砰-砰，每过一秒，速度都会变得更快。他感到头晕目眩，怒不可遏。他抓住洗手池的边沿，稳住身子，然后瞥见了洗手池上方镜子里的桑迪·洛克的脸——十分憔悴，仿佛一瞬间老了好几十岁——他意识到自己无法走到客厅去拿放在那儿的镇静剂。他必须待在原地，用瑜伽式的深呼吸与不适感进行斗争。

他的嘴很干，肚子像鼓一般紧绷着，牙齿几乎就要开始打战,但因为下颌的肌肉过于紧绷而无法实现。他的视线模糊起来,而由于肌肉抽筋,右小腿上有一整条粗如刀疤的凸起。另外,他感觉很冷。

但幸运的是,这次发作并不算太糟。不到十分钟,他便拿到了自己的呼吸器。而当他到达派对现场时,只迟到了三分钟。

一天五百到两千次之间

在这个世界的某个地方,有一座房子,或是公寓,或是酒店,或是汽车旅馆,其中有一间屋子:里面很美,很舒适,像极了人间地狱。

或许是喝醉了,或许是很焦虑,又或许只是因为发了疯,某人拿起电话,按下了这片大陆上最著名的那个电话号码:能帮你接通"聆听援助"的十个9。

然后,这人对着一块亮着的空白屏幕讲起了话。"聆听援助"是一项服务。你不会被强制要求进行苦修,这一点要好过去告解室忏悔。你不用花钱,这要好过那些收费的心理治疗项目。它不会提供任何建议,这也要好过与某个人不停争辩——那些狗娘养的自以为知道一切答案,会滔滔不绝地对你念叨,直到你想要尖叫。

从某种意义上说,这就像是用《易经》卜卦。这是一种帮助人们集中注意力面对现实的方法。最重要的是,它为人们提供了一个发泄途径,发泄因为担心你的朋友会把你视为失败者而产生的沮丧情绪。

它一定帮助了不少郁郁寡欢的人，自杀率一直很稳定。

归身序列①

今天，那个冷漠的器械建议道，应该将实验对象完全唤醒。在过去的四十二天里，实验对象一直处于回忆往事的半昏迷状态，而这有可能危及他的人格意识。保罗·弗里曼并没有回绝这一建议。他对这个人越来越感兴趣了。此人过往的人生历程，实在是不可思议。

另一方面，他也要遵守一道由联邦数据处理局直接下达的命令。他们要求弗里曼在最短时间内提交一份详尽的报告。正因此，哈尔茨才乘飞机来到这儿。他的造访占用了弗里曼一整个工作日，而且不出预料，又是那种"你好——真是有趣极了——再见"的走过场模式。华盛顿的某个人一定预感到了什么……至少是陷入了某种为难的困境，才会如此急切地需要一份结果，无论那结果到底是什么。

他妥协了。仅此一天，他将与之进行面对面地交谈，而非单纯地回放记忆库里的资料。

他对这种变化还是很期待的。

"你知道你在哪里吗？"

浑身都被剃净的男人舔了舔嘴唇，目光扫过四周的白墙。

----

① 原文为 Fleshback Sequence，是作者借用 Flashback Sequence（意即电影中一系列闪回镜头）组合而成的新词。

"不知道，但我觉得这一定是塔诺威。我以前常常想象，在校园东边的那个毫无特点的秘密街区里，存在着这样的屋子。"

"你觉得塔诺威怎么样？"

"它让我很恐惧。但我猜你肯定给我注射了什么东西，所以我无法感到恐惧。"

"但那不是你第一次来这里的感受。"

"噢，确实。最开始一切都棒极了。对于一个有着我这样背景的孩子来说，是不是不太应该？"

他的背景已经被记录在案：五岁时父亲不知去向，母亲在压力下坚持一年，最后也沉迷于酒精了。不过这孩力适应力很强。他们认为他可以成为一个理想的"租孩"：聪明，话不多，举止还算有教养，也很讲卫生。因此从六岁到十二岁，他一直住在各种现代的、智能的、有时还很豪华的陪伴房里。房主都是一些没有子嗣的夫妇，是根据短期协议从其他城市搬来的。这些"父母"都挺喜欢他，有一对夫妇甚至认真考虑过领养他。但最后他们觉得不应该背上这个负担，把自己一辈子都与这个和自己肤色不同的孩子拴在一起。不管怎样，他们安慰自己，他一开始就很好地适应了接入式生活。

而他欣然接受了他们的决定。

可自那之后的好几次，每当他被留在房子里独自过夜时（其实这种事经常发生，因为他是个好孩子，大人都很信任他），他都会走到电话前，怀着极度的愧疚，按下十个九。他隐约记得，在他与母亲共度的最后几个糟糕的月份里，在他的母亲——亲生母亲——脑子出问题之前，她曾拨过这个号码。对着空白的屏幕，他会连珠炮似的大骂脏话，然后浑身颤抖，等待那个冷静的、不知是谁的声音开口说话:"只有我听到了。我希望这对你有帮助。"

不可思议的是:没错,这确实有用。

"你觉得学校如何呢,哈福林格?"

"那真是我的姓吗？别费神回答了,那是一句反问。我只是不喜欢这个姓。'哈福'的含义是个诅咒,让我永远无法完整[1]。另外我也不喜欢尼克这个名字。"

"你知道自己为什么不喜欢吗?"

"我当然知道。尽管这可能和我的档案有所矛盾。我对自己的青少年时期有着很棒的回忆。其实,我对自己孩提时期的回忆也很棒。我很早就发现了'奥尔德·尼克'这个说法,在苏格兰语中它是用来指代恶魔的;我还发现了'尼克[2]'表示'逮捕',有时还表示'盗窃';最关键的是,我发现了'圣尼克'的意思。但我一直未弄明白,同样一件虚构的事物,是如何既派生出了圣诞老人,又派生出了盗贼的主保圣人——圣尼古拉斯的。"

"或许这就是人们常说的:一只手给予,另一只手夺回。你知道吗？在荷兰,当圣诞老人去给孩子送礼物的同时,旁边还会跟着一个黑人,而他会鞭打那些表现不好、不能获得礼物的孩子。"

"这我倒没听说过,听上去挺有意思,弗——弗里曼先生,我没叫错吧?"

"你刚才正要告诉我你对学校的印象。"

---

[1] 主人公的名字哈福林格(Haflinger)的前半部分Haf-与Half(一半)发音相近,因此才说自己仿佛被名字诅咒,无法完整。

[2] 原文为"nick",后文所说的意思出自英式英语中的俚语。与后文的"尼基"(Nickie)是同一个名字的不同变体。

"看来我不应该天真到想要和你进行一场兄弟般的对话。学校嘛,基本就那样——老师换得比我的临时父母还勤,每个新来的老师都有自己的一套教学理论,所以我们并没有真正学到什么。不过,总而言之,学校都要比——呃——家——糟糕多了。"

高墙。有人把守的大门。一间间教室的墙边排放着损坏的教学机器,等待着似乎永远不会到来的维修工,最终不可避免地在一段时间后遭到蓄意破坏,然后被认定为再也无法修理。空荡荡的走廊里总是布满沙尘,走在上面会嘎嚓作响。地上有一片血渍。他只在走廊上留下过一次自己的血,他很聪明,聪明到了在别人看来有些古怪的地步,因为他总是在学习,而其他人早就明白,正确的做法是呆呆坐好,等自己长到十八岁。他设法避开了别人的刀子和棍棒。身上的伤口很浅,不会留下疤痕。

但有一件事是无法靠他的聪明实现的,那就是逃跑。州立教育董事会已经明文规定,在一名"租孩"的生活中,必须有一项重要的稳定因素。因此,不论他现今住在哪里,他都必须继续在同一所学校上学。而他的每一对临时父母与他相处的时间都不长,因而无法为了他与这项规定斗争到底。

他十二岁的时候,学校来了一位名叫阿黛尔·布莉克斯汉姆的老师。和他一样,她一直在努力与这项规定做斗争,并且注意到了他。在她被人袭击、轮奸并且崩溃之前,她肯定寄出了某种报告之类的东西。不管怎样,大概一周之后,一群政府的人涌入了教室和外面的走廊。他们有男有女,身着制服,揣着枪,带着捕网和镣铐。他们进行了点名,发现人都在,除了一位住院的女孩。

　　同学们还接受了一些非同小可的测试——你身边站着一位目光锐利、揣着枪的人，以确保你会认真完成。尼基·哈福林格将他那股不太如意的、对成就的渴望，全倾注在了长达六个小时的测试里：中午前测试三个小时，在教室里被监督着吃完午饭，再进行三个小时。连你去厕所他们都要跟着。对这些从未被逮捕过的孩子来说，这真是一种全新的体验。

　　经过了智商测试、情商测试、感知测试和社会测试后（都是常规测试，只不过是走个过场），有意思的东西来了：偏侧测试、迟钝反应测试、开放性两难测试、价值观判断测试、智慧测试……都太有趣了！在最后三十分钟里，他完全沉浸在一个念头里：当某件从未发生过的事发生时，是有人能对其后果做出正确判断的。而这个人很可能就是尼基·哈福林格！

　　那群政府的人带来了一台手提电脑。他渐渐意识到，每次那台电脑将结果打印出来，那些身穿灰色制服的人就会对他——而非其他的孩子——多一分关注。其他孩子也注意到了这一点。而他们脸上的表情，他在这么多年的学校生活过后早已了然于心：今天下课之后，把他揍得屁滚尿流！

　　六小时的测试结束后，他的身体在不住地颤抖，既是因为恐惧，也是因为激动。但这并没能阻止他将自己所知道和所猜测的全部应用于测试之中。

　　但在回家的路上，并没有人来揍他，也没有人"寻毁"他。负责这件事的那个女人关上电脑，把头朝他的方向偏了偏，三名带着枪的男人随即走到他身边，其中一个用友好的语气说道："待在那儿别动，小伙子，别担心。"

　　同学们都走了，有的不时困惑地回头望过来，有的还愤怒地踹了门框几脚。不久之后,另一个人被寻毁了——这个词源自"寻并毁",也就是寻找并摧毁①——并且失去了一只眼睛。但当时,他已经坐着政府的车回到了家。

政府的人对他和他的"父母"进行了详细的解释:经由国会法案第某某条的授权,国防部长签发了第多少多少号特别法令,而依据这条法令,他将被征用去为国家效力……他没记住具体细节。他感到有些头晕。人生中头一次有人向他保证,他可以在即将要去的那个地方想待多久就待多久。

次日早上他在塔诺威醒来时,以为自己正在去往天堂的路上。

"现在我意识到了,其实我在地狱里。为什么只有你一个人?我隐约有个印象,当你把我唤醒时,这里应该有两个人,虽然和我对话的一直是你。另一个人去哪儿了?"

弗里曼摇了摇头,他的眼神很警惕。

"但以前肯定是两个,我很确定。他说了一些话,关于你看待我的方式。他说他被吓到了。"

"没错。有人来看过你,并问了一天的问题。他确实说过那些话,但他并不在塔诺威工作。"

"一个将不可思议视为理所应当的地方。"

"可以这么说。"

"明白了。这让我想起了小时候最喜欢的一则趣闻。我已经好多年没讲过这个故事了。也许它还没有过时到让你无聊。故事是这样说的,大概在二十世纪三十年代吧,有家石油公司想要给一位阿拉伯酋长留下深刻的印象,于是邀请他搭乘了一架

①"寻毁"在原文中为sand,拆开来看即为"寻并毁"(S-and-D),也就是"寻找并摧毁"(search and destroy)的简略写法。

飞机。那时候在那个地区,飞机还是个稀罕的东西。"

　　弗里曼接过话:"升到一万尺高空后,酋长依然平静如常,于是他们问他,'难道你不觉得神奇吗?'酋长回答,'你是说这玩意儿不是用来做这个的?'我知道这个故事。我在你的档案里看过。"弗里曼短促地停顿了一下——空气中暗含着紧张的气氛——最后开口道:"是什么让你坚信自己身处地狱?"

　　脚力竞争后是臂力竞争,臂力竞争后是……

　　安格斯·波特的这句妙语,并不是派对上那种反复被人提及的低劣玩笑。但只有少数人才真正意识到,这句妙语究竟有多么正确。

　　在塔诺威、克雷迪顿山、洛基山脉中某个他只知道代号叫"电煎锅"的山洞,以及分布在俄勒冈和路易斯安那之间的一些地方,有一些专门负责特别任务的秘密中心。它们的主要任务是发掘和利用天才,可以追溯到二十世纪中期那些最早的"智囊团",但两者之间的关系,仅仅类似于全晶体管电脑的历史可追溯至霍尔瑞斯[①]发明的穿孔卡片分析器。

　　每个超级大国,以及许多第二甚至第三世界的国家,都有类似的秘密中心。脑力竞争已经进行好几十年了,而且有些国家在一开始就比别人领先一头[②](这个双关语非常流行,而且也很好理解)。

————

　　① 即赫尔曼·霍尔瑞斯,美国统计学家,发明家,商人。他在1880年进行人口普查时发明了使用穿孔卡片对数据进行搜集和整理的一套系统,大大减少了数据分析的时间和成本。霍尔瑞斯的打孔卡片分析器被认为是现代数据处理的开端。

　　② 原文为with a head start,意为"占有优势;领先一步"。此处正在描述各国之间的脑力竞争,这句含有head("脑袋")的习语可谓一语双关。

比如说在俄罗斯，对国际数学奥林匹克竞赛的大力宣传已经不是一两天了，而要是能进入新西伯利亚科学城学习，也会被看作是一种巨大的荣耀。中国的情况也差不多：严峻的人口压力促成了一种意想不到的发展，通过对预先确定的马-毛指导路线进行创新，探索出了最优的行政管理手段。他们采用了一套和汉语特别契合的模式，即交叉影响矩阵分析法。早在世纪交替之前，该模式就已进行过了系统化处理，并取得了巨大的成功。每个社区和小村庄都收到了一套卡片，上面写有与某个即将到来的变革——不论是社会还是科技方面的——有关的符号。通过洗切卡片，将那些符号重新组合，新的概念便会自动产生。

于是人们召开一系列公共会议，讨论这一概念的具体含义，并让其中一员总结会议成果，呈报给中央政府。这套模式花费很低，却无比高效。

然而它并不适用于任何一种西方语言，除了世界语。

美国很晚才全面加入这场竞争。直到"湾区大地震"的冲击让美国乱了阵脚，人们才明白一个残酷的现实：即便是这种规模的灾难，也能重创国家的经济，何况是能造成几百万人死亡的核打击了。

尽管如此，美国花了好多年才下定决心，要从和别人进行武力竞争转变成脑力竞争。

从某种程度上来说，这种转变并不彻底。"电煎锅"关注的重点依然与武器有关……但至少把重心放在了防御方面，而非反制攻击或者先发制人的战略上（"电煎锅"这个名字，毫无疑问是源于"刚出油锅又入火坑"）。

不过克雷迪顿山的秘密中心也提出了一些新的构想。顶级分析师在那里不间断地监视着全国的德尔斐赌池的情况，以便让社会稳定指数保持在一个较高的水平。1990年以来，一些煽动社会变革的家伙有三次都差点成功地发动血腥的革命，但每一次计划都泡了汤。大众的需求如今可以通过观察各种赌局推断出来，然后政府可以采取措施，保证可行的方案得以实行，将不可行的从网络上小心地删除。这是一项艰巨的任务，当出现负面新闻，政府为了转移人们注意力而削减德尔斐赔率时，需要顶级专家运用他们的技术，来保证整个系统的其他因素不会因此受到影响。

其中最新的一项任务，就是塔诺威以及旁人只知其存在、但并不知道名字的秘密中心里正在进行的无比机密的研究。目的是什么呢？

抢在别人之前，弄清楚影响智慧的基因元素。

"在你口中，智慧就像个肮脏的词汇，哈福林格。"

"或许我又一次超越了自己的时代。你们这些人所做的一切，必然会让'智慧'这个词语贬值。很快它就会变得和脏话无异了。"

"我不会浪费时间表示反对。要是我不同意你的观点，我也不会在这里了。但或许你能根据你对'智慧'的理解，给出其具体的定义。"

"我对它的定义与你并无二致。唯一的不同是，我所说的都是真心话，而你只是在精心粉饰。有智慧的人能在遇到从未遭遇过的情况时，做出正确的判断，但仅仅是聪明人却做不到这一点。一个有智慧的人，永远不会因为接入式生活而崩溃。他永远都不会被人送入精神病院。他能适应潮流的不断变化,适应流行语的兴起与过时,适应二十一世纪犹如超声波搅拌器一样充满困惑的社会,就像一条游弋在船行波里的海豚——虽在船外,却总是朝着正确的方向前进。而且还过得悠然自在。"

"在你口中,这一切都令人向往。那你为何反对我们的研究?"

"因为这里——还有其他地方——正在进行的一切,并非源自对智慧的热爱,或是让所有人都能享有智慧的希望,而是源于恐惧、怀疑和贪婪。你,以及在你之上或之下的那些人,从门卫到——妈的,说不定一直到总统本人,再往上,到控制着总统的那些人——你们这些人很害怕,怕已经有人把自己的智慧增长了一大截,而你们却仍然被低智力束缚。你们无比恐惧,担心那些巴西人、菲律宾人或者加纳人已经找到答案,而你们甚至都不敢去问问他们。这一切令我感觉很恶心。如果这个星球上,真有这么一个人已经找到了答案,哪怕只是有了一丝线索,那么唯一理智的做法,就是去他家门口坐着,直到他有时间和你们交谈。"

"你真的相信存在一个答案——唯一的答案?"

"妈的,不是。很可能有成千上万个答案。但我知道一点:你们若是坚持要抢先找到答案——不管是哪一个——你们注定会失败的。与此同时,一些面临其他问题的人将会感到很开心,因为今年并没有去年那么糟。"

在巴西,自洛伦索·佩雷拉掌权后,宗教战争就再没发生过。与世纪之交时天主教和马库姆巴教在圣保罗街头激战不断相比,这无疑是一个广受欢迎的变化;在菲律宾,由他们的首位女总统萨拉·卡斯塔尔多发起的改革,已将该国惊人的谋杀率生生减到了一半;在加纳,当总理阿基姆·贡巴让大家清洁房屋时,加纳人立马行动起来,并且开怀大笑,欢呼雀跃;在韩国,自尹林朴发动政变后,糟糕的包机航班明显有所减少。在此之前,这类航班的飞机以每天三到四次的频率从悉尼、墨尔本和檀香山飞来,而且……而且通常来说,智慧似乎总是在最不可能的地方绽放。

"看来你对其他国家发生的事印象颇深。为什么你不愿意看到你的祖国受益于……我们姑且称之为在智慧之树下的一次尝试呢?"

"我的祖国?没错,我是出生在这里,不过……算了。如今这样的争论已经过时了。重点在于,你们在这里兜售的到底是什么,我看显然不是智慧。"

"我觉得我们之间将会进行一场很漫长的辩论。也许应该在明天再试一次。"

"你会把我置于什么样的状态呢?"

"与今天一样。我们距离你最终崩溃的那一刻越来越近了。我想对比一下你在有意识和无意识的状态下,是如何回忆将局势引向高潮的一系列事件的。"

"别跟我扯这些没用的。你的意思是,你已经厌倦了和一台机器人进行交谈。我在完全清醒的时候更有趣。"

"恰恰相反。你的过去要比你的现在和未来更让人感兴趣,因为不论是现在还是未来,都已经完全由程序设定好了。晚安。我没必要对你再说'睡个好觉'——那也已经由程序设定好了。"

促使哈福林格离去的已知因素

来到塔诺威的这位害羞、安静、内敛的男孩,在童年时期不断被一对"父母"转手给另一对"父母",因此已经拥有了变色龙一般的适应能力。他几乎喜欢自己所有的"父亲"和"母亲"——这并不奇怪,因为电脑化的收养系统会根据儿童与成人的匹配度进行分配——而且他还发展了不少兴趣爱好:如果他的现任"父亲"喜欢体育,他会在棒球或是橄榄上花费大量时间;如果"母亲"喜欢音乐,他就会跟着她的伴奏唱歌,或是努力学习弹琴……诸如此类。

然而他从未让自己全身心投入过任何事。因为这很危险,就像爱上某个人一样。等他到了下一个家庭,他可能就无法继续做同样的事了。

因此,一开始他对自己没有信心:与同学相处时,他表现得很胆怯——在那群十几岁的少年中,他的年纪最小。面对塔诺威的工作人员时,他则表现得过于拘谨。他对政府机构有一个模糊的印象,这一印象源于3V网络和电影里描绘的那些军校和军事基地。然而塔诺威与军事一点都沾不上边。这里确实有各种规定,而且这地方虽然十年前才成立,但学生之中已经形成了一些传统。他们受到的监视并不严密,整个地方的气氛也——不能说是友好,但却充满了同志间的情谊。似乎这里的人是为了同一个目标才聚在一起,有着共同的追求;总而言之,很团结。

这点对尼基来说实在太新鲜了。他花了好几个月才意识到,自己是多么喜欢这儿。

最重要的是,他很享受和人们交流的乐趣。这里不仅有成年人,还有小孩,而大家显然都热衷于了解自己不知道的事。在此之前,他已经习惯了在课堂上闭上自己的嘴,习惯了模仿某些同学、装出一副闷闷不乐的倔强模样,因为他见过那些炫耀知识的人的下场。来到这里后,他被一切惊呆了,并且在一段时间内为此深感不安。这里没有人逼迫他做什么。他知道自己在被监视,但仅此而已。人们告知他可以做什么,而对他的指引也就到此为止了。他只需要在十几个或二十个选择中做出一个。一段时间过后,他甚至不必根据一张列表进行选择了。他可以做出自己的选择。

他仿佛瞬间进入了一个全新的世界。他的思维如蜂群一般嗡嗡作响,接收着各种神奇的全新概念:负一有一个平方根;中国人的数量将近十亿;基于香农熵的树状算法[1]可以把打出的英文字符的大小压缩百分之十五;镇静剂是这样生效的;okay这个词源自沃洛夫语[2]中的wawkay,意思是"一定"或者"当然"……

他那间舒适的私人房间配备了远程电脑,学校里总共有上百台,远远超过了住在这里的人数。他贪婪地使用这些设备,从中吸取各种各样的数据。

---

[1] 原文为Shannon tree,直译为"香农树",但现实中并无此概念。香农指的是美国著名数学家、信息学家、工程师,克劳德·香农。他于1948年在名为《通信的数学原理》的论文中提出了"信息熵"(也被称作"香农熵")的概念,意思是一条信息的信息量大小和它的不确定性有直接的关系。这一概念广泛应用于数据压缩的计算中。另外在决策树算法中,信息熵也有重要的作用。

[2] 沃洛夫语:如今是塞内加尔使用最广泛的语言,使用者分布于冈比亚、塞内加尔、毛里塔尼亚等国,属于尼日尔-刚果语系多凡语族的西大西洋语支。

很快他就坚信,应该由他的国家——而非其他任何国家——首先运用智慧来维持世界的运转。智慧使自己改变得如此彻底而迅速,还需要再做些什么吗? 要是某个专制的、不自由的文明抢先一步……

回想起生活在那个愚蠢的体系下时所遭遇的一切,他不禁打了个寒战。劝服尼基的时机已经成熟了。

他甚至不介意他们对他的小脑组织进行抽样检查。这种检查一年两次,他和其他学生都必须参加(不过后来他开始在"学生"这个称呼上加引号,并且认为自己和其他人更像是"囚犯")。一根微探针就能完成抽样,而抽样对象损失的只不过是微不足道的五十个细胞。

生物学家们在校园东侧一组不起眼的建筑中工作。他对他们的专心致志印象深刻,甚至有些敬畏。而他们的超然态度令人难以置信却也很担忧。器官移植是他们的日常工作,包括心脏移植、肾脏移植、肺移植。他们将器官移植变成了给机器安装备用零件一样简单。如今他们又有了更宏大的目标:更换四肢,并为之装配传感器和马达;帮盲人恢复视觉;在体外孕育胚胎……尼基时不时会看到以粗体字印制的宣传口号,虽然他并不明白其中的含义:买婴儿睡袋吧! 如果你流产,我们会提供帮助! 直到来了塔诺威,亲眼看见政府的"胎儿卡车"将没人要的残缺婴儿运来此处后,他才明白那些口号的含义。

这让他有些不安。但一想到对于那些尚未成形的胎儿来说,来到这里成为有用的研究对象,要比死于医院的焚化炉好得多,他便感觉好受些了。

不过自此以后,他不再像一开始那样对基因学抱有浓厚的兴趣了。当然,这也可能是一种巧合;大部分时间,他都在如饥似渴地学习,完善自己对现代世界的了解,专注于历史学、社会学、政治地缘学、比较宗教学、语言学,以及各种各样的虚构作品。他的导师非常满意,他的同学则对他心怀嫉妒:他是这么多幸运儿中最出众的,注定会走得很远。

如今已经有人从塔诺威毕业,走向了外面的广阔世界,不过数量不多。学生达到现在这样超过七百人的规模,一共花了九年。而许多在塔诺威完成的早期工作都白费了力气,对于任何一个全新的体系,这都是不可避免的。这一切已经过去了。有时候会有毕业生回来短暂地探访,对如今这里流畅的运作表示开心,讲些自己学生时代令人啼笑皆非的往事。大部分故事都集中在那个最初的假设上,即如果这里的人要以最高效率进步,那么竞争因素是必不可少的。而事实恰恰相反,一个有智慧的人拥有的基本特征之一,便是有能力看出竞争是多么浪费时间和精力。在这个问题盖棺定论之前,还有不少荒唐可笑的反对意见被提了出来。

在塔诺威的生活是孤独的。他们自然可以度假——很多学生都有真正的家庭,不像尼基。他经常被朋友邀请回家,一起过圣诞节,或者感恩节,或者劳动节。但他很清楚,无拘无束地讲话暗藏着危险。在外面不用正式地念诵誓言,也不必接受严格的出入检查,但所有孩子都意识到——并且为此感到自豪——祖国的存亡可能就取决于他们正在做的事。另外,在别人家里做客,总会唤起他对旧日时光的糟糕回忆。因此他从不接受为期超过一周的邀请,并且总是心怀庆幸地回到他觉得很理想的环境:一个新鲜想法在空气中不断碰撞,但每日的生活模式非常固定的地方。

当然，变化也是有的。有时候会有学生(或者导师，不过可能性较小)一声不吭地离去。有一个短语是专门形容这种事的，就是说他们"躬身后离开了①"："躬身"在这里的意思，类似于房梁因为承重过多而变弯，或者是树木在狂风中变弯。有的导师因为自己未被允许参加新加坡的会议便辞了职。没人对此表示同情。塔诺威的人从不参加国外的会议，他们连北美大陆的会议都不怎么参加。其中的理由无须多说。

尼基到了十七岁的时候，他已经弥补了自己大部分的童年缺憾。最重要的是，他学会了如何去爱——不仅仅是因为他有了女朋友。他是个像样的年轻人了，很会说话，在别人嘴里，他还是个非常有进取心的人。更重要的是，塔诺威的持久存在，让他可以更进一步，对导师的感情，从喜欢发展成了依恋，仿佛他晚出生了几年，生在了一个规模庞大的家庭里。他有了更多亲戚，更多可以依靠的人，比这块大陆上百分之九十的人拥有得都多。

然后那一天到来了……

这里的大部分教学活动，都是学生借助电脑和教学机器自学。按理来说，这足够了。当你想要掌握一门知识，自己尝试摸索方向并发现它，要比那些你以前从未好奇过的知识更容易记住。但时不时还是会出现一些需要他人指导的问题。他埋头钻研生物学已经整整两年了，而目前正在筹划的一个交流心理学领域的项目，需要一些感官输入心理学方面的建议。他房间里的远程电脑已经不是他刚来时的那一台了，而是一款型号更新、

---

① 原文 bow out 指"退出，放弃，辞职"，字面意思为"躬身后离开"。

效率更高的。继"培根修士那颗滔滔不绝的人头①"之后，他又偷偷将这台电脑戏称为"受洗的罗杰"。

电脑很快便告诉他，他应该在第二天早上十点拜访生物部的乔埃尔·博世博士。他以前从未见过博世博士，但对他有所耳闻：一个南非人；七八年前移民来了美国；经过漫长而详尽的忠诚测试后，成为了塔诺威的一名工作人员。而且据说他干得很不错。

尼基对此持怀疑态度。一方面，他听说过关于南非人的事；而另一方面，他从未见过南非人，因此他决定见过之后再做判断。

他准时到了见面地点，博世随即请他进办公室坐下。他照做了，但更多的是跟着感觉在行动，因为他的注意力在进屋的一瞬间就被……被明亮而通风的办公室一角的某样东西牢牢吸引了过去。

那东西有一张脸，有一具身体。它的一只手看起来很正常，另一只则干枯瘦削，长在一条如稻草般纤细且几乎没有肌肉的手臂的末端。它没有腿，身处一套生命维持系统中。该系统支撑着它那颗巨大的脑袋，而它正用一种不可描述的嫉妒表情看着他，就像一个因为母亲怀孕期间服用了酞胺哌啶酮而导致胎儿四肢畸形的小女孩，只不过模仿得很拙劣。

看见访客的反应后，肥胖而和善的博世咯咯地笑了起来。

---

① 此处指与英国哲学家、教育改革家及实验科学的先驱罗杰·培根有关的传说。培根博学多才，是方济各会修士，因此又被称为"培根修士"及"受洗的罗杰"。培根对炼金术和阿拉伯神秘文化颇有兴趣，还被认为与魔鬼签订了契约，寻找到了永生的方法。根据传说，培根的助手米勒在培根家遇见了一个会说话的黄铜人头，这个人头可以回答提问者的任何问题。

"那是米兰达,"他一边解释,一边坐到自己的椅子上,"过去看吧,怎样看都行。她已经习惯了——要是现在还没习惯,那她最好赶紧学起来。"

"什么?"他几乎说不出话来。

"她是我们的骄傲与快乐之源,是我们最伟大的成就。而你碰巧有幸成了最早知道她存在的人之一。我们一直对她的存在守口如瓶,因为不知道她能承受多少外界信息。要是走漏哪怕一丁点儿风声,人们会从这儿一直排队到太平洋,只为了得到见她一面的机会。他们会有机会的,只要时机成熟。我们正在让她慢慢适应这个世界。现在已经知道,她是一个有意识的存在。事实上,智商至少达到了平均值,但我们花了很长时间才找到让她开口说话的办法。"

尼基着迷地盯着米兰达。在她那具干瘪的身体旁,有一种风箱似的机器,正在缓慢地压缩和抽取,其中有根管子连接着她的喉咙。

"当然,即便她活不了那么长的时间,她依然是我们研究道路上的一座里程碑。"博世继续说道,"因此我们才给她取了这个名字——米兰达,意思是'令人惊奇'。"他露出一个灿烂的笑容,"是我们创造了她! 也就是说,我们在可控条件下组合配子,选择想要的基因,在染色体重组时把它们扫向正确的一边,在一个人造子宫里使她成形——没错,确实可以说是我们创造了她。我们还从她身上学到了很多。下一次,我们的产物将可以独立自主地发育,而不必再靠那些维持生命的玩意儿。"他在空中比画了一下。

"对了,谈正事。我相信你不会介意她在一边听着。她不会明白我们在谈什么，但她必须得在这儿，就像我说的，她必须理解这个世界上有很多人，而不只是照顾她的那三四个工作人员。根据电脑显示的信息，你是想要了解……"

尼基机械地解释了自己拜访的原因，于是博世热心地把相关领域最近发表的十几份有帮助的研究论文的题目告诉了他。他几乎没听见对方在说什么。离开博世的办公室，走回自己的住处时，他脚步有些踉踉跄跄。

那天夜里他难以入眠。他问了自己一个以前没想过的问题，然后苦苦思索着答案。

他心里明白，并非每个人都会有同样的反应。他的大部分朋友一定会和博世一样高兴，会心怀好奇而非不安之情盯着米兰达，并提出许多有深度的问题，盛赞负责她的团队。

但在他十二岁之前一半的时光里，即对他性格形成具有决定性作用的那六年里，尼基·哈福林格都更像是一个家具而非人类。不管他愿意与否，他都不得不去喜欢那样的生活。

仿佛是某种随机测试中的一道问题——这种随机测试是构成他的学习生涯的基本要素，训练人们在惊讶时仍能答对问题，这是塔诺威的理念中不可或缺的一部分——他看到了，就在他的脑海中，真真切切地看到了。问题被印在米黄色的纸上，就是他们用来表示"这部分根据道德演算法回答"的那种纸，以便与用来回答"行政和政治问题"的绿色纸以及回答"社会预测问题"的粉色纸等进行区分。

他甚至能想象出那问题会以什么样的文字印在纸上：

请区分 (a)为了制作武器而熔化本可能成为某种工具的矿

石 (b) 为了制作工具而修改可能成为人类的种质①。不要将答案写在下方的黑色粗线之外。

而答案,可恶又可怕的答案,如下所示:

没有不同,没有区别。两者都很邪恶。

他不愿意相信那个结论。接受其表面上的含义,意味着放弃自己短暂的人生中最宝贵的东西。比起他以前所拥有的种种,塔诺威已经在某种意义上成了他的家。

但他感觉受到了侮辱,这种感觉直入他的骨髓。

我曾以为,我在这儿是为了让自己变得接近完美。我不再确定自己是否正确了。设想一下,仅仅是设想一下,我在这儿其实是为了成为一个在别人眼中最有用的人……

米兰达最后还是死了,她的生命维持系统远不够完善。但之后她又以各种各样的形象重生了。虽然尼基·哈福林格平时不会与之有任何接触,但米兰达的模样依然在他脑海中挥之不去。

因为害怕在和朋友们谈起时无法清楚表达自己的想法,他一直暗自努力,想要解决这个问题及其衍生的各种问题。

他的脑海中不自觉地冒出了"邪恶",这个词他从小便知道,多半是听他母亲说过。他模糊地记得,她是一个虔诚的信徒,属于五旬节派教会或者浸礼会之类的教派。他后来遇到的临时父母都十分开明,从不会在孩子在场时用这种蕴含深意的词汇。他们的房子里配有远程电脑,能让他接触到一切关于孩子的最新数据。

那么,这个词究竟是什么意思?在现代世界,什么样的行为

---

① 生物体亲代传递给子代的遗传物质。

会被定性为邪恶的、可恶的、错误的？他努力思索，最后发现线索就存在于他记忆中和博世的对话之中。在发现米兰达是一个有意识的、拥有平均智力的存在之后，他们并没有仁慈地给予她解脱。他们甚至都不允许她对这个世界保持无知、意识不到自己和那些移动的、活跃的、自由的个体有什么区别。恰恰相反，他们使她暴露在公众面前，让她"适应被盯着看的感觉"。仿佛他们对于人格的认知，仅仅来自实验室里那些能够被测量的数值。仿佛他们能够直面自己的苦痛，却不承认他人也会有相同的遭遇。"实验对象表现出了痛苦的反应。"但他们从未承认，是我们伤害了她。

从表面上看，他在塔诺威的第二个五年间的表现，和之前并没有什么不同。他会注射镇静剂，但不单他使用药剂，大部分和他同龄的人都会用。有时候，在和他的导师争吵过后，他会被叫去接受心理辅导，但他至少一半的同学也都经历过这种事。被女生甩了后，他会在走上歧路的边缘徘徊，但这不过是典型的青少年情绪在这个封闭的环境里被放大了而已。总之，他的一切行为都不逾矩。

但有一次——就那么一次——他觉得自己再也无法忍受这样的压力，于是做了一件事。这件事如果被人发现，他肯定会被逐出塔诺威，甚至很可能被强制清除记忆（传言是这么说……没人能将其证实）。

塔诺威和最近的小镇之间有列车连通，车站的公用3V电话可以拨打"聆听援助"。多年来的第一次，在黑夜之中独处的那一小时里，他对着电话倾诉了自己内心的秘密。这是一种精神宣泄，是心灵净化。但在回到自己的房间之前，他就开始发起抖来,担心"聆听援助"那句著名的承诺("只有我听到了")可能并非事实。怎么可能是真的？太荒谬了！位于卡纳维拉尔的那些联邦电脑的监听系统,犹如菌丝一般交织在这个社会里,没有地方能逃脱监听。他整夜未眠地躺在床上,被恐惧包围着,等着自己的房门被人撞开,一群凶神恶煞的人冲进来将他逮捕。到了黎明时分,他几乎已经决定自杀了。

仿佛是奇迹一般,之后他并没有遭遇什么灾难。一周之后,那股可怕的冲动渐渐退去,变成了记忆,像个梦一样逐渐模糊了。不过他还是常常能清晰地回想起自己的恐惧。

他下定决心,这是最后一次做蠢事了。

此后不久,他开始专注于研究数据处理技术,并放弃了对其他领域的研究。他的同学中,有四分之一的人在那时也表现出了对某项领域的偏好。这是一个很有用的科目(有人已经向他解释过,根据N值平均路径理论,管理北美大陆上的三亿人无疑是一个大问题。然而,就像象棋比赛或圈围游戏一样,如果宇宙的寿命还没长到足够以实验－犯错－再实验的方法找到答案,那么即使存在一个完美的游戏模式,也是毫无用处的)。

刚来塔诺威时,他一直沉默寡言。开始研究一个无比开阔的领域之后,就算他又回到了最初那种离群索居的状态,也并非有悖于常理。他的老师和同学都不知道,他的转变是有原因的。他想找到一个出口,而出口这种东西,在这里是不应该存在的。

这一点无须反复解释,但人们不时会受到提醒,培养一个塔诺威的学生,每年会花掉大约三百万美元的联邦预算。二十世纪,用于导弹、潜艇以及维护海外基地的资金,现在全部都投入到了这些秘密机构。而有小道消息说(这种事通常都有小道消息),待在塔诺威的一个条件是:塔诺威的学生最终必须对政府的投资给予回报。那些回来造访这里的毕业生都是这么做的。

然而尼基渐渐开始坚信,有些地方出了差错。这些人,到底是真的满腔热情……还是对一切都麻木无知? 他们到底是热爱祖国……还是热衷于权力? 到底是单纯……还是愚蠢?

他下定决心,或早或晚,在他兑现承诺、用一辈子去偿还他们强加给他的代价之前,他必须摆脱这一切足够长的时间,以使自己能从一个客观的角度判断,脑力竞争究竟是对是错。

正是这种想法,让他后来发现了一个4GH代码。根据最初的那些原理,他推断一定有某种方法,可以让获得授权的人扔掉旧身份,获得新身份,并且不会受到盘问。这个国家被编织在一张盘根错节的数据网络里。一个世纪前的时间旅行者如果来到现在,得知机密信息竟然能被只会做二加二的陌生人轻易获取,一定会惊骇不已("那些能阻碍偷税漏税行为的机器,同样也能保证把你从车祸现场接走的救护车里存有跟你血型匹配的血液。怎么样?")。

但众所周知,不只是警方线人、联邦调查局探员和反间谍特工在进行他们的秘密行动,还有商业间谍——护送上百万美元贿款的政党特工——以及那些为超级企业的大老板们的肉欲服务的皮条客,也在进行着自己的秘密活动。当然,如果你够富有,或者掌握着某个位高权重之人的把柄,你依然可以避免被探听。

大部分人都屈从了现实,一辈子活在没有隐私的状态下。但他不会。他找到了自己的代码。

一个4GH代码含有一个可复制的噬菌体:不论何时输入一个替代人格,它都会自动且持续地删除前一个人格的所有记录。一个人若是拥有这样一个噬菌体,他就可以通过任意一台连接至联邦数据库的终端,改写自己的身份。也就是说,2005年之后的任何一部3V电话都可以,哪怕是公共电话。

这是一种最宝贵的自由,拥有无限力量的接入式生活:有了这种自由,你可以成为你想成为的那种人,不用受限于电脑记录在案的身份。那就是尼基·哈福林格无比渴望的东西,他也因此演了五年的戏,假装自己仍然是原来的自己。那就是蕴藏魔力之剑,不可穿透之盾,生有翅膀的靴子,可以隐形的衣服,那就是终极的防御。

至少看上去如此。

因此,在一个晴朗的周六早上,他离开了塔诺威。周一的时候,他已经成了小石城①的一位生活顾问:名义上年龄是三十五岁,而且——经过数据网络的证实——他拥有可以在北美大陆任何地方从业的执照。

纠缠的网络

"你的第一份工作开始还挺顺利的。"弗里曼说,"可最后却以暴力的方式突然结束了。"

"是啊。"一声刺耳的笑,"我差点被一个女的开枪打死,就因

---

① 美国阿肯色州首府。

为我建议她去和另一种肤色的人上床。这片大陆半数的集群电脑都赞成我的建议,但她不同意。事后我进行总结,发觉自己过于乐观了,于是自我反思了一下。"

"也就是在那时,你成了一名3V磁带大学的教员。我注意到,你在从事这份新工作时,把自己的年龄下调到了二十五岁,更接近你的真实年龄,但你的学员的年龄大部分都在四十岁甚至四十岁以上。我想知道这是为什么。"

"答案很简单。请想一想,是什么把我的大部分客户吸引到大学去的?是一种和世界失去了联系的感觉。他们迫切想要比他们小十五或二十岁的人提供的数据,通常是因为他们做了自认为对孩子好的事,但换来的却是孩子的拒绝和谩骂。他们很可怜。他们真正想要的,并非如同他们声称的那样。他们希望听到别人对他们说:没错,这个世界仍然是你年轻时的那番模样;此时与彼时并没有什么本质区别;确实存在某种咒语,只要你一念出来,瞬间,现代社会那种疯狂而快节奏的架构会立即化为固定而熟悉的模式……等到第三次有人投诉我的磁带时,我便失去了这份工作,哪怕有严谨的证据证明我是对的。在那种情况下,就算你是对的,也不会受欢迎。"

"所以你运用你的技能,做了一名全职德尔斐赌徒。"

"然后立即赚了笔大钱,但我马上感到厌倦了。我做到的,别人也能做到,只要他能意识到,政府为了让社会缓和指数维持在高位而人为地操控了德尔斐赔率。"

"只要他能和你一样接触到同样多的电脑数据。"

"理论上来说,每个人都能做到,只要把一美元硬币投入一部付费电话就行了。"

一段停顿。弗里曼再次用冷淡的语气开口道："在你选择身份时,你的脑海中有没有一个清晰明确的目的作为指导?"

"你还没从我身上找到答案?"

"找到了,但那是在你神志不清的时候。我想听到你在清醒状态下的回答。"

"没什么区别,我一直都没找到一个比较好的表述方法。我在寻找一个支点,好让我撬动整个地球。"

"你考虑过出国吗?"

"没有。我觉得拥有4GH代码后,不太方便的事情之一就是办护照,所以就算我找到适合的地方,那也一定是在北美。"

"我明白了。这样来看,你选择的下一个职业就好理解了。你花了一整年时间在乌托邦设计咨询公司工作。"

"对。那时候我太天真了。过了很久我才意识到,只有非常有钱和非常愚蠢的人才会觉得幸福是可以定制的。另外,我一投身那个行业就发现,让各个项目保持最大程度的多样性应该是公司的准则。我设计了三个很有趣的封闭式社区。听说最后一个现在仍在运作。然而,我们总是在将上一个乌托邦设计中最有前景的部分移植到下一个设计中,这种重复让我再次感到厌倦。嗯,有时候我很好奇,二十世纪那些虚拟生活方式的实验室是怎么来的,人们在其中努力研究,想要弄清共同生活对人类究竟有多好。"

"对,还有模拟城市,更不要说那些付费规避区了。"

"确实,还有像特里亚农这样的地方,你能在那里提前体验未来的生活。说句不好听的,如果不是'大地-深空'每年向特里亚农资助一百万美元,那座城市也不会存在。模拟城市只是为那些富家子弟而建的——把那些孩子送去度假一年所花的钱，基本等同于把他们留在阿姆赫斯特学院或是本宁顿学院的花销。而那些付费规避区，则是湾区大地震后节约公共支出的手段。出钱让难民在不带最新设备的情况下去这些地方，花销反而要少很多。反正难民也负担不起。”

“或许人类要比他们以为的更有适应能力。或许没有这样的支持，我们也能活得很好。”

“在这样一个时代？他们已经停止在3V网络上报道谋杀个案，只会直接说一句，‘今天有数百人被杀害了’，然后切换话题。我可不会把这称作‘活’。”

“你似乎也没把自己的生活处理好啊。你的每一个身份最后都以失败告终。或者说，至少你没有实现你的野心。”

“你说对了一部分。在塔诺威那封闭的环境中，我没意识到大部分人变得有多冷漠，没意识到他们渴望更密切地参与决策制定，也没意识到他们有多么绝望和灰心。但你要记住：我在二十五岁左右的时候，就在做普通人要等十年甚至二十年才能做到的事情了。那时你们这些人利用能调动的一切资源来抓我，却依然没能发现我，即便是我改换身份，也就是我最脆弱的时候。”

“看来你将自己的失败归咎于别人，并在你为数极少的小成就中寻求安慰。”

“我觉得你毕竟还是人类，不是机器。不管怎么听，你说的话都像是为了刺激我。不过省省吧。我承认我犯过一个最大的错。”

“是什么呢？”

"认为情况不可能真像别人描绘的那样糟糕。以为可以靠自己进行有建设性的行动。我给你举个例子吧。这个故事我至少听过十几遍了：一家超级企业专门买了一台电脑——他们自己承认的——用来找到某种方法，暗中贿赂政府官员，以换取相应的好处。而购买那台电脑的钱，则被视为合理的商业支出。我一直觉得这肯定是个民间传说。后来我发现，这件事确实有案可查。"他苦涩地笑了一声，"面对这样的情况，我逐渐接受了自己如果没有支持者、同情者和同伴，将寸步难行的事实。"

"于是你想通过你的教会来找到这样的人？"

"在想到这个主意之前，我还用过两个身份。不过坦白来说，是的。"

"因为外在环境而被迫频繁地审视自己，这不会让你烦恼吗？"

又一段停顿，这次时间更长。

"好吧，坦白地说，有时候我会觉得，自己逃进了这个星球上最大的监狱。"

英格牧师①说

"世上存在两种愚蠢的人。一种人说'这是旧的，因此是好的'；另一种人说'这是新的，因此是更好的'。"

---

① 指威廉·拉尔夫·英格（William Ralph Inge，1860-1954），英国作家，剑桥大学神学教授，圣保罗大教堂主任牧师。作者在这一节引用的话，出自英格于1928～1930年间发表的一篇文章《一些智慧箴言》。

今天的接待质量平平

"这位是西摩·舒尔茨,我们这儿轨道故障检修的负责人之一。"

一个身材很瘦、深色皮肤、穿着蓝色衣服的男子面带微笑,依照习惯递出一张印有他名字和代码的名片。投射在脑海中的印象:行动派,不说废话的那种人。

"啊,我看见你的一个同事刚刚起飞。"

"没错,应该是哈利·利弗。"

"这位是薇薇安·英格勒,精神福利部的头儿。"

此人身着灰绿色相间的衣服,身材偏胖,和漂亮毫不沾边。印象:凭才能来的这儿,"我比你自己更了解你"。

"还有这位是佩德罗·洛佩兹,这位是查理·维拉诺,这位……"

不出所料,都是些选择了接入式生活的人,这意味着他可以关闭自己一半的注意力,但依然能保证言行得当。

"……里科·波斯塔,负责长期规划的副总裁——"

顺便插一句。一般来说,副总裁可是个重要角色,他们总是老成持重,不会心浮气躁。因此面对这位身穿黑黄色相间的衣服、身材高大、留着胡子的男人,他特别热情地与之握了握手,然后说道:

"很高兴见到你,里科。我想在你的产业多样化计划中,我们还会经常见面的。"

"然后——噢，对了，我的女儿凯特，那边那位是德洛丽丝·凡·布莱特，合同法务部的死脑筋，你必须马上和她聊聊，因为……"

可不知怎么，在伊娜走过去向布莱特介绍他时，他并没有跟上去。他正在朝凯特微笑。这简直太荒唐了。因为她不只谈不上漂亮，还很瘦——妈的，瘦得跟皮包骨头一样！此外，她的脸也太尖了，眼睛、鼻子和下巴都不好看。还有她的头发，乱糟糟的，颜色也不过是普通的灰褐色。

真是让人抓狂，我不喜欢瘦女人。我喜欢让人想要搂抱的类型，比如说伊娜。这一点对我的每一个身份都适用。

"这么说你就是桑迪·洛克。"凯特用沙哑而好奇的声音说道。

"嗯哼。和本尊一样大，而且更自然①。"

随后是一阵停顿，他们互相评估着对方。他模糊地感觉到伊娜在房间对面——当然，这是一间很大的屋子——正惊讶地四处张望，看他在哪儿。

"不。比本尊更大，但自然程度要打折扣。"凯特说了句莫名其妙的话，然后做了个鬼脸，这让她的鼻子像兔鼻子一样褶皱起来，"伊娜正在疯狂地向你示意。你最好赶快过去。我不该来这儿的——只是今晚没什么事可做。不过我现在很开心自己来了。待会儿再跟你聊。"

"嘿！桑迪！"伊娜的声音比无处不在的、舒缓的音乐稍大，

---

① 原文为 large as life and twice as natural，出自刘易斯·卡罗尔的《爱丽丝镜中奇遇记》。引申意思是"正是其人，如假包换"。

但又如屋里的装潢一般低调,因而不至于惹得他人不快,"这边!"

刚才到底发生了什么?

这个问题不断蹦入他的脑海,甚至当"刚才"已经过去了一个小时,他依然时不时走神,无法假装对新同事们的寒暄表现出兴趣。他花了不少力气才得以保持表面上的礼貌。

"那个,我听说你的孩子不得不接受矫正治疗,真可怜啊。她怎么样了?"

"周六把她接回来了。就像新的一样好,甚至更好,他们是这样说的。"

"你应该把她交给'抗创伤'公司。就像我们一样,你说是不是,桑迪?"

"嗯?噢!问我可没用。我这人就是个浪荡子,所以就算你们问我,我也说不出个所以然。"

"是吗?真是太可惜了。我本来还想问问你对'分半学校'的看法——你知道的,就那种学生和老师各选一半课程的学校?表面上看是公平的折中方案,但其实我怀疑……"

"在特里亚农?"

"不是。想在今天就体验未来生活,真是乱套了。"

接下来还有如下对话:

"——我可不会接受一个二手的家。重新给自动装置编程太麻烦了。有一条结束友谊的捷径,就是邀请别人来你家,任他在车道上被困得死死的,因为那些愚蠢的机器会错误地理解你的意思。"

"我那些装置就算只用普通的代码也能升级。但那儿治安很差,不像在特里亚农。桑迪选择来这儿可真是聪明——我猜他也遇到了同样的事,对吧?"

"目前我还居无定所,我的朋友。下一次说不定会搬到你住的那地方去。"

还有如下对话:

"你青少年时期是在帮派里度过的吗,桑迪?嗯?我的儿子一直想加入'非洲长矛'帮!他们确实团结一心,而且斗志昂扬、品德高尚,不过——呃……"

"死亡率有点高?我也听说了。从他们把安息日男爵变成迦梨女神后就这样了。至于我嘛,我正在尝试把多娜接入'英勇雄鹰'。我是说,有必要去争取孩子的抚养权吗?在那场跨种族的婚姻里,必须发些奇葩的誓,比如那位军阀说的杀光白人之类的话。"

"'英勇雄鹰'?你没希望的。找一些刚出生的孩子吧。去找个温和的、追随圣尼古拉斯的帮派。那儿的人寿保险金更低,不妨由此开始。"

还有很多这样的对话。

但他的目光时不时地(频繁得让他有些惊讶)越过正在与自己交谈的某个重要人物的肩膀,落在伊娜的女儿那凌乱的头发或是瘦削的面容上。

为什么?

最后,伊娜用尖酸的语气说道:"凯特似乎把你迷住了嘛,桑迪!"

迷住这个词很恰当。

"这一点可以说是继承了你呢。"他轻快地答道,"主要是我有些不明白,为什么她会在这儿。我还以为这就是个'见见同事'的活动。"

这个回答很有说服力,那个女孩是个不稳定的因素,如果没有她,今晚的环境还算中规中矩。伊娜的态度缓和了一些。

"我早该猜到你会这么问。我也该向你道歉。不过她懂很多东西。她今天打电话问我晚上有没有事,说她想过来吃晚饭,于是我就告诉了她派对的事,不然她会跟我唠叨个没完。"

"这么说她并不为公司工作。我还以为我有希望呢。她现在靠什么过活?"

"啥都不干。"

"什么?"

"噢,没什么值得说的。明年秋天她还要回去上学。是这儿的密苏里大学堪萨斯分校。她已经二十二岁了,该死!"她的声音压得很低——但桑迪已经知道女儿的事让她头疼,这个烦恼已经不是一两天了,"她要是想去澳大利亚,甚至去欧洲上学,我都可以想办法,可是……她还把一切都归咎于她父亲送她的那只猫!"

就在这时,她看见里科·波斯塔示意她过去与他和德洛丽丝·凡·布莱特聊聊。于是她道了声失陪便过去了。

几秒钟之后,就在他犹豫着要不要在自动吧台上再点一杯喝的时,凯特来到了他身边。现在屋子里全是人——有五十多人参加了这次派对——上一次看见她时,她还在房间的另一端。她似乎一直在密切地关注着他,就像薇薇安一样(不,薇薇安不再看他了。棒极了,精神福利部要休息一会儿。)

我该怎么做?跑开?

"你要在堪萨斯城待多久?"凯特问道。

"和平常一样,取决于'大地-深空'和我觉得我该待多久。"

"你是说,你是那种喜欢到处跑的人?"

"要么到处跑,要么原地休息。"他说道,努力让这句陈词滥调听上去不那么老土,也不那么严肃。

"你是我遇见的第一个能把这话说得那么真心实意的人。"凯特喃喃道。她那双深棕色的、极具穿透力的眼睛一直盯着他的脸,"你一走进这里,我就知道你与众不同。你是从哪里来的?"

在他犹豫未答之际,她又说道:"噢,我知道打听别人的过去很没礼貌。自从我学会说话以来,伊娜就一直告诉我要注意,比如别盯着别人看啊,别指着别人啊,别发表个人评论啊,诸如此类。但人人都有自己的过去,都放在卡纳维拉尔的档案里,为什么要让机器知道你朋友都不知道的事呢?"

"朋友这个概念已经过时了。"他回答得比他预想中的要草率……上一次像现在这样卸下防备是多久之前的事了?即便是大骂弗拉克纳尔那次——他感觉那次遭遇仿佛是很多年以前的事了——都没有像现在这样的闲聊让他感到不安。为什么?为什么?

"但那并不意味着朋友不存在,"凯特说,"你是一个值得交的朋友。我能感觉出来。而这让你变得很特别。"

他突然想到了一种可能:这位普通、瘦削、其貌不扬的女孩找到了一个接近男人的方法。若是不用这个方法,男人们就不会被她吸引。伸出友谊的橄榄枝,要比接入式生活常见的那种相识更让人印象深刻,这对于那些渴求与他人建立深厚情谊的人来说似乎很有吸引力。

他险些把脑中的想法说出来，但在说出口前，他似乎尝到了那些字句的味道，就像是灰烬落在了自己的舌头上。于是他勉强地说道："谢谢。对我来说这是一种夸奖，虽然很多人不会这么看。不过现在我更加着眼于未来，而非过去。我不是很喜欢之前的工作。你呢？听说你还在上学。学什么呢？"

"什么都学。如果你能故作高深，那我也可以。"

他等待着。

"噢！去年是水生态、中世纪音乐和古埃及研究；前年是法律、天体力学和手工艺；明年，可能是——有什么问题吗？"

"完全没有。我只是想努力表现出钦佩之情。"

"别跟我扯这些。我能看出你在想什么：为什么会有人把时间浪费在这些乱七八糟的东西上。我每天都能在伊娜以及她公司里那些所谓的朋友脸上看到这种表情。"她顿了顿，想了一会儿，"也许……没错，我觉得是这样的——嫉妒了？"

我的天呐！她是如何这么快就明白的？对，我是嫉妒她，嫉妒她不必被塔诺威的命令束缚，嫉妒她不用被这个念头纠缠不休——你在塔诺威每度过一年，都意味着你又欠了政府三百万美元……

已经晚上九点半了。一个声音突然从自助餐桌旁的墙壁通风口中传出，向众人通报了时间。伊娜回到他身边，问需不需要给他拿盘吃的。他很高兴。他可以利用这个空当，想出并非属于他的，而是属于桑迪·洛克的合适的回答。

"啊，什么都学是没有意义的，你不必非得知道一切，只需要知道该去哪儿寻找就行了。"

凯特叹了口气。她转过身去时,眼中有种奇怪的神情。虽然只瞥到了一眼,但他清楚用什么词描述最贴切。

失望。

最受好评的几则3V广告

1.死寂,漆黑的太空,繁星的刺眼光点。镜头缓缓对准轨道上一座工厂的残骸。显然,一场爆炸像开锡罐头一样撕开了它。四周飘荡着穿着太空服的身影,被仿佛胎儿脐带一般的救生索连接着。暂停一拍。镜头平移至一间正在全力运转的工厂,它在太阳的光芒下闪闪发光,其中挤满了男男女女,正在给即将前往地球的无人货运太空舱装载货物。画外音:"另一方面……这座工厂是'大地-深空'建造的。"

2.一开场便是我们正在穿越外层大气,刚开始还很平稳,随后出现了震动,然后,随着太空舱头部的融蚀锥开始燃烧,整个太空舱晃动起来。它疯狂地旋转,不停地前后翻转。然后发生了爆炸。画面切换,十几个人气愤地望着夜空中一束正在消逝的亮光。画面再次切换,这次,一群和刚才类似的人走上一块混凝土降落平台,走向一艘正在冒烟的太空舱——它离得很近,这群人甚至都不需要搭乘交通工具。画外音:"另一方面……这艘太空舱是'大地-深空'设计制造的。"

3.又是太空。这一次是一块巨大的、不规则的陨石正飞向一座太空熔炼站——从那块由聚酯薄膜构成的巨大透镜可以看出其用途。陨石靠近画面的那一侧喷射出许多气流,身着航天服的男男女女忙乱地打着各种手势。画外音里很模糊,全是求救声以及愤怒的命令声,"快做点什么!"然而陨石沿着它无法扭转的轨迹,洞穿了聚酯薄膜,将其撕成了碎片,碎片诡异地漂浮在虚空之中。画面切换到另一座太空熔炼站,它的透镜聚焦在一块更大的陨石上。磁力蒸汽导管有条不紊地在气化发生时收集好气体,分离器——每一个都闪烁着不同形状的红白色——将宝贵的纯金属导入陨石背面的冷却室内。画外音响起:"另一方面……这条轨道是由'大地-深空'计算的。"

世界的众王国

"你觉得在'大地-深空'工作怎么样?"弗里曼问道。

"比我想象中要好。作为一家前沿科技的专业机构,'大地-深空'吸引了不同领域的顶尖人才。身边有一些思维活跃的人总是很有趣。我和里科·波斯塔走得最近,但其实是因为我在遵照他的指示工作,负责确保'大地-深空'不会和'国家松下'同时踏入奥利弗斯这个研究领域,以免没什么收获。否则,他们的成本将会是原来的两倍,而优势却比原来少了一半,而且他们也不想花二十七年分期偿还由研究而产生的债务。"

"这和日本的社会结构有关,"弗里曼冷冷地说,"在日本那边,那些东西肯定非常宝贵。"

"没错!"

今天的气氛相对轻松。他们之间的对话多少算得上沟通了。

"你的其他同事呢？你一开始就不喜欢薇薇安·英格勒。"

"我一开始不准备喜欢他们中的任何人。他们都是典型的接入式生活者，而且是这类人里的精英。他们的搬家频率比平均值要低，而且时刻准备着去那些正在进行有趣的研究的地方定居，而非纯粹地跟着习惯走。"

"你肯定是通过探查数据网络对他们进行了调查。"

"当然。别忘了我为了得到那份工作所用的借口。"

"当然。但你肯定没花多少时间就发现了最初想要确认的东西：你的4GH代码依然可以使用。为什么当他们打算给你一个终身职位的时候，你选择了留下来？"

"这……这很难解释。我想是因为我之前从未遇见过这么多能高效工作的人。我之前的身份主要是和那些心怀不满的人打交道。你随时随地都会遇到那种患有轻微妄想症的人，就因为他们知道自己的秘密会被他们不认识的人发现。您明白我的意思吗？"

"当然。但是'大地-深空'的人并非如此？"

"嗯哼。不是因为他们没什么可隐瞒的，也不是因为他们的秘密都藏得很安全——看看伊娜，她就是个例子——而是，他们大都很享受情绪波动的感觉。他们时常抱怨，但那就像一种释放压力的手段。一旦释放掉压力，他们就会回去使用系统，而非被系统使用。"

"而这是最让你钦佩的一点。"

"当然了。你不觉得吗？"

一段停顿，但弗里曼没有回答。

"抱歉，下次我会注意。不过你刚才说他们要给我一个终身职位,这话有点夸张了。他们只是准备长期雇佣我。"

"那也逐渐会变成终身职位的。"

"不,我不会让这种事发生的。那时我动心了。但这就意味着我将一直使用桑迪·洛克的身份,度过自己的余生。"

"我明白了。听上去变换身份似乎也会上瘾。"

"什么?"

"没什么。说说你是如何给他们留下好印象的吧。"

"噢,除了刚才说的奥利弗斯那件事之外,我还帮他们收拾了几个烂摊子,帮他们每年省下了几百万。常规操作而已。任何人都能成为高效的系统极客,只要他能在联邦网络里四处探索。"

"你觉得这很简单?"

"不能说很简单,但也绝不困难。一个负责调查工作的'大地-深空'代码是一把可以开启很多扇门的钥匙。你知道的,这家公司在卡纳维拉尔拥有最高的'网络地址转换优势'评级。"

"你履行了对伊娜·歌瑞尔森许下的诺言吗?"

"我想起来后稍微去应付了一下。当我意识到她为何依然没变成自由职业者、摆脱这种生活、让她的女儿独立自主之后,我的热情便消失了。只要还和她那个丑小鸭似的女儿一起生活,她的信心就会不断增强。她知道,在外人眼里,自己是两人之中更漂亮的那一位……她肯定恨死了自己的前夫。"

"你当然也查明了他的身份。"

"在我厌倦了她的纠缠之后,我才决定深入调查她的档案。可怜的家伙。以那种方式死去肯定糟透了。"

"有人会说那是天谴。"

"在塔诺威不算。"

"可能吧。不过你刚才说自己很享受在'大地-深空'的时光。"

"没错,我当时竟然非常满意那种生活。但还是有个问题。那个问题叫作'凯特',你一定早猜到了。"

被跟踪

暑假期间,大学会暂时关闭。但和其他学生不一样——他们大多去了世界各地旅游,有的甚至参加了前往月球的跟团游——凯特留在了堪萨斯城。那次欢迎派对后,他再次见到她是在一家科莱俱乐部里,而该俱乐部是由"大地-深空"的一些主管资助的。

"桑迪,快来跳舞!"她抓住他的手臂,几乎是将他拖进了舞池,"你还没见识过我的派对技巧呢!"

"那是——?"

可她已经跳起了舞,而他真的大吃了一惊。在看不到天花板投影仪的情况下,不走调地跳出一段曲调简单的曲子,尤其是还能回到主旋律上来,并不断重复,这需要一个人拥有非凡的运动细胞。而她正是那样在跳舞。她周围那些舞者跳出的喧嚣刺耳的声音,都被她用有力的动作压制住了。她跳出的旋律大多为低音,仿佛某部很棒的管风琴失去了它所有的高音和中音耦合器,但音量又没有丝毫减弱。她跳的是以节奏雄壮而闻名的《欢乐颂》。他的眼角瞥见附近的一张桌子旁坐着四位焦躁不安的欧洲游客，仿佛在犹豫要不要站起来维护一下欧洲大陆经典曲目的尊严。

"到底是怎么——?"

"别说话！快帮我和声！"

好吧，如果最后那个音符是从那台投影仪发出的，而旁边那台现在发出了……他从来都没对科莱产生过兴趣，但凯特的热情很有感染力。她满脸兴奋之情，双眸闪烁着光芒。其他年纪的人或许会觉得她这样很美。

他试了几个动作……忽然之间响起了一个和弦音，一个真真切切的五和弦。不过还有点走调，需要修正一下——成了！一段由两个完美契合的和声部分组成的完整旋律。

"天呐，"她面无表情地说道，"我从未见过过了二十五岁还能玩好科莱的人。我们应该常见面！"

这时，房间对面一个看上去不过十五岁的人切掉了贝多芬的音乐，换成了一首生硬而尖刻的曲子——可能是日本音乐吧。

之后，两个人不断相遇—— 一场无伴奏合唱音乐会，一次湖畔煎鱼餐会，一次室内射箭聚会，一次游泳聚会，一场关于将拓扑学引入商业管理所具有的优势的讲座——相遇这么多次后，他再也忍不住心中的怀疑了。

"你是在跟踪我还是怎么的?"今晚她穿了件性感的、半透明的衣服，还用机器精心打理过她的头发。可她依然相貌平平，骨瘦如柴，依然令人不安。

"没有啊。"她回答道，"我只是在预估你的行为。我还没有完全看透你——昨晚我就去错了地方——但进展很快。你，桑迪·洛克，太想要遵循某个统计规范了。而我讨厌看见一个优秀的人就这么糟蹋了自己。"她说完便转过身去，大步走开——你甚至可以把她走路的样子称为"行军"——回到了自己的男伴身边。那是一个胖胖的年轻男子，怒视着他，似乎正妒火中烧。

他只是站在原地，感觉自己的腹部如鼓面一般慢慢绷紧，手中渗出了汗水。

被联邦官员找到是一回事。六年以来，他已经习惯了心怀戒备，这已经成了他的第二本能。可说到他作为桑迪·洛克被一个自己几乎不了解的女孩以如此快的速度看穿……！

必须把她从我的社交圈上除掉！她让我体会到了第一次离开塔诺咸时的感受——仿佛我在街上走时，注定会被所有人认出来；仿佛有一张不断收紧的大网要把我余生都困在其中。我之前竟以为那个叫盖拉的可怜孩子有问题……停下停下停下！我现在是桑迪·洛克，从来没有孩子在大半夜哭着来求过我帮忙！

见《以赛亚书》第八章第一至第二节：
掳掠速临，抢夺快到。

年岁更迭

"我还以为你永远不会露面了。"凯特挖苦地说道，同时从门口往自己公寓里退去。他已经看见她只穿了一条肥大的、有很多大口袋的短裤。满身都是灰尘，令身上的汗水变得黏糊糊的。"不过你来得还是很巧。我正在清理去年的东西，你可以搭把手。"

他非常小心地走进屋子,隐约知道自己会在她家里发现什么。她住在一座楼房的顶层。世纪之交时,这里肯定是令某家人自豪的优质住宅。但现在,它已经被分隔成了好几个部分,而且就位于贫民窟边上。街上堆满了肮脏的垃圾,帮派的标志随处可见。都是些臭名昭著的帮派,比如"基卡普人"帮和"弯曲思想"帮。

这里的四个房间由扩宽过的拱廊互相连通,只有浴室依然是独立的。他环顾四周,注意力立刻被一个做工精良的美洲狮标本吸引了。它在走廊尽头的一个矮架上,沐浴在一道明亮的阳光里——等等,那真是标本?

他想起了伊娜对他说过的话,声音清晰得仿佛她就在面前——"她把一切都归咎于她父亲送她的那只猫……"

凯特看着他,眼神几乎和她那只不可思议的宠物一样镇定,然后开口道:"我刚才还在好奇,你看见巴格希拉时会有何反应。恭喜你;你得了满分。大部分人都会转身就跑,但你只是脸色稍微变白了一些。我提前回答你所有的问题吧。没错,他非常温顺,除非我让他变凶;他是我父亲送我的礼物,我父亲把他从马戏团救了出来。我猜你知道我父亲是谁。"

他感觉嘴很干,点了点头。"亨利·利尔伯格,"他声音沙哑地说道,"神经生理学家。在参加一个研究项目时患上了退行性脊髓炎,于四年前去世。"

"没错。"她走向那只动物,伸出一只手,"我会向他介绍你的,之后你就不用担心了。"

等他反应过来,发现自己正挠着那只美洲狮右耳后的毛,而一开始他在它那双蛋白石般的眼睛中看到的敌意渐渐消失了。当他收回自己的手时,巴格希拉发出了一声长长的呼噜,然后把下巴搁在爪子上,就那么睡着了。

"非常好。"凯特说,"我想他喜欢你。不过这不代表你很特别……对了,你是听伊娜说起过他吧? 所以你才不惊讶的,对吗?"

"你觉得我不惊讶? 她说过你有只猫,我还以为——算了。现在我都明白了。"

"比如什么?"

"为什么你会一直待在密苏里大学堪萨斯分校,而不是去其他大学。你肯定很喜欢他。"

"也不算特别喜欢。有时候他也是个累赘。但我十六岁时说过,我会承担养他的责任。我没有食言。他现在越来越老了——只剩下大概十八个月的寿命——所以……不过你说得对。我父亲拥有在国内运输保护物种的许可,但我绝不可能得到这种许可,更别说获得在其他住宅区养他的许可了。不过我也并非完全没有自由。我可以请个一两周的假,住在楼下的姑娘们会帮我喂他,带他出去走走,但这也是他能忍受的极限了。最后他会变得烦躁起来,姑娘们就不得不打电话叫我回来。这让我的好几任男友都挺不开心的……来吧,这边走。"

她带他来到了客厅。三面墙上都涂写着高达一米的埃及象形文字,第四面墙上则胡乱地涂抹了一些白色油漆。

"我对这个没什么兴趣了。"凯特说,"都是《亡灵书》①里的内容。出自第四十章,我觉得还挺合适我的。"

---

① 《亡灵书》是古埃及时期使用的祭文,使用时间大致在公元前1550年至公元前50年,包含有许多咒语和金字塔及棺材上的祭文。

"恐怕我从没读过……"他的声音渐渐变小。

"沃利斯·巴基[1]写的章节标题是：'击退驴神吞噬者[2]'。我没有给你下咒哦！这一章我也没读下去。"她露出一个嘲弄的笑容，"不管怎样，现在你知道该怎么搭把手了吧。"

怪不得她浑身都是尘土。整间公寓像是经历了湾区大地震。地板中央堆了三堆东西，高度还在不断增长。每一堆周围都用粉笔划了线，以便区分。一堆是要捐赠的东西，比如还能穿的旧衣服；一堆是能当废铁卖的玩意儿，比如去年出的一款立体声音响和一台用过的打字机；最后一堆都是垃圾，不过已经被分成了可回收和不可回收两部分。

放眼望去，所有架子都是空的，所有衣橱都半开着，所有的盒子和箱子都开了盖。这是一间朝南的房间，阳光透过敞开的巨大窗子照进屋里。城市的气息随着一阵温暖的微风飘了进来。

他配合地脱下衬衫，挂在最近的一张椅子上。"我该做什么？"他问道。

"我刚才跟你说的那些。主要是帮我把偏重的垃圾搬出去。噢，还有件事。在干活的时候谈谈你自己。"

他拿起衬衫，又重新穿上了。

"好吧，"她夸张地叹了口气，"明白了。帮忙就好了。"

汗流浃背地干了两小时后，所有东西终于清理完毕，他也了

---

①英国埃及学家、东方学家，同时也作为文献学家任职于不列颠博物馆，曾参与《亡灵书》的整理汇编工作。

②此处与古埃及神话有关。所谓驴神即古埃及沙漠与风暴之神赛特，驴是他的化身形象之一；而意欲吞噬驴神的则是蛇状的怪物Sebau。《亡灵书》中关于这段有一幅插画，展现了一只紧咬着一头驴的屁股的毒蛇被长矛穿透的情形。

解到了一些之前没有猜到的关于她的事。这是第五或第六次年度例行清扫活动,清扫目标是那些可能过时的东西,顺带清除它们所意味的一切:也就是以牺牲回忆为代价,清除掉因为对物品的留恋而加在自己身上的枷锁。清理东西的时候,他们有一句没一句地聊着天,大多是他问她这东西要不要留下,而她回答留或者不留。从她对物品的弃留中,他总结出了她的性格模式——而结论让他无比恐惧。

这女孩不曾在塔诺威待过,这女孩要比我小六岁,却……

他止住了自己的思绪。再这么想下去,无异于将他的手指放在火焰中,就为了尝尝被活活炙烤的滋味。

"收拾完这里我们就刷墙。"她说着满意地拍了拍手,"不过在我们继续之前,你可能想来杯啤酒。我会做真正的啤酒,冰箱里就冻着六瓶。"

"真正的啤酒?"为了符合桑迪·洛克的身份,他尽全力让自己的语气充满讽刺意味。

"像你这样没有感情的人大概是不会相信这种东西存在的。"她说完后,在他想出回应的话之前便走向了厨房。

等她拿着两个覆盖着泡沫的杯子从厨房回来时,他已经想好了说些什么。他指着墙上的象形文字说道:"把这些刷掉挺可惜的。它们看上去很棒。"

她立刻回应道:"我是一月份写上去的,从那以后它们就一直在墙上。它们装饰了我的思想,而这正是它们的价值。你喝完那杯后去拿把刷子吧。"

他到凯特家时,大概是下午五点。晚上十点十五分时,他们站在一间刚被刷成白色的屋子里,凯特觉得没必要留的东西都已清理出去。周一早上,这座城市的"废品和垃圾回收队"会将它们从门廊上搬走,并适当地返还一笔钱。现在房间里感觉空荡荡的。他们坐在宽敞的屋子里,吃着煎蛋饼,喝着剩下的真正的啤酒——味道还真不错。从拱廊朝厨房望过去,能看到且听见巴格希拉正用老化的、不再锋利的牙齿啃着一块牛骨头,并时不时发出心满意足的呼噜声。

"现在,"凯特说着躺在了空盘子边上,"该解释一下了。"

"什么意思?"

"对你来说,我就是个陌生人,你却花了整整五个小时来帮我更换家具,扔垃圾,重新粉刷墙壁。你究竟想要什么? 为了和我上床?"

他坐在那儿,未发一言,一动不动。

"如果是的话……"她若有所思地望着他,"我可能不会拒绝。你在这方面一定很棒,这毫无疑问。但你来找我不是为了这个。"

沉默填满了这间白得发亮的屋子,如同枕头里的羽毛般密实。

"我觉得,"她最后说道,"你一定是来对我进行评估的。好吧,你评估够了吗?"

"没有。"他声音沙哑地说道,然后起身离开了。

临时报告

"这里是数据处理局。下午好!"

"请接副局长。哈尔茨先生正在等我的电话……哈尔茨先生,我想您应该知道,我即将遇到一场危机。要是您能回来——

"噢,我知道了,真不幸。那我最好安排人把我的磁带拷贝一份送到你办公室去。

"是的,当然了。我会安排一条最安全的线路。"

无法渗透的

这是令人紧张的一天。今天他们要对他进行面试——不光是里科、德洛丽丝、薇薇安以及他曾见过的那些人,还有从其他大洲来的重要人物。或许当伊娜提到公司有意长期雇佣他,并暗示最终会给他提供永久职位时,他就不该给予积极的回应。

稳定,至少在相当一段时间内都是诱人的。他并没事先想好什么计划。跳出这个背景来看,他倾向于能自由选择何时抽身,而不是被夏德·弗拉克纳尔这样的家伙逼走。可是一种危机感在他的脑海中不断滋长,令他越发难受。被如此有权势的人注意到——还有什么比这更危险的吗?是否有塔诺威之外的人奉命追踪尼基·哈福林格——这个政府投入了三千万进行特训、教育和培养的人——等着用锁链把他拖回去?(如今说不定还有其他的逃亡者。他不敢和他们联系。除非……)

不过,与那些数不胜数的糟糕状况相比,这场面试只能算是小儿科。他正在进行出发前的精心打扮,决定将自己循规蹈矩的形象打造到极致。就在此时,3V电话铃声响起。

　　屏幕上显示出德洛丽丝·凡·布莱特的面孔。待在堪萨斯这段时间里,他和她相处得还挺好。

　　"嗨,桑迪!"她热情地打招呼道,"我打电话来只是想祝你面对董事会时好运。我们这儿的人都很重视你,你知道的。我们觉得你应该获得一份长期职位。"

　　"啊,谢啦。"他回答道,心中祈祷着摄像头没有拍到他脸上渗出的珍珠般的汗水。

　　"然后我就能在你走的路上撒点玫瑰啥的。"

　　"嗯?"他的反应神经瞬间进入了"战斗/逃跑"模式。

　　"我想我不该这么做,不过……唔,不管怎样吧。薇薇安给了我点暗示,于是我查了一下:遴选董事会中新来了一个人。你知道吗,薇薇安觉得作为国家重要资源的你被小看了。所以上面派了个联邦政府的人加入了我们。不知道那家伙是谁,但我觉得他来自塔诺威派。荣幸不?"

　　他不知道自己是如何结束对话的。当他恢复意识时,电话已经挂断,他……

　　倒在了地上?

　　他努力想要起身,但并未成功;他四肢摊开躺在地上,嘴巴感觉很干,脑袋里嗡嗡作响,犹如被敲响的丧钟,肚子绞痛不已,手指攥得紧紧的,脚趾也在拼命蜷紧。他感觉房间在旋转,整个世界都飘走了。一切,一切,都化为了迷雾,而他忽然意识到一件事:

　　我得赶紧站起来,然后离开。

　　他四肢发软,腹部酸痛,视线模糊,难以抵抗的恐惧笼罩着他。他跌跌撞撞地走出他的公寓(我的? 不! 是他们的公寓!),

然后前去赴那场可怕的约会。

对他的勇气定罪

按下对应的开关后，弗里曼耐心地等着实验对象从回退模式回到现时。最后他开口道："看来这实验依然相当痛苦。我们明天还得再来一遍。"

回答他的是一个虚弱的声音，但音量已经大到足够传递出其中强烈的恨意："你这个魔鬼！是谁给你权力这样折磨我的？"

"是你。"

"我的确犯下过你们所谓的罪行，但我从未受过审，也从未被定罪！"

"你没有受审的资格。"

"任何人都有受审的资格，你去死吧！"

"这么说是没错，不过你并不是'任何人'。你什么人都不是。你的自由意志选择了让自己变成这样。法律上来说——按照官方说法——你根本不存在。"

第二部　德尔斐科拉科尔小舟[①]

一个浑身是血的肤浅的人，并不会为此感到沮丧。

别担心明天，那是你的特权。不过当它趁你不备而来时，千万别抱怨。

亚拉腊[②]

通过与他相隔一段距离的……这个说法太过轻描淡写。通过与他相距遥远的一部分思维，他看见了自己做出的所有错误的选择：走向自己事前并未选择的方向；在可以且应该使用公司的电动车时，却选择了跑步前进。总而言之，这一切让他显得愚蠢透顶。

---

①科拉科尔小舟：用兽皮柳条制成的圆形小船，最早出现于威尔士。
②即亚拉腊山，位于土耳其厄德尔省东北部，海拔五千多米，是土耳其的最高峰。《圣经》中记载，大洪水之后，诺亚方舟最后停靠的地方便是亚拉腊山。

原则上来说,他做的决定都是正确的。他会如约出现在面试他的董事会面前,他会勇敢地面对塔诺威来的那个人,他会赢得这场争论。因为你不可能——绝对不可能——把"人地-深空"这样有权势的公司里一位获得了永久职位的人抓起来。否则,你将在整个大陆臭名远扬。如果说塔诺威真的害怕什么,那便是被媒体拆穿他们假装自己并不重要的虚假外表。

通往地狱的道路是由好的计划铺就的。他很幸运。他的打算不会对他的行为产生任何影响。

"你好,是哪位?"3V电话摄像头下的话筒里传出一个生硬的声音。然后,几乎是在同一瞬间,那声音继续道:"桑迪!嘿,你看上去病恹恹的啊,我这可不是在夸奖你!赶紧上来吧!"然后是防盗锁解锁的声响。

病恹恹的?

他琢磨着这个词。他的意识出奇地冷静,似乎脱离了自己的身体,但仍在继续运转,仿佛挂在一颗气球上,跟着这具正在上楼梯——不只靠脚,还必须用手抓住栏杆,以防摔倒——的身躯之后。脚力竞争加上臂力竞争形成了脑力竞争,而现在他的大脑确确实实在高速运转。一条无形的绑带紧紧地箍在他的头上,与他的太阳穴齐平。疼痛让他头晕目眩。他眼前的一切都出现了重影。当凯特公寓的房门打开时,他看见了两扇门,看见了两个她,穿着破旧的红色裹身裙和棕色的凉鞋……但这并不算太糟糕,因为她的脸上充满了同情和担忧,还有无比欢迎他到来的表情。他已经汗流浃背,以为会听见自己的脚在鞋里发出的吧唧声,但听见的却是鼓鸣般的心跳,这声音甚至盖过了她的问话。

她更加大声地重复道："我是说,你到底嗑了什么?"

他听见了自己的声音,是喉咙深处发出的模糊而粗粝的声音,而他的喉咙如同酷暑中的溪床般干燥,这种感觉一路延伸到他那疼痛不已的肺部。

"没——呃——什么!"

"我的天呐。你嗑的那玩意儿劲可够大的。快过来躺下。"

他感觉周围的一切缥缈又虚幻,如同身处梦境一般。他有种无比超然的感觉,仿佛正从老巴格希拉那双漠不关心的眼睛中看着这一切。他看着自己被半扶半拖地带到了一张棕褐色沙发上。很久之前,他曾坐在这里吃着煎蛋饼,喝着啤酒。这是个美好而晴朗的周日早晨。他闭上眼睛,将阳光隔绝在外,集中精神努力呼吸弥漫着淡淡柠檬香的空气。

她摁下一个按钮,窗帘随即自动拉上,挡住了光线。接着她走到他身边坐下,握住他的手。她用手指熟练地探查他的脉搏,像个训练有素的护士。

"我知道你压力太大了。"她说,"我还不知道是为什么——不过等你挺过了最难受的阶段,你可以告诉我是怎么回事。如果你乐意的话。"

时间一分一秒地过去。他剧烈的心跳逐渐减缓。从他的毛孔中流出的汗水在由热变冷,令他原本整洁的衣着变得黏糊糊的。他开始发抖,接着,毫无征兆地啜泣起来。他并没有落泪——眼睛还是干的——却在大声地啜泣,仿佛他的肚子正被一个并不存在的拳头狠狠地不断击打。

不知什么时候,她拿来了一张冬天用的厚羊毛毯,盖到了他身上。他上一次触碰到这类质感粗糙的纤维已经是很多年前的事了——此刻,他正睡在一张由气垫包裹的气压床上。这唤起了他的许多童年回忆。他的手如猛禽的爪子般攥紧,将毛毯扯过头顶。他并拢膝盖,像胎儿一样蜷缩起身子,然后翻了个身,奇迹般地睡着了。

他醒来时,感觉出奇地轻松,有种被净化了的感觉。就在……他睡了多久?他看了看自己的手表。在他睡着的这段时间(最多一个小时),有种甚于平静的感觉占据了他的脑海。

他无声地念出一个词,品味着其中的美妙滋味。

平和。

但是——!

他猛地坐起身来。并不存在什么平和——一定不存在——不可能存在!平和这个词并不适合这个世界。在"大地-深空"总部,某位来自塔诺威的人肯定正在——纠正一下,应该是肯定已经——得出了结论:桑迪·洛克,这个"作为国家重要资源而被小看了"的人,可能已经被认定是从塔诺威逃走的尼基·哈福林格。

他掀开毛毯,站起身来,这才意识到凯特不在旁边,或许她让巴格希拉留下来看着他……

然而他的复杂思绪被一阵突如其来的眩晕冲散了。他仅仅向沙发旁迈出了一步,就不得不伸手扶住了墙。

凯特的声音从厨房传来:"时间刚好,桑迪。或者说,不管你真名是什么。我刚给你煮了点肉汤。拿去。"

一个冒着热气的杯子递到他面前,他小心地握住不太烫的杯把,接过肉汤。但他并没有看杯子,而是望着她。她换了一件蓝黄色的夏装,穿着黄色的及膝短裙,臀部印着几个大大的蓝色汉字。他听见自己开口道："我的名字怎么了？"

同时他心想：我是对的。这个现代世界并没有平和的容身之地。平和是虚幻的。一分钟过后，它就会四分五裂。

"你睡觉时含糊地说了些什么。"她说着坐在了一张修补过的旧椅子上——他之前还以为她会把它扔了，但它却不可思议地被留了下来。"噢，别那样眨眼睛了！要是你在好奇巴格希拉去哪儿了，那我告诉你吧，我把他带到楼下的姑娘们那儿去了；她们说可以照顾他一阵子。要是你在寻找逃跑路线，现在还太早了。坐下来把肉汤喝了。"

在所有的选择中，顺从似乎是最明智的。举起杯子的那一刻，他感到自己饥饿无比。他的血糖值肯定低得可怕。另外，他依然觉得很冷。辛辣可口的汤汁下肚后，暖意涌上来。

过了很久，他才勉强提出一个简短的问题。

"我含糊地说了……？"

"我夸张了。你说的大多我都听懂了。因此我才告诉'大地-深空'你不在这儿。"

"什么？"

杯子险些从他手中滑落。"别告诉我我做错了。因为我没错。由于你没去面试，于是伊娜叫他们给我打电话。我说'不，我当然没看见他'。我告诉他们，'他甚至都不喜欢我'。伊娜会信的。她从来都没意识到男人是会喜欢我的，因为我是她最希望自己女儿成为的那种人，比如勤奋好学，聪明机智，最主要的是相貌平平。她从未深入了解过男人的性格，最多也就是对你了解的那种程度，外表好看，声音好听，很好相处，以及可以利用。"她发出刺耳的笑声，带着一丝苦涩。

他没有理会她这番话。"我——呃——说漏了什么?"他问道。等待她回答时,他的身子微微颤抖。

她犹豫道:"首先……嗯,我记得你好像说过自己以前从未崩溃过。这是真的吗?"

他常常被人问起这个问题,也总是这样解释道:"是的,我想我属于幸运的那种人吧。"他也确实相信自己所言不虚。他见过崩溃的人,他们会东躲西藏,语无伦次,还会尖叫着打砸家具。他这种偶然发作的颤抖、痉挛以及感到寒冷的症状,只需一剂镇静剂就能在几分钟内消除,不可能是人们说的那种崩溃,绝对不是!

然而现在,他能感觉到潜藏在自己体内的那股暴烈的力量。他意识到在外人看来,自己的行为一定和那些人别无二致,比如他在托莱多时的一位信徒,比如他身为乌托邦顾问时的前主管,比如他在3V大学工作时的两位同事,比如……其他很多人。数不胜数。他们被困在"战斗或逃跑"模式中,却无法做出任何一项选择。

他叹了口气,放下杯子,强迫自己诚实地回答。

"在这之前,药物总是能立即让我恢复正常。今天——好吧,不知怎么回事,我就是不想服用任何东西……如果你明白我的意思的话。"

"你之前从未试过出身汗把它熬过去?一次都没有?难怪你这次发作会如此严重。"

他有些生气地立刻回应道:"你常常遇到这种事吧,嗯?所以你才懂这么多?"

她面无表情地摇了摇头,说:"不,我从未遇到过这种事。但我也从未服用过镇静剂。如果我想痛哭着入睡，我就会那么做。如果因为天气很棒而想逃课，我就会那么做。我五岁的时候，伊娜崩溃过一次。她就是在那时和我爸离的婚。从那以后，她就一直密切关注着我和她自己的精神状况。但我那时已经坚信，她服用的药和她崩溃时的表现——那确实令人不快——是有联系的，因此我总是装作把她给我的药吞下去，然后等一个人的时候再把药吐出来。我很擅长在舌头下藏药片和胶囊。我觉得这么做是明智的。我的大部分朋友都至少晕厥过一次，有些刚上小学就昏倒过两三次。他们似乎都是那种受到家人，呃，特殊照顾的人。一种他们永远都无法从中康复的照顾。"

不知怎么回事，一只苍蝇从厨房逃了出来。吃饱喝足的它扇着重重的翅膀，嗡嗡地飞来飞去，想找一个歇脚的地方来消化食物。他感觉那嗡嗡声犹如画在句子下面的锯齿形波浪线，帮他强调了自己的下一个问题。

"你指的是'抗创伤'做的那些事吗？"

"无数家长雇佣'抗创伤'对他们无助的孩子做的那些事！"她的声音里充满了恨意，这是他第一次从她身上感受到强烈的情绪。"不过'抗创伤'绝不是第一个这么做的公司。他们的规模最大，宣传力度最强，但他们并非这一行业的先行者。去年我和伊娜吵过一架，当时她对我说，她真希望让我接受过那种治疗。我曾经还挺喜欢我母亲的。但现在我不确定了。"

他带着一种倦意——源自最近他对自己进行的重新评估，而这也令他备受折磨——说道："我觉得他们认为自己在做一件理所应当的事情。他们希望自己的孩子能临危不乱，处变不惊。而且据说那些治疗能让人们适应现代世界。"

"刚才那是,"凯特说,"桑迪·洛克会说的话。不管你到底是谁,我敢肯定你现在并不是他。他是你扮演的一个角色。在你内心深处,你明白'抗创伤'的所作所为是大错特错的……对吧?"

他只是微微犹豫了一下,然后点了点头,"没错。他们的所作所为确实邪恶至极。"

"谢谢,你终于对我说实话了。我之前就已确信,任何有过你那种经历的人,对此都不可能有其他看法。"

"你知道我经历过什么?"

"呃,你睡着的时候,嘴里一直含糊地说着塔诺威什么的。鉴于人人都知道塔诺威是什么样的——"

他猛地站起身来,仿佛被人踹了一脚,"等等,等等! 这不是真的! 大部分人根本不知道塔诺威的存在!"

她耸了耸肩:"噢,你一定明白我的意思。我见过几个他们所说的'毕业生'。那些人本来可以成为独立的个体,却被标准化了——被存档归案——被铐上了枷锁!"

"可那还是很难以置信啊!"

这次轮到她露出困惑和惊讶的神色了,"什么?"

"我是指你见过塔诺威的人。"

"不,这并不稀奇。密苏里大学堪萨斯城分校尽是这种人。无处不在。噢,我说得可能有些夸张,不过确实有五六个。"

他刚到这儿时的那种痛苦的感觉似乎又要回来了。他的嘴彻底变干,仿佛被人用棉签擦过;他的心怦怦乱跳;他很想马上找一间厕所,但竭尽全力忍住了。他努力稳住自己的声音,疲惫得像正在爬山似的。

"那他们藏在哪儿?"

"哪儿都没藏。他们有时会去'行为科学实验室'——喂,桑迪!"她焦急地站起身来,"你最好躺回去,我们稍后再说这事儿吧。你一定是因为震惊而感到很难受,只是你不知道而已。这种感觉就像是你刚刚在一场坠机事故中逃过一劫。"

"我当然知道!"他吼道,"可是有个来自塔诺威的人已经加入了'大地-深空'的遴选董事会。要是他们打算派人来这儿看看……他们想到了给你打电话,不是吗?"

她咬住嘴唇,打量着他的脸,寻找着无处可寻的线索。

"你为什么这么害怕?"她小心地问道,"他们对你做了什么?"

"并不是他们做过什么让我害怕,而是如果他们抓到我,他们会对我做什么。"

"因为你曾对他们做过某些事? 你做了什么?"

"在他们投入三千万想要把我变成你刚才描述的那种家伙时,我果断离开了。"

接下来几秒钟,他不断在内心问自己,为什么会蠢到把那些话说出来。震惊涌上心头——比先前已经平复的震惊还要强烈——他发现自己并不算蠢。

因为她转过身,走到窗户边,从没有完全拉上的窗帘间望向外边的街道。她说道:"外面似乎并没有特别可疑的人。如果发现你的真实身份,他们首先会做什么——删掉你的代码? 我是指你在'大地-深空'用的那个。"

"我连那个都说出来了?"他说道,一股恐惧再次袭来。

"你说了很多。那些事肯定积在你的心中好多年了吧?"

"呃——嗯,我想是的。"

她看了看表,与一台老式电子钟对照了一下时间。那台电子钟是她没扔掉的几个装饰物之——。"九十分钟后,有一架飞往洛杉矶的航班。我经常坐;是那种你无须订票也能乘坐的航班。这样到晚上我们就能在——"

他用手抱住脑袋,再次感到头晕目眩:"你规划得太快了。"

"现在必须快起来。除了系统极客的身份,你还会做什么?什么都会?"

"我……"他用力地抓了自己一把,"对。或者说差不多都会。"

"很好。那走吧。"

他还是犹豫不决,"凯特,你当然不会——"

"忘记我明年还要上学,不会抛弃朋友、家庭和母亲,以及巴格希拉?"她厉声道,"妈的,当然不会。可是如果你没有一个可用的代码,在你构建出另一个他们不知道的代码期间,你该如何撑过去呢?我猜你一定能做到,对吧?"

"呃——对,差不多吧。"

"那么赶快行动吧,行吗?我的代码信用状况很好,楼下的姑娘们也乐意照顾巴格希拉几个星期,就和照顾一晚上没什么区别。而我唯一要做的,就是给伊娜留个口信,说我去朋友那儿待段时间。"她拿起离她最近的电话,按下了母亲的邮件存储线路代码。

"但我不能要求你——"

"你没要求我,是我主动帮你的。你他妈最好抓住这个机会。因为你要是放弃,那你就死定了,不是吗?"她摆摆手让他住口,随后讲了些必要的话来瞒过伊娜。

她讲完后,他开口道:"不是死定了,是比那还要糟。"然后他便跟着她走出了门。

最开始是牧群

在塔诺威,他们将一切都解释得如此合理!

当然,每个人都会获得一个自己的代码!不然政府还能用什么办法来让公民履行义务,了解他们的欲望、口味、喜好、购买的物品、做出的承诺,以及最重要的,每个人在这个大陆的具体位置?

没错,是有其他方法可以做到。但你会乐意看见那些方法被使用吗?你会乐意看见自己的选择被局限,只能通过民众的集体行为来预测他们的意向吗?

所以别把电脑错误地理解为一种新型枷锁。要用理性去看待它:电脑是迄今为止人类发明的最能解脱束缚的装置,是唯一可以满足现代人类各式各样需求的工具。

换个思路想一下,用"他"这个称呼来代替"它"。比如,设想一下有这样一位友好的邮差,不论你搬家多频繁或者搬得有多远,他总会保证将你的信件送到你手上;设想一下有这样一位忠诚的秘书,不论你因为何事分了心,他总会在账单到期时帮你付清;再设想一下有这样一位家庭医生,在你生病住院后,他会陪在你身边,拿着你的全部医疗记录来指导不了解情况的专家。

或者,要是你不想听这么个人化的例子,想听一些社会化的,那么不妨把电脑设想成能够解决原始大规模生产方式造成的单一性问题的良方。早在二十世纪六十年代,在一条装配线上连续生产出一百个产品,就被视为了一种经济可行的方法。而在这一百个产品中,每一个都和另一个有细微差别。这样需要额外雇佣一位程序员,当然,也需要一台电脑来负责整个生产工作……但是反正那时每个人都在使用电脑,而它们的容量又是如此之大,因此多容纳一些数据也不会影响什么。

（在他思考这个问题的时候,发现自己总是在现在式和过去式之间来回切换;在理想的情况和最后的结果之间,存在一种极微妙的平衡。好几代人之前,人们就已经做出了某些至关重要的决定。而现在,人们似乎仍在做出类似的决定。）

二十世纪末,美国人口流动的规模就已经堪称历史之最了。每年假期时流动的人口,都要比世界上所有伟大的征服者率领的军队人数总和,再加上被他们逐出家园的难民总数还多。所以,可以想象一下这种感觉有多么轻松:你只需将自己的代码输入公共终端——或者说,自2005年之后,输入离你最近的一部3V电话(极大可能就在你正坐着的客厅里)——然后解释一遍,因为你接下来要在罗马待两周,或者在邦迪海滩冲浪,或者这样那样的理由,你的房子应受到警方更严密地照看;另外,你收到的邮件也应在这些天里被妥善保存——除非上面标着"紧急"字样,那么这些邮件应被重新寄往某某地方;还有,垃圾车不必像往常那样每周都来;以及许多诸如此类的事情。有了这种美好的、全新的自由,这个国家便能更好地展示自己的实力。除了……

无论现在还是将来,从理论上来说:这都是可靠的公民无须担心的事。

而最重要的是:不可靠的公民呢?

因为一旦得到解放,动身出发的民众会像升空的热气球一样多。

"好的,让我们!"——走,去另一个州做那份工作;在五大湖边度过整个夏天;在洛基山脉的某个度假胜地度过整个冬天;乘坐垂直升降飞机飞跃数千英里,去看看海岛生活适不适合我们,要是不适合就算了……

以上这些都不算什么,还有更严重的情况:让我们每个月交换一下妻子和孩子,多适应几对父母对孩子是有好处的,因为你已经结过两次婚了,而我也结过三次了;让我们快点离开这座城市,趁老板还没发现是我在那次关键的交易中坏了他的好事;让我们离那些你深陷其中的争执远一点儿,这样你才好冷静下来;让我们前往另一个地方,那里没有流言蜚语,而你也将永远不会对男人失望;让我们看看托皮卡那些可靠的毒品渠道是不是真的;让我们——让我们——让我们……

另外,他们随时随地都会保持警惕:现在别看。我觉得我们正被人跟踪。

他们将家庭电话服务接入大陆网络两年后,系统发出了痛苦而无声的尖叫,它就像是一位知道自己只要能到达终点,就一定能打破世界纪录的马拉松选手的四肢。

但是在塔诺威,他们依然在用通情达理的语气问:我们本来还能做什么呢?

让我们像我一样变得不同

"那,"弗里曼若有所思地说道,"听起来像是一个你仍未找到答案的问题。"

"噢,住嘴吧。看在上帝的分上,让我回到回退模式吧。我知道你认为这不是折磨——我知道你把这叫作刺激反应评估——但我感觉那就是折磨,而我宁可一劳永逸。既然并没有第二种选择的话。"

弗里曼扫了一眼仪器上的旋钮和屏幕。

"不幸的是,现在让你回去并不安全。需要一天左右,你在堪萨斯城崩溃造成的影响才会从你的系统中消退。那是你成年之后经历过的最为激烈的体验了。让你的精神饱受创伤的一次体验。"

"我对数据抱有无尽的感激之情。我感觉确实如此,但能得到你那些机器的确认也挺好。"

"我同意。那些机器告诉我们的,能被你有意识的人格进行确认,这也挺好。"

"你喜欢冰球吗?"

"我并不会特别支持某个队,但冰球比赛确实为我们展现了一种现代社会的缩影,不是吗? 集体承诺,厌烦限制性规则,制定展示型攻击规则(更多的是与地位有关,而非与仇恨或恐惧有关),以及将驱逐出场作为一种强制服从的方法。还有对最原始武器的使用,以及俱乐部制度,虽说那种制度已经程式化了。"

"看来那就是你眼中的社会。我一直在思考这个问题。多么微不足道！多么过度简化！你提到了限制性规则……但规则只有在过时的时候才会变得具有限制性。自我们学会说话之后，在社会发展的每一个新阶段，我们都会更新我们的规则，而且我们仍在制定更加适合的新规则。我们还会继续这么做下去，除非像你这样的傻瓜找到办法来阻止我们！"

弗里曼身子慢慢往前倾，右手撑着自己瘦削的下巴。

"看来我们的观念存在根本区别，"他停了一下继续道，"这么跟你说吧，自从我们学会说话以来，人类有意识地制定的规矩中，没有一条能和五十、一百乃至一千个世代以前，人类仍处蛮荒时代时就定下的那些规矩具有等同的效力。进一步来说，为什么现代社会一片混乱，主要原因就在于我们长久以来宣称自己拥有的特殊人类的才能，能让我们不被刻进基因里的传统影响。"

"那是因为你以及那些和你一样的人，一直在用二元思维看待问题——'要么这样，要么那样'——就好像你们认定机器要比人类高级，而你们打算模仿它们。由此来看，我觉得你们不只是没找到正确答案，也不可能找得到。你们依据黑箱原则①看待人类，将这个反应输入，就会相应地产生那个反应；输入另一个，又会产生不一样的结果。在你们的世界里，根本就没有你所谓的特殊才能存在的空间。"

"得了吧。"弗里曼露出一个憔悴的微笑，"你的措辞至少都

---

①黑箱原则也称作"黑箱方法"，是广泛用于电脑、心理学、人类研究等方面的研究方法，其基本内容即考察某个系统的输入、输出以及其动态过程，而不直接对系统本身进行研究探寻。所谓"黑箱"，指的是内部构造不清楚，而出于种种限制，我们无法直接探查本身而只得通过相关外部观测来揣测其内部结构的系统。人类大脑就是一个很好的例子。

是一个世代以前的陈词滥调了。我们的方法论从二十世纪六十年代起就已经相当成熟,你把这些信息都从脑子里删掉了吗?"

"这些方法论早就和中世纪的神学一样僵化了,你是不是把对这一点的感知都压在了意识深处,把你的智力都专注于找到消除一切与你意见相左的方法上了?别费神回答了。我正在亲身体验你的黑箱研究法。你会一直用我做实验,直到我完全毁灭。你没有把我看作一个人,而是把我视为一个样本,一个可能会、也可能不会符合你心目中理想的人类模型的样本。如果我的反应不符合你的预期,你就会修正这一模型,然后再试一次。但你永远不会在乎我的感受。"

"从永恒的角度来看①。"弗里曼说道,并再次露出笑容,"我没有找到任何证据能让我相信,我要比任何存在过的,或是将要出现的人更重要。而他们也不会比我更重要。这是一个始于黯淡的过去、并将延伸至犹未可知的未来的过程,而我们只是这个过程中的某种元素而已。"

"你所说的这些,更加巩固了塔诺威在我心目中的印象:一具腐烂的尸体,身上爬满了无法辨认的蛆虫,而它们这辈子唯一的目标,就是比同类抢到更多腐肉。"

"啊,没错。征服者蛆虫②。你居然有宗教方面的倾向,这让

---

① 原文为拉丁文。这是荷兰哲学家巴鲁赫·德·斯宾诺莎(Baruch de Spinoza)提出的哲学观点。所谓的"从永恒的角度来看"可以这么理解:若某件事物是"永恒的",则证明其存在是必然的,其自身存在是该事物的本质属性,亦即该事物是自发的。斯宾诺莎认为这样的事物只有一个,亦即上帝。人虽然可以摆脱外部束缚,但永远无法达到上帝这般自发存在,完全自由的地步。因此,为了接近理性认识,把握事物的普遍特质,斯宾诺莎认为人应"从永恒的角度来看"事物。

② 出自爱伦·坡的一首诗。

我有些难以理解,尤其是考虑到你在托莱多做牧师时设下的骗局充满了愤世嫉俗的意味。"

"但我并不信教。主要是因为宗教信仰到最后会使人变成你这种盲目相信一切的人。"

"棒极了。好一个悖论。给我解释听听。"弗里曼向后靠在椅背上,翘起他瘦削的腿,纤细的手指指尖相抵,两个手肘靠在椅子的扶手上。

"你相信人类是可以理解自身的。至少,你表现得像是相信这一点。然而你经常提到某些始于过去、并且会持续发展,直到永远的过程。你想做的是跨出这种过程,就像迷信的野蛮人做过——在做!——的那样,也就是向不受人类限制的神力求助。你口头上说支持这种过程,但你根本不会接受它。恰恰相反,你竭力想要控制它。而要实现这一点,你只有跨出去。"

"嗯。你一定隔代遗传了祖先的某些基因,不是吗?你拥有成为一位经院哲学家必备的品质!可这并不能改变你的观点是错的这一事实。我们正在努力不跨出这种过程,因为我们已经认识到了这一过程的本质及其必然性。我们能期待的最好的情况,便是将其引导到最能被人接受的领域去。我们在塔诺威所做的一切,可能是有史以来一小群人能为整个人类做的最有价值的事。我们正在诊断种种社会问题,然后努力创造出可以解决这些问题的人。"

"那到目前为止,你们解决了多少问题?"

"我们人类还没有将自己消灭。"

"你们竟然把这看作自己的功劳?我知道你们脸皮很厚,但这也太荒唐了吧!你们还不如声称人类发明核武器,是为了触发自身的自救反应呢——大部分生物在面对比自身更强大的敌人的威胁时都会展现出这种反应。"

"事实似乎确实如此。"

"你要是真相信这一点，那你就不会这么努力想要把这种新规范普世化了。"

"那是你自己发明的词汇吗？"

"不，我是从某位不太受塔诺威待见的作家的一部作品里借用的这一说法。那人叫安格斯·波特。"

"行，那是很有力的说法。可到底是什么意思？"

"要不是现在在这里说话要比退回到我的脑海中任你审问我的记忆好太多，我才不想回答你的问题……因为你他妈很清楚那是什么意思。看看你自己吧。你就是其中的一部分。这个说法都已经诞生一个世纪了。它出现的时间，正是富裕国家的人们首次开始改造其他文化，以使其符合自己口味的关口。这些人有钱可花，却害怕奇怪的食物；这些人会叫餐馆老板上汉堡或者炸鱼和薯条，却不要肉馅玉米卷饼或者库斯库斯[1]；这些人喜欢在自家墙上挂些漂亮玩意儿，而非当地艺术家投入心血和灵魂创作的作品；这些人觉得里约热内卢太热，采尔马特[2]太冷，却依然坚持要去。"

"难道我们该为远在塔诺威建立之前的人们的行为受到谴责？"弗里曼摇了摇头，"你还是没说服我。"

"但这是你们一开始就怀有且一直坚持的理念！你们径直走进了一个没有出路的陷阱。你们想要开发出一个关于人类的

---

[1] 库斯库斯北非常见的特色食品，通常是粗麦粉蒸煮制成，形似米饭。

[2] 位于瑞士。

普世模型,而这便是最容易上手的那一个:比一战前的欧洲王室更普遍,尽管那其实是一个世界性的问题;比典型的农民文化更有同一性,而农民文化虽有共性,但也有个性。最后你们总结出了一个纲要:那些遵循着古老进化原则(就是你们随意引用的那些原则)的人——比如在某地落地生根,然后度过一生——会被他们身边的人看作'很奇怪的'人。用不了多久,他们就会遭到迫害。到这时候,你们又会如何为你们声称的'基因中的信息会有意识地推翻受引导的现代变化'进行辩解呢?"

"你是在说那些所谓的经济学家,不愿意使用依靠我们的技术制造的设备?他们真是愚蠢;他们自己选择了被困难阻碍。"

"不,我是在说那些被过多的机会包围,因而犹豫不决,最终患上焦虑性神经症的那些人。他们的朋友和邻居试着帮他们走出困境,向他们解释和展示如今的生活多么美好,之后便怀着觉得自己做了大好事的心情离开了。可要是第二天他们不得不重复这一切,后天也要重复,大后天还要重复……结果会如何呢?不,从自视高人一等的阶段,到迫害他人的阶段,两者之间的距离总是很短的。"

沉默片刻后,弗里曼开口道:"但我的观点是很容易调和的,而这与你那种扭曲的观点有很大区别。人类最早就是游牧型种族,我们跟随牲畜迁徙,随着季节变化从一个牧场迁徙到另一个牧场。类似的人口流动已经在我们的文化中重现,至少在富裕的国家中重现了。不过生活在城市化的社会里有诸多好处,比如良好的卫生环境,便捷的通讯,便宜的交通……而多亏了我们电脑的强大能力和聪明才智,我们在迁徙时不必放弃这些好处。"

"那还不如说,浪潮将海滩上的石子打磨光滑,其实是帮了石子一把,因为圆润的外形要比参差不齐的外形更好看。对石子来说,什么形状并不重要。但对人而言,这就十分重要了。你们激起的每一波浪潮,都在减少人类可以采用的外形。"

"你这一长串比喻值得赞扬。"弗里曼说,"但我发现——我的监视器也发现——你为了举这些例子耗费了大量精力,就像一位在派对上竭力假装自己没喝醉的人一样。今天的实验还剩几分钟;我就在这里结束好了,等到了早上再继续审问你。"

完全错误的原因,完全正确的事情

感觉就像坐在一辆汽车上,司机看到前方的道路有很多坑洼,一脚把油门踩到底想高速冲过。砰砰的声音响个不停,路旁的某些路牌一闪而过。但从本质上来说,这就是一个刚才身处彼时彼地,现在身处此地此时的问题。

流逝的时间刚好够乘客察觉,同时也让他意识到,在这样崎岖不平的道路上,车不可能开得这么快……接着他又问自己:为什么不可能呢? 既然开快点有那么多好处。

然后,车突然停了下来。

"你到底把我带到哪儿来了?"

他环顾四周,发现这是一个四面都是粗糙的棕色墙壁的房间,房里摆着一张老式弹簧床,地上铺着一张很不搭的地毯。宽大的玻璃窗外,日落景象吸引了他的注意力,然后他才注意到屋里的其他物品,比如椅子和桌子之类的东西。这些东西都是从旧货店买来的,就是那种店主会把任何比自己年岁长的东西都标为"古董"的旧货店。

"你这可怜的家伙。"凯特说道,她也在场,"你的情况真的很糟糕。我之前问过你,你觉得去听天由命镇是不是个好主意?而你回答说是。"

他坐到离她最近的一张椅子上,紧紧握住自己的手臂,直到指关节开始发白。他花了很大力气才说道:"那我当时一定疯了。很久之前我就想过到这样一个小镇来,然后便意识到他们第一个会想到搜查的地方肯定就是这里。"

理论上来看,对于一个想放弃自己先前身份的人来说,这片大陆上再也找不到比这儿更合适的地方了。要么他还可以选择湾区大地震后,由北加利福尼亚的难民建立的一些定居点。上百万精神上饱受创伤的难民,因为这场灾难而零散地向南迁移。多年以来,他们都住在帐篷和棚屋之中,依靠联邦救济品生存,由于他们遭受了巨大的精神打击,以至于无法工作。大多数情况下,症状表现为他们害怕走进房顶坚固的大楼,害怕房顶会坍下来砸死自己。他们渴望一种稳定感,于是选择投身无数奇奇怪怪的邪教。江湖骗子和假传教士发现了这群容易上钩的猎物。很快,一个吸引游客的活动出现了:他们可以在周日的时候参观这些加利福尼亚人的聚居地,并观看敌对两派信徒之间爆发的冲突——虽然这两派的信徒信奉的都是一些疯言疯语。要买人身保险的话还得另外加钱。

在西方文明史上,自1755年里斯本大地震撼动了大半个欧洲的基督教信仰之后,还没有哪次事件能如"湾区大地震"一样意义深远。

后来出现了一些政府开始正常运作的表象，而这种表象已经持续了二十五年左右。但那场大地震的伤疤，也印刻在了一些新城镇的名字中，比如不安全市、险境市、暂时市、中途小站市、稍纵即逝市……还有听天由命镇。

由于数百年来，这些城市在这个国家里都没有明确的边界，因此它们吸引了一大批从其他地方来的居无定所、持不同政见的人，有时甚至还有一些罪犯。最新地图显示，这些人就像不小心溅上去的墨水点一样，散布在从蒙特利到圣迭戈之间的一道宽约两百英里的带状区域。他们相当于建立了一个国中之国。游客依然会来这里。但大多数情况下，他们都会有其他选择。身处伊斯坦布尔，都比在这儿更让人有家的感觉。

"桑迪！"坐在他对面一张椅子里的凯特敲了敲他的膝盖，"你已经逃出来了，别再走回头路了。快说话！这次要把话说清楚。是什么让你如此害怕塔诺威？"

"如果他们抓到我，就会做他们一开始就打算对我做的事。就是我逃避的事。"

"也就是——？"

"他们会把我改造成一个我不会认同的自己。"

"这种事每个人随时都会遇到。幸运的人能战胜这一切，其他人则会遭受痛苦。一定还有更深层的原因，更可怕的原因。"

他疲倦地点了点头："对，确实有。我确信，如果他们得到尝试的机会，他们一定会那么做的，而我连一点反抗的希望都没有。"

两人都沉默了。最后凯特一脸严肃地点了点头。

"我明白了。到时候你就会知道他们曾经对你做过什么。接着你便会沉迷于自己被录下的那些反应。"

他严肃地哈哈一笑,然后说道:"我觉得你谎报了自己的年龄。没人在这么年轻的时候这样愤世嫉俗。当然,你说得没错。"

又是一阵沉默,而这一次气氛非常压抑。她开口打破沉默:"我本希望在我们离开堪萨斯城之前,你能在状态良好的状况下谈谈此事。可你之前一直都是敷衍了事。不过无所谓了。我觉得我们来到了一个合适的地方。如果你已经六年左右没来过听天由命镇这样的地方,那他们一定不会马上来加利福尼亚搜寻你。"

他心想,听了这番话后我还真是冷静得出奇。听见自己最宝贵的秘密被轻描淡写地带过……最重要的是,竟然终于有人和他站在了同一条战线上。

所以他才这么冷静? 很有可能。

"我们是在一家酒店里吗?"他问道。

"算是吧。人们称这种地方为开放旅馆。你可以住一间屋子,然后自谋生计。穿过那儿是厨房"——她大概指了下卧室门的方向——"你在这里住多久都没有限制。幸运的是,你入住的时候也没人查问过。"

"你用了你的代码?"

"你以为我会用你的吗? 我有不少信用点。虽然我不是经济学家,但好在我还是有基本品位的。"

"要是这样的话,警察随时都可能找上门来。"

"去他妈的吧。你是在根据当今社会的现实思考问题。入住一家酒店后,十秒钟后记录就会出现在卡纳维拉尔的档案上,你是这么想的对吧? 这里不会发生这种事,桑迪。他们这里依然是人工收费。一周之后我才会因为这个房间被查到。"

他本来不大相信还会有希望,但现在,他眼中突然充满了希望的光芒,"你确定?"

"该死,我可不确定。今天说不定就是前台员工做账的日子。我想说的是,这里都是人工操作的。你不是很了解这个小镇吗?"

"我知道有很多付费规避区……"他用手掌根揉着自己的额头,"这里这个还停留在二十世纪六十年代的水平吗?"

"我觉得差不多吧。我以前没来过这里,但我去过暂时市,有人告诉我这两个地方有相似之处。所以我才想到来这儿。我可不想带你去一个我会被认出来的地方。"

她倾身靠向他:"现在让我们把注意力集中,好吗? 那些混蛋现在可没在门外叫嚷。我应该早点了解你的过去。你似乎在塔诺威待了很久。你觉得自己现在是被困在催眠状态中吗?"

他深吸了一口气,"不是的。我之前也想过这种可能,但最后得出的结论并非如此。催眠不是他们的基本手段之一。如果我真被催眠了,那他们对我的控制在很久之前就该生效了,也就是我当初离开塔诺威的时候。当然,他们现在可能会用催眠术来防止别人效仿我逃跑……但真正让我举步维艰的原因在我自己身上。"

凯特用她那娇小的、洁白的牙齿咬住自己的下唇。最后她开口道:"有意思。我之前跟你提过的那些塔诺威的毕业生,我感觉他们肯定被施加了某种类似催眠的技术。他们让我浑身起鸡皮疙瘩。他们给人一种已经了解一切,而且永远不可能犯错的感觉。有点不像人了。所以我一直猜测,塔诺威是某种行为强化教育中心,招收的是那些聪明而贫困的孩子。在塔诺威,他们会用极端的刺激方式作为令孩子们学习的诱因。比如说,零干扰的环境——可能是靠药物来实现——我不确定。"

他从这番话中选了一个关键词:"你刚才说了……贫困?"

"嗯哼。"凯特点了点头,"我第一时间就注意到了。他们要么是孤儿,要么就是毫不掩饰地憎恨着自己的父母和家庭。奇怪的是,这让他们团结在了一起。就像白宫的助手们一样。或者说,更有点像耶稣:'谁是我的父亲和母亲?'"她摊开了双手。

"你第一次听说塔诺威是什么时候?"

"噢,四年前我高中毕业后,去密苏里大学堪萨斯城分校上学时在新闻上看到的。不是广告,至少不是敲锣打鼓大肆宣扬的那种。更像是'我们破解了科学城的奥秘——至少我们觉得是这样的'。很低调的那种。"

"妈的,他们还真聪明!"他狠狠地说道,"要不是我恨那些人,真可能会敬佩他们。"

"什么?"

"那是一种理想的折中方案。你刚才描述的,正是他们希望给世界留下的关于塔诺威的印象。你刚才怎么说的? 一种面向聪明而贫困的学生的行为进行强化教育的中心? 真是令人钦佩!"

"它不是这样的地方?"她盯着他的面孔,锐利的目光犹如刀尖一般。

"不是。塔诺威是他们用来培养统治这片大陆的精英的地方。"

"我真希望，"她说，"你的话不是按字面意思理解的那样。"

"我也这么希望！但是……举个例子吧，假设你是掌权者。试想一下，一个没有父母却拥有高智商的孩子，他能做出的最危险的事情是什么？"

她盯着他看了很久，然后试探着说道："他不按照掌权者的方式看待事物，但他却能比掌权者更接近正确答案。"

他高兴地拍了拍大腿："凯特，你真是太让我吃惊了！你说的没错。那些被塔诺威、克雷迪顿山还有其他那些秘密中心招收的都是些什么人？如果政府没在他们尚能被控制的时候将他们招入麾下，他们很可能会创造出自己的手下。对，就是如此！不过最重要的是——喂，你有没有检查这个房间，看看有没有窃听器？"

现在才问这个已经有些晚了；他平时的小心谨慎都去哪儿了？他刚要从椅子上起身，她便有些蔑视地说道："我当然查过了！我有个很不错的窃听器探测仪。我的一个男朋友给我做的。他是密苏里大学堪萨斯分校的一名工业间谍活动专业的研究生。你就放心吧，接着说。"

他松了口气，坐回椅子里，用手抹了抹额头。

"你说你见过的那些塔诺威的训练生大多在行为科学实验室工作。他们之中有没有从事生物学工作的？"

"我见过一些，但不是在密苏里大学堪萨斯分校。他们在堪萨斯州界附近的劳伦斯市。或者说，他们曾经在那儿。我讨厌他们，所以没和他们联系过。"

"他们有没有提到过塔诺威的骄傲和快乐之源——就是他们培养的那些拥有天才智商的残疾儿童？"

"什么?"

"我见过他们之中的第一个,她叫米兰达。当然她并不是一位天才,所以她四岁死去的时候,他们只把那看作一个微不足道的损失。但是技术已经进步了。在我——我离开之前,我听说最新的实验对象依然不能走路,不能吃饭,但她可以和我们中最优秀的人一起使用远程电脑,有时甚至比她的老师们还要快。当然,他们只培养女孩。从胚胎期来看,男孩就是不完美的女孩,你应该知道的。"

凯特的脸上本身就没有多少血色。接下来的几秒钟,她脸上所剩无几的血色便完全消失了,她的额头和脸颊苍白得犹如烛蜡。

她用紧绷而微弱的声音说道:"告诉我细节。肯定不止这些。"

他照做了。当他完整地讲述自己的经历时,她不停摇着头,脸上满是不可思议的神情。

"他们肯定是疯了。我们在经历了急速剧变后,需要的是休养生息,而不是再经历一次。我们国家半数的人民已经放弃了应对这种变化,剩下的那些人则神志不清,根本意识不到这一点。"

"我同意。"他木然地说道,"但他们肯定会辩解说,无论塔诺威有没有做这些实验,其他地方肯定也会有人做的,所以……"他无奈地耸了耸肩。

"好吧。或许今后的人会从我们的例子中吸取教训;或许他们不会再犯我们的错误。但是……塔诺威的那些人难道没意识到,他们会使我们的社会再次回到歇斯底里的状态吗?"

"显然没意识到。这个例子非常符合波特定律,不是吗? 这个脑力竞争的时代,他们依然秉持武力竞争①时期的思维模式。他们想要生产出一大批无可匹及的存在。你一定听过,如果将极大极小战略应用在重整军备问题上,最终无一例外都会得到同一结论,也就是你必须将军备竞赛贯穿始终。而这种战略的精神先驱们一直在这么做,哪怕氢弹已经在军事力量的方程式中写入了一个无限因数。他们通过堆积毫不相关的武器来寻求安全感。如今塔诺威的人正在犯同样的错误。他们声称自己在寻找决定智慧的基因因素,我也确信他们中的大部分人真的相信自己在做这件事。当然,其实他们并没有。他们只是在寻找智商超过两百的人。而智商和智慧根本是两码事。"

他握紧了自己的拳头,"这种前景让我感到很害怕。必须有人阻止他们。不管做什么,不惜任何代价。但我已经努力了六年,想要找到一个方法,并且希望他们投入在我身上的三千万不会完全浪费,而我他妈连一件事都没做成!"

"你是因为害怕被——嗯,被惩罚——才这么畏手畏脚的吗?"

他十分惊讶,"你还真聪明呀。我想你说得没错!"

"就因为你选择了离开,他们就要惩罚你?"

"噢,我这一路触犯了不少联邦法律:使用假身份、通过诈骗获得公证员的签章、往大陆网络里输入伪造数据……毫无疑问,他们能找到不少理由把我送进监狱。"

"我很惊讶他们一开始竟然让你逃脱了。"

"他们在能用嘴说服对方的时候,是不会动粗的。他们并不蠢。他们很清楚,一个竭尽全力自愿为他们服务的人,抵得上二

---

① 即前文所说的臂力竞争。

十个不情愿这么做的人。"

她盯着他身后不知什么地方，然后开口说道："我明白了。他们觉得你信得过，于是教了你不少东西。那你逃走的时候，到底做了什么？"

他概述了自己的经历。

"嗯！别的不谈，至少你对这个社会有了广泛的了解。那么到底是什么促使你想去'大地－深空'工作呢？"

"我需要获得进入网络中某些限制区域的权限。具体来说，我必须查明我的代码是否依然有效。结果是肯定的。但是由于他们即将发现我在堪萨斯城的身份，我必须立刻最后一次使用这个代码，然后改写我的身份。当然，费用会很高，但我有几张赌赢的德尔斐彩票可以兑换。而且我很确定，我能暂时找到薪酬不错的工作。人们不是很喜欢神秘的事物吗？我可以用电脑进行星象占卜，也可以提供基因咨询服务——我觉得在加利福尼亚不需要许可证也可以做这个——还有……噢，只要有电脑终端，我什么都能做。"她不动声色地看了他一眼。

"可你现在在付费规避区呢。"她说。

"该死，在就在吧！"他突然感到非常孤独，感觉自己十分脆弱，"规避的程度很深吗？我是说，即便你在这儿无法使用公共电话接入网络，他们是不是也依然禁止人们使用电脑？"

"不是的，但你必须提出特别申请来获取使用时间。这里的现金流要比大陆上其他地方的规模都要大，3V电话服务也是禁止的：你无法用这里的电话联系国内其他地方，你必须得给对方拍一封电报，然后等待他们的回电。大概就是这样。"

"但是，如果我无法改写我的身份，那我该怎么办？"他站起身来,颤抖不已。

"桑迪!"她也站了起来,注视着他,"你有没有试过勇敢地面对你的敌人?"

"什么?"他朝她眨了眨眼睛。

"我感觉每当你的计划出现偏差,你就会放弃——连同与之相配的身份一起放弃——然后再换一个计划。也许这就是为何你总是失败。你过分依赖这种手段帮自己摆脱困境,而不是将你惹的麻烦解决掉。你今天经历的昏厥,一定是对你的警告。你改写自己身份的次数是有限的。你在自己的理性思维上累加的负担也是有限的。你的身体刚才明白地告诉你,你已经走得太远了。"

"噢,该死……"他的声音里满是苦痛之情,"我相信你是对的。可我还有别的选择吗?"

"当然,我可以告诉你一个。在付费规避区有一个好处,就是你依然能吃到手工烹饪的食物。这里我不清楚,但暂时市的食物美味极了。我们去找一家不错的餐馆,再来一壶红酒。"

被围住却并未失败

《全国圈围游戏玩家协会手册》中还写道:

游戏既可以手动进行,也可以用电子方式进行。

游戏场地应由一百零一条平行且等距的直线组成,分别标上 AA、AB、AC……BA、BB、BC 直到 EA(省略字母 I),九十度垂直方向,画上七十一条平行且等距的直线,从01标到71.

参赛选手的目标是用三角形圈住比对手更多的坐标点。

参赛选手应通过抛硬币或抽签的方式决定谁是红方,谁是蓝方。红方先手。

每一回合,每位选手应标记两个点:一个点标记在游戏场地内,互相可见;另一个则通过将其坐标输入对手不可见的隐藏列表之中标记(但对游戏中的裁判员是可见的)。

至少十个点(红方五个,蓝方五个)被可见地标记出来后,在该回合已经标记出自己可见点的任意一位选手,都可以选择放弃输入隐藏点的坐标,转而尝试连接三个自己的可见点,以便围出一个三角形。在这么做之前,该选手必须要求对手将其隐藏点标记于赛场之中。然后,该选手可以在场上围出任意一个三角形,但不能包含对手标记的点。该选手在自己的隐藏列表中输入的某一坐标点,若在裁判检查时发现,那一点已经被对手可见地标记在了赛场上,则这一点必须从隐藏列表中删除。三角形围住的点应与选手的颜色相符。已经被三角形围住的点则不可被任何一方标记。若一位选手错误地标记了已经被围住的点,该选手将在那一回合被罚掉可见点和隐藏点。

如果一名选手发现,当对手将隐藏点输入赛场时,他无法围出任何三角形,他应该立刻输入自己所有的隐藏点。然后,游戏可以继续进行。

所有三角形的每个边必须有至少两个单位长,例如:两个相邻坐标点不能作为同一个三角形的两个端点,但它们可以作为两个颜色相同或不同的三角形的端点。任何坐标点只能作为一个三角形的端点。任何三角形都不得围住已经被另一个三角形围住的点。对手标记的任何坐标点,若在已围出的三角形两个端点之间的水平或垂直直线上,则应视为属于已围出的三角形之内,而该三角形应被视为尚未完成。对手标记的任何坐标点,若在已围出的三角形的两个端点间的对角线上(即成45°夹角),则应被视为在已围出三角形之外。

选手得分会根据成形的三角形所围到的坐标点数量进行计算。裁判将使用一台核准过的装置进行计分。若每个三角形都属于完成状态,其端点会被输入该装置的记忆库,而当第三个端点被输入时,装置会准确无误地显示出该三角形围住的点数。每位选手有责任记住自己的累积分数,也不得向对手隐瞒自己的分数。除非游戏涉及了赌注,或者是两名选手间达成了共同协议,则分数会由裁判以电子形式或物理形式记录下来。但选手不得于结果公布后或游戏进行期间对分数进行申诉。

虽然这并非强制规定,但一般而言,当一名选手的分数超过对手一百分时,该选手会被判定获得胜利,对手则输掉了游戏。

转　喻

根据仪表显示,实验对象的新陈代谢水平都让人满意;然而他的声音愈发虚弱,反应也在减慢。现在,以越来越短的间隔将他从回退模式中唤醒变得愈发必要。之所以会出现这种情况,很可能是低刺激性的环境导致的。实验对象对剧烈变化的忍受能力已在过去几星期被清晰地记录下来,这样看来,这个环境的刺激性可谓相当低了。有鉴于此,弗里曼打算加装一些设备来改善实验环境：一块巨大的投影型3V屏幕，一台电紧张保持器，还有一台人像模拟机，以此给实验对象一种有两三个人在旁边观看的错觉。

然而在等待新设备送达的这段时间内，他不得不继续前一天中断的事项：在现时状态和实验对象交谈。

"我相信你是个优秀的圈围选手。"

"想来一局解闷吗？"他的话中透着一股昔日的桀骜不驯。

"我玩得不好，肯定不是你的对手。为什么圈围游戏这么吸引你，而不是，比如说，围棋，甚至是象棋①呢？"

"象棋已经被自动化了。"他不假思索地答道，"世界冠军在没有电脑的辅助下问鼎，这是多久以前的事了？"

"我明白了。没错，我知道迄今为止还没人写出过合格的圈围游戏程序。你试过吗？凭你的能力一定做得到。"

"噢，用程序下棋是一种工作。玩游戏则是一种乐趣。我想如果自己花个一两年来钻研编程，我大概会把圈围游戏的乐趣彻底破坏。我不想这么做。"

"你是想继续让圈围游戏作为自己困境的非确定性类比物存在，因为它暗示了囚禁、包围和安全地带之类的东西——是这样的吗？"

"随你怎么想吧。我无所谓。像你们这种人，最糟糕的一点就是不懂得享受快乐。你们不能接受有些过程是无法分析的。在进化之树上，你们属于某种特别的社会学研究者的直系后代，你们会把小猫小狗弄死，就因为它们的个性太过复杂，无法让你们安心。若是研究神经突触的形成，这么做倒无可厚非，但这样

---

① 此处指国际象棋。下同。

来研究猫可就大大不妥了。"

"你是一个整体论者。"

"我觉得你迟早会把这个词变成一种侮辱性说法。"

"恰恰相反。研究过——你的表述很正确——神经系统的独立部分后,我们终于觉得自己能攻克它们之间会相互影响的难题了。我们拒绝将个性视为一种数据。你的态度很像一个只满足于盯着河流看,却对泉水、分水岭、季节性降水变化以及河流裹挟的泥沙毫无兴趣的人。"

"我注意到你并没有提及河里的鱼。也没说喝一口河里的水。"

"站在岸上看,你就能知道为什么今年河里没有鱼吗?"

"计算每分钟有多少升流量,你就能知道这条河为什么美吗?"

弗里曼叹了口气:"我们总是走进同一种死胡同,不是吗?我认为你的态度与我的有互补性。你却始终拒绝承认我的态度有哪怕一丝的合理性。僵局。"

"错了。最多只对了一半。你的问题在于:你想把我的态度归为你的态度的一个子类,而这不可能行得通,因为整体是不可能属于部分的。"

什么都敢做

冒险走在听天由命镇的街上,他感觉自己有点像一个在家教很严的家庭中长大的孩子,现在壮着胆子来到了一个裸体主义者遍布的海滩,但这种感觉没有持续太久。这是一个非常吸引人的小镇。这里的建筑多种多样，因为那些建筑是被仓促地建在一起的，但是这种仓促在泛红的晚霞笼罩下，反而呈现出一种和谐统一。

人行道上到处都是人，但马路上却没有多少车。路上能看见的不过是一些自行车和电动巴士。小镇里有很多树、灌木丛和花丛。大多数人似乎对衣着都不在乎；他们穿着朴实无华的蓝色、米黄色或是褐色的衣服，有些人甚至衣衫褴褛。可他们常常对人微笑，没走几步就会有路人说你好——哪怕面对的是他和凯特这两个陌生人。

过了不久，他们来到了一家餐馆。该餐馆模仿的是希腊的风格：桌子直接摆在露台上，上方则是由葡萄藤缠绕的杆子和房梁形成的屋顶。有三四场圈围游戏正在进行，每一场周围都有一群热心观众在旁边叽叽喳喳地乱出主意。

"我有个主意。"他有些犹豫地对凯特低声道，"如果他们下了赌注，说不定我能赢点钱。"

"你玩这个玩得好吗？抱歉。这真是个傻问题。不过我听说这里的比赛都挺激烈的。"

"可他们是手动在玩呀。快看！"

"这就能证明他们玩得不好吗？"

他盯着她看了很久，最后才说道："你知道吗？我觉得你和我很般配。"

"那我应该期待喽。"她尖刻地说道，并露出了他们第一次见面时他看到的那种表情：皱起鼻子，翻起上嘴唇，像兔子一样露出自己的门牙，"我知道你喜欢我，在你了解自己的心意前我就已经知道了。这种事很罕见，要好好珍惜。走吧，让我们在你的职业列表中再加上圈围游戏赌徒吧。"

他们找了一张餐桌坐下,一边观看比赛,一边吃着披萨,喝着劣质的本地葡萄酒。他们吃完晚餐的时候,离他们最近的一位圈围游戏玩家意识到,自己让对手用一个几乎横跨整个场地的细长三角形,赢了一百分。于是他咒骂着自己的无能,向对手认了输,然后气冲冲地离开了。

获胜者是一位身材肥胖、脑袋秃顶的男子,他穿着一身有些褪色的粉红汗衫,正对着愿意听他说话的人抱怨着:"他没必要这么输不起啊,是不是? 我是说他是不是输不起?"凯特觉得这一幕很有趣,笑着摇了摇头。

"我走之前还能再玩一个小时,而且——喂,你们有人愿意来替刚才那人吗? 我注意到你们一直在看。"

他的语气和表现已经很明显了。他一定是位全职玩家,和以前那些坐在路边不出声、假装自己技术很差、实则在等待某个傻瓜往比赛里下注的象棋骗子差不多。

好吧,这也是种办法……

"好啊,我很乐意和你玩。噢对了,这位是凯特,我是——"他希望这一瞬间的犹豫没有引起别人注意;他大可改称自己是亚历山大,而既然凯特已经习惯了他的做派……"我是桑迪。"

"我是汉克。坐下来吧。要考虑下赔率吗? 你应该也看到了,我玩得还可以。"说完后,这位秃头男子笑了起来。

"我们先正常玩玩,等互相了解实力了再来讨论赔率。"

"没问题,没问题! 你介不介意——呃——在结果上赌点现金?"汉克的眼中闪过一丝贪婪的光芒。

"现金? 呃……好吧,我们才刚来这座小镇,所以你只能收股票临时凭证了，这样可以吗——? 好的。那我们先赌一百?"

"当然可以。"汉克咕哝道，在桌子下摩擦着双手，"我觉得前两场我们应该节奏快点。"

第一场比赛几乎立刻就结束了，这在平时可不常发生：两人尝试了一轮又一轮，想要围出一个三角形，但都没能成功。于是，根据习惯而非规则，他们决定再来一局。第二场比赛比分很接近，而汉克输了。第三场比分更接近，但他还是输了。此时正好到了他所说的一小时期限，于是在输掉两百块钱后，这给了他一个气冲冲离场的借口。这时越来越多的顾客走进了餐馆，有些人坐下来开始玩圈围游戏——现场大概有十二场比赛同时进行——有些人则选择在一旁指指点点。其中一个是一位抱着婴儿、体型丰满的女人，她过来挑战战胜汉克的那个人，然后在十二轮之后败下阵来。有两位旁观者——一个是身材瘦削的年轻黑人，一个是身材瘦削的老人——见此情景，大声吹起了口哨，后者更是立刻接替了那女人的位置。

今晚的感觉如此奇怪是怎么回事? 明白了。太不可思议了。我并非以拉撒路的身份在这里玩游戏，甚至不是以桑迪·洛克的身份；我是在以我自己的身份在玩，而我要比自己以为的还要棒!

这种感觉让他有些头晕目眩。他仿佛在自己的脑海里爬着楼梯，最后来到了一个空无一物、唯有纯洁白光的地方。这光芒将一切都清晰明了地展现在他面前，仿佛他用读心术看穿了对手的所思所想。有可能围出的三角形在场地里自动浮现出来，像是有许多霓虹棒标示出了它们的边。二十八轮过后，对面的老人放弃了抵抗。他并未输掉比赛，但面对不太可能弥补的五十分分差,他还是决定退出,并将位置让给了身边那位身材瘦削的年轻黑人,"莫里斯,我想我们终于找到能挑战你的人了。"

这时,警报声在他脑海中响起,但他正沉浸在乐趣之中,根本没注意到。

新上场的这位技术不错。他围的第一个三角形就取得了二十分领先优势,随后他十分专注,意在保持这一优势。接下来的六轮他都保持领先,人也变得越来越得意。然而到第十五轮时,他再也得意不起来了。他又围了一个三角形,可当隐藏点输入后,他发现没有一个是有效的。于是他不得不公开自己的隐藏列表。到了下一轮,他发现自己损失了一整个角落,而那相当于九十分。他的脸色立刻沉了下来,眼睛怒视着计分器,仿佛在怀疑它撒了谎似的。接着他集合手头的一切资源发起反攻,试图追上比分。

他失败了。比赛以苦涩的结局告终,他输了十四分。他从围观者中挤开——现在已经有十几个人在围观了——然后气冲冲地冲出餐厅,怒不可遏、但又无可奈何地用拳头砸着自己的手掌。

"太不可思议了。"老人说道,"哎呀,哎呀!!听着——呃——桑迪,我和你比赛的时候表现得不太好,说出来你可能不信,我是这一地区的圈围协会秘书长。如果你用光笔在屏幕上玩也能像手动玩一样这么棒的话……"他满脸笑容,张开双臂,做了个环抱一切的姿势,"我想你在你们当地是有参加俱乐部的资质吧?要是你有意将自己的户口转到听天由命镇来,那我可以大胆预测,今年的冬季赛冠军将会花落谁家。你和莫里斯将组成一个无人可挡的——"

"你是说刚才那位是莫里斯·法金?"

旁观者都露出了疑惑不解的表情:这家伙在说他不知道那人是谁?

"桑迪,"凯特及时地低声道,"时候不早了。至少对我们来说很晚了。"

"我——呃……对,你说得没错。很抱歉,朋友们;今天我们走了很远的路才到这儿。"他站起身,将桌角那堆脏兮兮的、不常见的纸币收好。上一次他面对这么多被称作纸币的通用股票凭证时,已经是很久以前的事了;在托莱多的教堂工作时,纸币都是自动被机器收集和清点的。如今大多数人身上揣的用来支付的现金,只是些硬币而已,你甚至都感觉不到它们的重量。

"你过奖了,"他对老人说道,"不过你得让我考虑考虑。我们可能只是路过而已。我们还不打算在此定居。"

他抓住凯特的手臂,急匆匆地离开了。他意识到自己造成了轰动。他仿佛能听见自己的所作所为已经成了人们讨论的话题。

他们脱衣服的时候,他情绪低落地说道:"我是不是把事情搞砸了?"

承认自己犯了错,这在他身上可是个新鲜事。这种感觉和他想象中的一样让人不舒服。但他想起了凯特对那些塔诺威毕业生的描述:他们觉得自己不可能犯错。

那不是人类。那是机器。在他们眼中,世界如此狭小,而他们会头也不回地去做自己唯一会做的事情,即便那件事是错的。

"恐怕是这样的。"她以陈述事实的语气说道,毫无责备之意,"并不是说你本来可以忍住诱惑,而是说你先是引起了圈围

143

协会地区秘书长的注意，接着又击败了当今的西海岸冠军——没错，这么做很容易招致流言蜚语。我很抱歉，我还以为你认出了那人是法金。"

"你知道他是谁?"裤子正脱到一半的他以一个滑稽的姿势站着，一条腿还在裤管里，另一条露在外面，"那你为什么不警告我?"

"拜托，在你准备和我争吵之前，请再对我多了解一点。然后你想怎么样都可以。"

他本来要发火，但这种情绪随即消失了。他已经脱光了衣服，她也浑身赤裸。他将她抱在了怀里。

"我很喜欢身为一个人的你。"他说着，在她的额头上深深地吻了一下，"而现在，我觉得我也快要喜欢上身为一个女人的你了。"

"但愿如此。"她回应道，态度和刚才一样，"我们可能得一起去许多地方。"

他往后退开，站直身子，将手放在她的肩膀上。

"接下来我们去哪? 接下来我们做什么?"

在他的人生中，寻求建议就和承认错误一样罕见。这也让他感到了有些不安。但如果他想要继续生存下去，这恐怕将成为一种常态。

她摇了摇头："明早再想这些吧。肯定有其他地方能去的，这毋庸置疑。但是来到这里已经算对了一半……不，今天发生了太多事情。让我们将这一切忘掉，好好睡一觉，然后再去操心接下来的决定。"

她忽然爆发出一股老虎般的蛮力，仿佛从巴格希拉身上借来了力量似的，用双臂抱住他，然后将自己那锐利的舌头——如她的目光一般锐利——伸入了他的双唇之间。

一堆水晶球

在二十世纪，一个人就算不是自命不凡的专家，也可以预见一次成功将会孕育更多的成功，而最先有幸将丰富的物质资源与先进技术结合在一起的国家，将是社会变化不断加速、直至逼近人类承受极限的地方。到了2010年，在世界上最富有的那些国家里，有一种典型的精神病人是由即将年满二十岁的少男少女组成，他们第一次从大学放假回家，就发现自己的"家"已经面目全非了。至于原因，要么是因为他们的父母已经去了新的体制，换了工作，搬到了其他城市，要么仅仅是因为——正如他们之前已经做过很多次那样——重新装修自己的家……却没有意识到自己为后来被称为"最后的稻草综合征"的疾病乘虚而入打开了方便之门。

同样不难预见的是：不论拥有多么丰富的物质资源，那些工业革命进行得较晚的国家也会相应地变化得越来越慢。毕竟，富人的财富会越来越多，而穷人的孩子会越来越多。但只要他们中的很多人在婴儿时期就饿死，这就不算什么事。

此外，很多知识渊博的人显然都乐意忽视一点，那便是安格斯·波特提出的"大锤和楔子现象"。这个名字存在了很久，久到了即便是贫穷的国家都已发现，用锤子和一块钢铁锲子劈木柴很不划算。就算你的圆锯是用踏板驱动的，也能节约不少资源。而且你还能用圆锯切出一条整齐的分割线。

在急速分裂的社会中全速前进。一些人竭尽全力往另一头跑,更多的人决定朝侧面前进,还有一些干脆站定不动。这种分裂是不可预测的。

有且仅有一样东西,还维持着国家依然完整的假象。事实证明,数据网络那些轻飘飘的细丝十分坚固。

不幸的是,没有什么能将它们加固。

知道自己身边有某种确实存在、可以拿来吹嘘的东西,人们往往会从中获得满足。无论是在美国、苏联、瑞典或是新西兰。"这是地球上最大(或者最长或者最快)的玩意儿!"唉,可是到了明天,它或许就不是了。而矛盾的地方在于,他们若是能说出"这是最原始的玩意儿,你知道的,所有工业化国家依然在使用!"这种话,甚至可以获得更多的精神安慰。

能和更加平静、更加稳定的过去有联系,实在是太难得了。

社会裂痕继续扩大。从国家层面扩展到省级层面,从省级层面扩展到市级层面。而在市级层面,这类裂痕遇到了一种截然不同的裂痕:始于家庭隐私的裂痕。

"我们流血流汗才把这混蛋供上大学!他必须回报我们,而不是在新墨西哥州晒他妈的日光浴!"

(新墨西哥州可以被替换成任何地方,比如黑海边的度假胜地瓦尔纳——或是金门岛和马祖岛的海滩,在那里,数以千计的中国年轻人心满意足地靠练习书法、玩番摊①打发时间——又或者随便五十个其他地方,在这些地方,无忧无虑的生活②的概念

---

① 中国古老的坐庄赌博游戏,曾广泛流行于港澳、两广和福建地区。十九世纪后半期逐渐在美国西部流行起来。

② 原文为意大利语。

已经席卷了整个国家，整个民族——而对印度来说，就是整个次大陆。斯里兰卡在一个世代里都没有称得上政府的机构存在。)

同样地，由于有人担心可以利用的天才会被浪费，塔诺威这样的天才中心便建立了起来。而政府对这些中心的资助规模，堪比昔日对待武器研发。要快速发展，就必须调拨利用一切资源，这对那些从小就以传统模式思考问题的人来说是难以理解的。

这些秘密中心——犹如圈围游戏场地上的隐藏点——引发了许多后果。而这些后果，时常被证明根本就是灾难。

察觉避难所的存在

即便与之相处了整整两天，伊娜·歌瑞尔森依然觉得那个从塔诺威来的男人像极了安息日男爵——皮肤很黑，身材很瘦，脑袋就像一颗裹了层羊皮纸的骷髅头——让人总觉得会有一群黑衣人冲进来摧毁这个地方。自然，他花了一些时间盘问德洛丽丝·凡·布莱特，但她立即就承认了自己曾试图帮助桑迪·洛克，警告他遴选董事会中多了一位成员。在此之后，就算是"大地–深空"的影响力也无法帮她逃过牢狱之灾了。

但那个塔诺威来的男人最想盘问的其实是伊娜。桑迪·洛克是因为她的推荐才被雇佣的，因此现在的情况也就说得通了。

她已经厌倦了一遍又一遍对这位瘦削的黑人（他的名字叫

保罗·T.弗里曼，但有可能只是为了应付任务编造的）说："我当然会和我不了解的男人上床！要是我只和我了解的男人上床，那我就没有性生活了，不是吗？但最后我发现，男人都是一群混账。"

被盘问的第二天下午晚些时候，弗里曼提到了凯特。伊娜表示自己不知道女儿已经离开了这座城市。这位脑袋像骷髅一样的男人不得不接受她的说辞。毕竟她确实没机会回家去查看邮件存储线路。

另外，住在凯特公寓楼下，目前在照顾巴格希拉的那些女孩坚称，凯特丝毫没有流露过想要外出旅行的想法。

但她确实走了。

她去了西部，有一个人和她同行。当然，那很可能只是她的某个同学；她有不少同学来自加利福尼亚。另外，当她在楼下那些女孩面前提到"桑迪·洛克"时，凯特一直用"功利自私""虚伪"等贬义词来形容他。她的母亲也表示，不论是公开场合还是私底下，她都是这么说他的。

哈福林格就这么消失得无影无踪，没有关于他下落的其他线索，也没有凯特最近使用过代码的记录——这意味着她一定是去了付费规避区——弗里曼是个细心的人，他开始着手调查，最后确实有了收获：联邦调查局告知他，有两个人以凯特·利尔伯格的名义在听天由命镇租了房子。

非常有趣。

太有趣了。

今日特色菜

闹钟唤醒了他。他想起自己昨天犯的愚蠢错误，以及他之前一直选择忽视的与付费规避区的居民的习惯有关的诸多细节。由于有联邦救济金，他们中的大部分人都无须做全职工作；他们会通过提供服务——他想起在那些餐馆里，有厨师手工烹饪，有服务员端盘上菜——或者制作手工品来补贴家用。然而在这样的小镇里，旅游业却一直在衰退，仿佛人们再也不愿回想起一件事，那就是这个有史以来最富有的国家，连一次地震的坎都迈不过去，于是他们把大部分时间都花在了闲聊上。而现在，还有什么话题能比那个陌生人击败了本地圈围游戏冠军更有趣呢？

"你早晚都得学会面对自己身上一个不可回避的事实。"凯特回头说道。她坐在一面发光的镜子前梳着头。他听着她的话，同时蜷起了自己的手指。凯特的头发颜色或许很常见，但她的发质好得无与伦比。他的指尖记得这一点，而这种感觉独立于他的思维存在着。

"什么？"

"你是个很特别的人。不然他们为什么要把你招进塔诺威？不论你到什么地方，你都必然会吸引别人的注意。"

"我可没这胆量！"

"这不是你能控制的事。"她把梳子放在一旁，转过身来面对他；他正闷闷不乐地坐在床边。

"你想，"她继续道，"如果你并非如此特别，哪怕伪装成桑迪·洛克都无法掩盖你的特别,'大地-深空'还会提出给你一个永久职位吗? 而且——而且,我之前也察觉到了你的特别。"

"你的洞察力,"他咕哝着说,"已经超过了对你有益的界限。"

"你是说对你有益的界限吧。"

"也许吧。"现在,他终于站起身,仿佛听见了自己关节的咔嚓声。自己如此沮丧,他心想,肯定和自己正在变老的残酷事实有关:他能清晰地回想起自己可以自由活动、尽情享受生活时的样子,同时却被一副枷锁束缚着:除了缓慢谨慎地做动作,吃规定的饮食外,他什么都无法做。

"我不想戴着镣铐过一辈子。"他突然说道。

"塔诺威式的言论!"她厉声道。

"什么?"

"戴着镣铐? 戴着镣铐? 我从没听过这种蠢话。纵观人类历史,你有见过拥有非凡天赋的人会轻信他人之言,认为自己的天赋是有害无益的吗?"

"当然有。"他马上说道,"比如说那些应征入伍的士兵? 他们宁可让自己残废,也不愿意服从政府的命令,去与自己从没见过面的人打仗。他们的天赋也许只是年轻和健康,但那也算是天赋。"

"他们不是被欺骗了,而是受到了强迫。一位身上别着枪的招募官——"

"一样的! 他们只不过是让这个问题更清楚地摆在了人们面前而已。"

一小段气氛紧张的沉默。最终,凯特叹了口气。

"我放弃。我没有权力和你争论塔诺威的事——毕竟你才在那里待过,而我没有。而且不管怎么说,现在吵架也未免太早了吧。去洗个澡,把胡子剃了,然后我们去吃早餐,再来谈接下来我们去哪儿。"

是你吗?

昨晚你是否很难入睡?

即便你没做什么事,却还是觉得疲惫不堪?

你听见自己的心跳了吗? 是不是不太规律?

你是否饱受消化不良的折磨? 有一种食管在肋骨后打了个结的感觉?

你是不是已经生气了? 因为这条广告戳到了你的痛处?

那就来"宁静泉"吧! 趁你还未杀人或发疯!

算作一次爆炸

"我开始让你感到不安了。"一个干巴巴的、嘶哑的声音说道。

弗里曼如往常一样把手肘放在椅子扶手上,将指尖抵在一起。"怎么说?"他没有正面回答。

"就说一点吧:你每天都会在最后三个小时让我处于现时状

态,然后和我交谈。"

"你该对这种小小的仁慈之举心怀感激才对。我们做的预测显示,如果让你一直处于回退模式中,会对你造成危险。"

"这只是其中一个原因。另一个原因,可以从你没使用已经装备好的那套昂贵的3V设备这一做法中推测出。你意识到我能够自如地应付高强度的刺激,可是你仍在探索我的忍受极限。你不希望我处于巅峰状态。你觉得,就算我现在像一只被钉在板子上的蝴蝶,我可能依然很危险。"

"我不会认为自己的同胞'很危险'。我只会认为他们'偶尔会犯下危险的错误'。"

"你把自己也包括在内了?"

"我一直对这种可能性保持着警惕。"

"像那样保持警惕,本身就是一种反常行为。"

"你怎么能这么说?你如果始终保持着高度的警惕,我们根本不可能抓到你。和你那些目标相比,这根本不算反常;相反,这样做很有用。不过吧,到最后……嗯,你现在身在此地。"

"没错,我是身在此地。但我学到了你无法学到的教训。"

"看来它带给了你不少好处。"弗里曼靠回椅背上,"昨晚我想到了一个新的方法——一个新的论点,说不定可以用来化解你的顽固。请这样想:当你提到在塔诺威的我们时,仿佛我们正在进行某种残酷而随意的尝试,试图让这一时代最有智慧的头脑为政府所用。根本不是这么回事。我们不过是二十世纪下半叶那些自主发展的一系列文化次级群体中位于顶端的那一个。我们之中没几个能应对存在于二十一世纪中的各种复杂而炫目的变化。我们倾向于和整个文化中容易分离的少数保持一致。

可就像有些人只能应付有限的刺激,并且更乐意前往某个山间社区或者付费规避区,甚至移民去某个欠发达国家一样,相应地,还有一些人不光可以自如地应对高强度刺激,而且很需要这种刺激,以便使自己在巅峰状态下行动。如今我们可以选择的生活方式要比以往任何时候都多。行政管理问题之所以会变得比以前困难得多,就是因为我们拥有了如此丰富的选择。谁来管理这个多元化的社会? 这样的重担难道不该落在那些面对困境却能迸发出活力的人肩上吗? 莫非你愿意让那些显然连自己的生活都安排不好的人去管理广大人民群众吗?”

“一个传统的精英主义者的观点。我还以为你会有更好的见解呢。”

“精英主义者? 胡说八道。我才以为你会有更好的见解呢。你想说的词应该是‘美学主义’吧。一种完全由个人喜好驱动、在政府中寻求充满艺术感满足的寡头政治——这便是我们的目标。这将是一个相当不错的政治体系,你不觉得吗?”

“那是因为你身处金字塔顶端。你能想象出自己身处社会底层的情形吗? 你能想象自己是遵守命令而非发号施令的那群人之一吗?”

“噢,当然能啊。所以我才会在塔诺威工作。我希望在我有生之年,能出现一群非常善于应对现代社会种种问题的人。这样的话,我和其他像我一样的人会很有自知之明地给他们让位。从某种程度上说,我希望自己越快失业越好。”

“把控制权让给残疾儿童?”

弗里曼叹了口气,“哎,你真是一直咬着那些实验室儿童的问题不放呐! 或许这个消息能让你好受些:最新一批儿童,一共六个,都身体健全,能跑能跳,能自己吃饭和穿衣服!你要是碰见他们,你都无法把他们和普通儿童区分出来。"

"为什么要费神告诉我他们的事?你所说的一切,给我留下的印象只有一个:他们看起来可能和普通儿童无异……但是他们永远都不会成为普通儿童。"

"在歪曲事实这方面你真是天赋异禀。不论我和你说什么——"

"我找到了从一个不同角度看待此事的方法。让我对你所说的用用这个方法吧。你,以及其他你提到的人,意识到自己是不完美的。于是你们开始寻找能够代替自己的更优秀的人。行!那请给我理由让我相信,他们将来不会仅仅是你们那种明显不完美的憧憬在更大规模上的一种映射。"

"我做不到。只有结果能向你证明。"

"那迄今为止你们有过什么成果?你们投入了大量时间和金钱。"

"噢,有一些成果。其中一两个甚至能让怀疑论者都大吃一惊。"

"看上去像别的孩子一样?"

"不,不是的。像你这样的健康成年人,可以做到很多之前无人能做到的事——比如通过一台普通的3V电话,将一个全新的身份写入数据网络。请记住,在开发新的天赋之前,我们决定先挖掘那些被人低估的天赋的可能性对我们很有利。我们有许多关于过去的记录,包括对各种天才的描述:计算速度快如闪电的人,能即兴弹奏几小时而不会弹错音符的音乐家,只读一遍就能将整本书记在脑中的记忆专家……噢,从战略制定到雕刻艺术,每个领域都有人类努力的例子。以这些作为指导,我们正在努力创造一种相应的现代天赋能够充分发挥的条件。"

他在椅子里悠闲地换了换坐姿;他的语气越来越自信:

"如今最常见的精神错乱症状便是人格冲击。不用机器或药物,我们也有有效治愈这种疾病的方法。我们让病人去做某件他很久之前就想做,却要么因为缺乏勇气、要么因为没有机会使之适合自己的生活而放弃的事。你对这番话有什么异议吗?"

"当然没有。从东海岸到西海岸,这片大陆上到处都是被迫学习商业管理的人,但其实他们理应去画壁画,或是练小提琴,又或是在农场种地。而二十年后,他们又得到了去做自己想做之事的机会,只是一切都已经太晚,他们再也不可能取得什么成就了。"

"除非再次拥有坚实的个性意识。"弗里曼咕哝道。

"只有极少数人能做到。不过这么说也没错。"

"那让我这样说吧:如果你没有遇见米兰达——如果你没有发现,我们对人格基因成分的猜想正在通过实验得到佐证——你还会离开塔诺威吗?"

"我想我迟早都会离开的。使用残疾儿童作为实验材料终究不符合我的天性。"

"你转变立场就跟风向标一样快。你曾经说过——或者说强调过——很多次,在塔诺威,我们培养人们不去反抗。你可不能同时又声称,我们所做的一切激起了你的反抗心理。"

弗里曼露出他那骷髅头一般的狞笑,然后站起身,活动起他那有些麻木的四肢。

"我们采用的方法,正在唯一可靠的实验室里经受测试:那就是整个社会。直到现在,结果都非常棒。与其谴责这些方法无法控制,你不如想想其他方法有多么糟糕。鉴于你去年夏天的经历,你应该比其他人更能明白我的意思。等到早上,我们再重新梳理一遍相关的记忆,看看这样能不能纠正你的想法。"

扣人心弦的悬念

他们不得不继续前往下一个付费规避区。为了弥补两人记忆的偏差,他们买了一本已经出版了四年的旅游手册,据说它详尽记录了所有震后定居地的信息。其中,对大部分定居地的文字描述都占了四页,有的甚至是六页,此外还配上了许多彩色图片。但对险境镇的介绍只有半页。随书附赠的折叠地图显示只有一条路——而且路况还很差——通过这个地方:它的起点位于南部的桂马杜拉,终点则是西北方三十里外的稍纵即逝镇。地图上还显示有几条电动缆车线路经过险境镇,但发车时间不定。根据其拥有的现代化设施,手册给小镇排了名,而险境镇位于排名的末尾。至于险境镇的人不喜欢的东西,则包括数据网络、3V电话、不行驶在轨道上的地面车辆、比空气重的飞行器(不过他们却容忍了使用氦气和热空气的飞行器)、现代商贸方式以及联邦政府。他们对联邦政府的憎恶,可以从一项数据明显推测出来。他们不得不每年缴纳统一税率的税款,而不是收入税。鉴于险境镇除了手工业(还不允许批发商购买)外,并没有其他称得上工业的产业,该统一税率的税款总额高得惊人。

"听起来像是什么阿米什教派①。"凯特说道,手册里简洁的介绍令她皱起了眉头。

"不可能的。他们才不会容忍教堂或者其他宗教建筑。"他的眼神游离,集中精力回忆着很久之前偶然得知的事实,"在我还是乌托邦设计师的时候,我从付费规避区汲取了一些灵感。当时我需要为某个社区设计教条化的宗教,但又要避免排除异己的情况出现。我调查了一些类似的城镇,很清楚地记得自己忽略了险境镇,因为我无论如何都不能把时间浪费在挖掘它的信息上。除了它的位置,几乎没有储存其他相关的信息。噢,对了,还有数量为三千的人口限制。"

"啊?你的意思是,这是个合法的强制限制?"看见他点了点头,她继续说道,"是谁强加的这个限制?居民?还是州政府?"

"居民。"

"强制性的生育控制?"

"我不知道。我跟你说过了,当我发现自己能从信息库里挖到的东西寥寥无几时,就根本懒得追根究底了。"

"他们难道会强行把外来人员送走吗?"

他似笑非笑地说道:"不,这是我还记得的另一个事实。险境镇是个开放的社区,由某种城镇大会管理。我想,人们可以前往那里,在镇里逛逛,甚至无限期地住在那里。但他们并不热衷于广告宣传,而且显然他们觉得,若是将自己的存在闹得海外皆知,也就跟广告没什么本质区别了。"

---

① 基督教保守派的一支,源自瑞士德语区再洗礼派,现教徒多分布在美国宾夕法尼亚、俄亥俄、威斯康星、印第安纳等州以及加拿大安大略等地区。阿米什教派常和门诺教派相联系,但两者之间仍存在显著差异。阿米什教派的显著特征是朴素的衣着,简朴的生活,以及对多种现代科技的排斥。

"那我们就去那儿。"凯特斩钉截铁地说道,立刻合上了手册。

"我的选择和你正好相反。困在那样一个死气沉沉的闭塞之地……不过告诉我你的理由吧。"

"正是因为信息库中没什么记录,我们才该去那里。我不信政府没试过——指不定还花了很大的力气——想要将险境镇接入数据网络。信息丰富程度至少要达到稍纵即逝镇或者听天由命镇那种程度。如果那里的居民这么顽强,能扛住这种压力,他们或许也能像我一样同情你的遭遇。"

听见此话,他大惊失色,不禁脱口而出道:"你难道想让我就这么走进险境镇,然后把我的情况广而告之?"

"你能别这样吗?"凯特跺了跺脚,眼中怒火中烧,"你快长醒吧,别再这么自以为是,算我求你了!别总想着'桑迪·洛克对抗全世界',你也该开始相信,世界上还有其他人对现状心怀不满,而且也急于改变这一切。你知道,"她冷冷地看了他一眼,"我现在开始觉得,你从来不向他人寻求帮助,是因为你害怕到最后自己得帮别人。你总是喜欢当管事的那种人,是不是?尤其是要管好你自己的事!"

他深深吸了口气,然后缓缓吐出来,压下心中升起的怒火。最后他开口道:"我知道在塔诺威,他们给我的那些伪装成'智慧'的东西并非真货。它错得那么离谱,以至于直到现在我才反应过来。凯特,你是个有智慧的人。我遇见的第一个有智慧的人。"

"别鼓励我这样想。如果我开始相信这一点,那我一定会摔得很难看。"

地下密牢

等到塔诺威来的那个瘦削的黑人终于盘问完伊娜·歌瑞尔森，放她回家的时候，她浑身颤抖不已，精疲力竭。然而，在她入睡之前，她很想知道一件弗里曼拒绝告诉她的事：

桑迪·洛克到底是何方神圣，能搞出这么大的动静？

在搜寻数据这方面，她不算顶尖的专家；然而身为临时执行部主管，她拥有接触所有"大地－深空"员工档案的权限。她颤抖着输入了那个以4GH开头的代码。

屏幕上一片空白。

她尝试了能想到的一切方法，想要找到哪怕一点信息，甚至还用上了一些触碰法律底线的手段……不过它们只是打了数据处理局定下的规则的擦边球，并没有真正违规。面对这种情况，数据处理局一般会选择睁一只眼闭一只眼。

结果总是一成不变的空白屏幕。

最开始她只是啃着自己的指甲；随后，她开始使劲咬它们；到了最后，她不得不将手指塞进嘴巴，以免自己因为恐惧和疲惫而哭出来。

如果她使尽浑身解数都无法找到任何信息，那么只有一种解释：桑迪·洛克，仅在数据网络这个层面上说，已经被从人类之中抹除了。

从十七岁她第一次体会到心碎的感觉之后，伊娜·歌瑞尔森再一次哭着睡着了。

世界倚在一块肩膀上哭泣

于是他们前往了险境镇,那里其实并不怎么险。这座小镇建在一片绵延数英里、地势极为平坦的土地上。某条很久以前存在过的河给这里留下了柔软却又坚实的泥沙。这条河现在已经变成几条小溪,依然蜿蜒着流过这座小镇。虽然小镇三面环山,但山的坡度都很平缓,而任何一场能将它们从持续万年的休眠中唤醒的地震,其威力都将足以摧毁整个加利福尼亚。

他们在稍纵即逝镇搭上时刻表毫无规律的电动列车,朝险境镇驶去。这趟列车没有固定的时刻表,这一点也不奇怪。列车的驾驶员——一位身穿短裤、戴着太阳镜、脚踏拖鞋、面带微笑的壮实男子——对他们说,根据本地某项法规,列车在经过交叉路口时,应让所有步行的、骑车的、骑马的人,以及农场牲畜和农业车辆优先通过。此外,在当天最后一次围绕险境镇行驶时,司机应允许乘客随时上下车。当地居民则充分利用了这项便利,每过几百米就会有人上车或下车。所有人都用一种不知羞耻的好奇神色望着那两位外地来的陌生人。

两位陌生人感到很不自在。他们都忽视了在付费规避区之间往来的一个问题,毕竟两人已经习惯了依靠机器而无须背负行李的接入式生活。每一家现代酒店都配有超声波洗衣机,能在五分钟之内洗净哪怕最笨重的衣物上积聚的那些陈年污渍和灰尘。但长此以往,这种强力清洗可能会对衣物造成损害。一且出现这种情况,会有其他机器为你修复衣物上的纤维,把衣服理顺,然后将其保存起来以供最后一次穿着,同时还会为顾客提供一套尺寸相同、但颜色或款式不同的新衣服,而额外耗费的纤维和劳动力则会记在顾客账上。不过听天由命镇并没有这些机器。

出发之前,凯特带上了一些梳洗用具,包括某位前男友留下的一部老款往复式剃须刀,但他们谁都没想到要拿一些换洗衣物。因此他们现在不光看起来很脏,自己都觉得自己很脏……而当地人一直用怪异的目光打量他们,更是让他们坐立难安。

不过情况本可能会比现状更糟的。如今在很多地方,人们都会向那些衣衫不整、没带什么行李的流浪汉提出一些带有敌意的问题,并觉得这是自己的职责。人们出门时携带的行李越来越少了;至于出门在外必不可少的东西,除非目的地是不常去的地方,人们才会提着一个大手提包外出。

然而直到他们快到站时,除了驾驶员对他们讲了不少当地的事以外,列车上的其他人都只是和他们打了个招呼。

此时他们放眼四周,立刻被眼前所见吸引住了。肥沃的冲积土得到了高效的开垦;风力驱动的水泵保证了灌溉渠有充足的水浇灌果园、玉米地和菜田,蔬菜的叶子和根须在阳光下散发着光泽。这幅场景随处可见。更令人惊奇的是这里的建筑。用肉眼几乎看不见它们。就像山鹑藏在野草丛中一样,有些建筑完全无法看见,除非你换一个角度,然后发现一条过于笔直、只可能是人工制造的线条,或是看到太阳能收集器上的黑玻璃反射的阳光。这地方与典型的现代农场恰恰相反,很像一座工厂,到处都散布着用混凝土和铝材预先制造的谷仓和筒仓,着实令人感到震撼。

他压低声音对凯特说道："我想知道这些农场是谁设计的。这可不是难民们慌慌张张拼凑起来的玩意儿。这一定是某个隐居的富豪一手打造,而非用钱买来的! 你有见过这么棒的地方吗?"

她摇了摇头:"在暂时镇都没见过,虽然我很喜欢那里。我猜当初那些难民弄的烂摊子没有留存下来。当自己建的东西倒塌之时,他们还是能保持冷静、努力将其扳回正道的。"

"但这可不仅仅是扳回正道。这简直称得上惊为天人。就算是险境镇都不可能达到这种程度。对了,现在我们能看见它吗?"

凯特伸长脖子,越过驾驶员向前看去。一个坐在他们对面、穿着蓝色衣服的中年女人注意到了她的动作,于是开口问道:"你们以前没去过险境镇?"

"呃……没有,没去过。"

"我就在想我怎么不认得你们。你们是打算留下来,还是说只是路过而已?"

"外来的人能留下来? 我还以为你们有人口限制之类的政策。"

"噢,确实有,不过我们现在的人口比限制的数目还少两百人。而且,不管你们以前听说过什么,"她露出一个灿烂的笑容,"我们很喜欢外来的朋友来做客。当然,是我们能忍受的那种朋友。对了,我叫宝莉。"

"我叫凯特,这位是——"

他立刻插话道:"我叫亚历山大——桑迪! 对了,我刚才正在好奇,这些农场到底是谁设计的。我从未见过与自然环境契合得如此完美的建筑。"

"啊!其实我正想告诉你们,去见见那个几乎设计了这里所有建筑的人吧。他叫泰德·霍洛维茨,也是这里的警长。你们在平均自由路下车,一直往南走到根均广场,然后问泰德在哪里就行了。如果他不在,你们就去找市长苏兹·德灵格。明白了吗?好极了。见到你们很高兴,回头见,我要在这里下车了。"

她朝车门走去。

凯特不由自主地说道:"平均自由路? 根均广场? 这是某种笑话吗[①]?"

除了他们之外,此时车上还有四名乘客。听见凯特的话,他们都笑了起来。驾驶员头也没回地说道:"当然了,这地方到处都有笑话。你之前不知道吗?"

"是某种特定人群才知道的笑话吗?"

"也许吧。它们其实见证了当初险境镇是如何建立起来的。在所有因湾区大地震而南迁的人之中,能来到这里的是最幸运的。听说过克劳斯学会吗?"

他正要说自己"没听说过",凯特却忽然激动起来。

"你是说这里就是'美国灾难镇'?"她兴奋得几乎站了起来,热切地望着那条正在映入眼帘、通向小镇的蜿蜒道路。第一眼望去,便可以确定险境镇与周围的农场保持了相同的标准;这里看不到许多现代社区里常见的那种杂乱无序的样子,而是有着

---

① 此处凯特的疑问指出了两个地名背后的含义:"平均自由路"的原文为 Mean Free Path,即物理学中所说的"平均自由程";"根均广场"的原文为 Root Mean Square,即数据统计分析中所说的"均方根"。

明确的边界概念:这里是乡村;那里是城镇。不,也不完全是泾渭分明,而是一种,一种……

一个古老的词汇出现在他的脑海里:画面渐显渐隐①。

但他没有机会理清自己头脑中那些混乱的第一印象;凯特急切地对他说道:"桑迪,你一定听说过克劳斯学会,对吧……?没有? 噢,真糟糕!"

她坐回椅子上,语速飞快地向他介绍道:

"克劳斯学会成立于1981年,目的是为了恢复克劳斯这个名字在中世纪时的含义。这家学会由一群学者组成,他们无视学科间因为主观思维形成的界限,相互分享知识。然而该学会并未存在太久;没过几年,它就销声匿迹了。不过参与其中的学者留下了一个很重要的纪念物。湾区大地震发生时,他们抛下了一切,投入到了安抚灾民的工作中。其中一些人还萌生了研究后灾难时期能够产生影响的社会力量的想法,这样将来一旦发生类似灾难,可以避免出现最惨烈的悲剧。最后他们出版了一系列以《美国灾难镇》为题目的专著。我很惊讶你居然没听说过。"

她突然转向驾驶员道:"其实没人听说过这本书! 我以前肯定提到过它很多次,但对方总是一头雾水。不过这本书很重要——它是独一无二的。"

驾驶员冷冷地说道:"那你肯定不是在险境镇提起它的。我们在学校读书时一直都在读它。去让图书管理员布拉德·康普顿给你看看我们的初版吧。"

---

① 原文为 dissolving view,该术语最早出现于19世纪,指在进行幻灯片展示时,画面渐渐从一个投影转化为另一个投影。后来的电影也有这种表现手法。

他踩下了刹车,"现在到站:平均自由路站!"

平均自由路确实是一条小路,蜿蜒着穿过了灌木丛、树林和——房子? 那些一定是房子。但又完全不像。没错,它们是有屋顶(虽说看起来都不太牢靠)、墙壁(可以透过茂密的攀缘植物看见那些墙壁)和毫无疑问是门的东西,可是这一切从他们下车的地方都是看不见的……轨道车已经驶离他们的视线,消失在了绿色植物形成的隧道中,尽管其行驶速度并不算快。

"它们和那些农场一样。"凯特低声地说道。

"不。"他打了个响指,"它们之间有一点不同,我刚刚发现的。那些农场——它们是一片风光中的具体要素;而这些房子,它们本身就是风光。"

"没错。"凯特赞叹道,"我有一种极其荒唐的感受。一看到眼前的一切,我立刻就确信,能够设计这一切的建筑师……"她的声音渐渐变小。

"能够设计这一切的建筑师,就算设计一个星球也没问题。"他简短地说道,然后抓住她的胳膊,催促她继续往前走。

虽然这条小路弯弯曲曲,但依然平整得可以让人在上面骑车或是推手推车,路上还铺着与地面轮廓一致的石板。

他们很快就走过了一片在阳光下泛着金色光泽的草地。凯特用手指着这片草地。

"这不是花园,"她说道,"而是一片林间空地。"

"没错!"他将手放在额头上,有些头晕目眩。她惊慌地马上抓住他。

"桑迪,怎么了?"

"不——是的——不……我不知道。我没事。"他垂下手臂,左右眨了眨眼，"我只是忽然意识到，这是座小镇——没错！但感觉上又不像。我只知道它一定是座小镇，因为……"他努力咽了下口水，"从列车上看，你会把这里和其他任何一个地方搞混吗？"

"绝对不会。嗯！"她转了转眼珠，眼中充满了惊奇之色，"这是种戏法，对不对？"

"对，要不是我知道这能让人放松心情，我一定会发火的。人们并不喜欢被愚弄的感觉，不是吗？"

"放松心情？"她皱了皱眉，"我没听明白。"

"这是一种对布景的破坏。我们一直都在使用布景，而不会去看那个地方有什么——实际上，我们也不会去感受，或者去品味。我们有一个用布景搭建起来的'小镇'，或者是一座'城市'，或者是一座'村庄'……我们时常忘记，这些布景最初是基于一个现实而存在的。我们太过着急了。如果这种对布景的破坏是险境镇的特色，那旅行指南上对此只是稍微提及也就不足为奇了。通常游客们在反应过来之后，都会感到特别难以置信。我很期待见见这位叫霍洛维茨的家伙。他既是建造者，又是警长，我觉得他肯定是个……"

"是个什么？"

"是个不同寻常的人物，也许是个我不知该如何用语言形容的人。"

平均自由路确实是条路，根均广场却并非真的是正方形[①]，倒更像是一个变了形的四边形，但它确实拥有作为城市公共空间的必备要素。广场比想象中要大得多。这是他们从中穿过之

---

① 广场和正方形在英语中是同一个单词"square"。

后发现的。广场的一部分如今已然荒弃,那里的地上铺着砖石,摆了许多插满花束的大壶;一部分是一个正常的花园,看上去像个公园,但是很小;还有一部分倾斜着没入一潭水中——与其说是一潭水,倒不如说是一个池塘——水深三四米,一级级台阶从水下延伸上来,形成了一个优美的弧线。广场上有一些人:老人们坐在凳子上晒着太阳,有两场圈围比赛正在进行,周围不可避免地有许多人在围观、指点,而在池塘里——旁边守着两个少年,眼神中既有纵容之情,也有警惕之色—— 一些裸着身子的小孩正开心地拍打着水面,追逐着一个比他们之中任何两个人的脑袋合起来都大的巨大光球。

广场周围围着一圈高度不一的建筑,它们被各自倾斜的屋顶连在一起,建筑之间由小巷隔开,但它们本可以组成一块坚实的平台。实际情况是,每条小巷都由一座一层楼高的桥相连,而每一座桥都装饰有精美的木雕或石雕。

"我的天啊,"凯特低声说道,"真是难以置信。这不是城镇,起码这里不是。这就是座村庄。"

"但其中还是能看到城市的影子——布鲁塞尔大广场、马德里的主广场、旧伦敦桥……噢,真是妙极了! 再仔细看看那些房子吧。它们都富有生态便捷性,不是吗? 每一座都是! 如果说它们的能源需求都是来自地热,我也一点都不会惊讶!"

她的脸色有些苍白,"你说得没错! 我都没注意到这点。人们都觉得,生态便捷性房屋就是那种——呃,就像蜂巢中的一个格子,是种工业化产物。堪萨斯城周围就有生态便捷性社区,你知道吧,而它们就跟蚁冢一样毫无特点!"

"让我们赶紧找到警长吧。我一次也就只能忍受这么多问题没有答案了。不好意思!"他走到一群正在围观圈围比赛的人旁边,"请问哪里可以找到泰德·霍洛维茨?"

"穿过那条巷子,"其中一人一边说,一边用手指向一个方向,"右手边第一个门就是。如果他不在,就去市长办公室找找看。我觉得他今天可能有事找苏兹。"

他们离开的时候,再次感受到许多好奇的目光落在自己身上。似乎旅客在险境镇很罕见似的。可是为什么就没有成千上万的旅客涌向这里呢?为什么这座小镇在世界上毫无名气呢?

"当然,要是它出名——"

"你在说什么吗?"

"没什么。肯定就是这儿了。霍洛维茨先生?"

"请进!"

他们走进门内,来到了一个长约十米、布置奇特的房间。这个房间按照常规配备了几把椅子,一张桌子,一些堆满书本和磁带的杂物箱,与其说这是某人的办公室,倒不如说是块长满了蕨类植物的林间空地,或是一个位于挂满了闪亮植物的瀑布之后的洞穴。不规则的窗户之外,随风摇曳的镶板上反射的绿色光芒在布满植绒、如苔藓般柔软的地面上微微闪烁。

一位穿着帆布裤、裤子的大口袋里插满工具的健壮男人,从看上去很旧的木匠工作台前转过身来迎接他们。他随手将一个木制器具放在一边,一开始他们没有看出那是什么,接着便反应过来:那是一把德西马琴①。

与此同时,有什么东西正在移动,接着它便从工作台旁边的阴影中出现了,是一条狗。一条动作迟缓、姿态优雅的大狗。它

---

① 美国传统的一种拨弦乐器,发源于中东地区,约在19世纪传入美国。

的祖先很可能包括大丹犬、爱尔兰猎犬，可能还包括哈士奇或者奇努克犬……以及其他某种东西，某种奇怪的东西，因为它的脑袋大得出奇，双眼深陷，看上去不太像犬类的眼睛。

凯特的手指紧紧抓着他的手臂。他听见她倒抽了一口气。

"不必紧张。"那男人声音低沉地说道，他的声音要比他那种体型的人通常拥有的嗓音还低半个度，"以前从未见过这种狗？那你们今儿可是大开眼界了。它叫纳提·巴波①。在它检查你的时候，你最好站定别动。抱歉，任何访客都得走一遍这个程序。纳特，他们有问题吗？有没有嗑药——或者酗酒——除了有点被吓到之外，还有其他状况吗？"

那条狗蜷起皱巴巴的上唇，缓慢地长吸了一口气，然后干脆地摇了摇头，微微低吼了一声。他优雅地坐到了地上，眼睛始终盯着这两位访客。

凯特松开了手指，但身体还在发抖。

"它说你们没问题，"霍洛维茨说道，"我很了解这家伙。也许比不上它对人类的了解，但还是很不错了。好了，请坐吧！"他朝旁边的客厅挥了挥手，自己则坐到了一把面对客厅的扶手椅上，从裤子的大口袋中掏出了一个已经烧黑的旧烟斗，"我能为你们做些什么？"

他们互相看了一眼。凯特突然下定决心，然后开口道："我们能找到这里来，多少有点偶然。我们之前在听天由命镇待过，在那之前我在暂时镇，但它们完全无法和险境镇相提并论。我们想在这里待一段时间。"

---

　　① 美国作家詹姆斯·费尔提莫·库珀(1789-1851)在其小说集《皮护腿故事集》中塑造的人物。后文的"纳特"(Nat)是纳提的爱称。

"嗯哼。好吧……也许可以。"霍洛维茨朝那只狗做了个手势,"纳特,请你去告诉议会成员,我们这儿有新的申请者。"

纳提·巴波站起身来,最后一次闻了闻那两位陌生人,然后迈着轻盈的步子出了门。门上有把手,它可以自己开门;它出去之后,也细心地关上了门。

桑迪一直看着纳提,嘴里则说道:"噢,我忘记告诉你我们的名字了。"

"凯特和桑迪。"霍洛维茨喃喃道,"我知道你们会来找我。宝莉·瑞安说她在列车上遇见过你们。"

"她——呃……?"

"我想你们听说过电话吧。我们这儿是有电话的。这和我们这儿的表面形象看起来不太符合。也许你们对我们这儿的了解都是从那本糟糕的指南上得来的。"那本指南从凯特的衣兜漏了出来;霍洛维茨用一根手指指着它,带着一股谴责之意,"我们所没有的是3V电话服务。联邦政府已经纠缠了我们好多年,想让我们接入数据网络,与其他付费规避区保持一致。可是若要满足联邦政府电脑的要求,我们必须拥有3V电话级别的带通容量。

"联邦政府提出了许多很有说服力的理由——他们一直在提醒我们,稍纵即逝镇是如何差点被犯罪组织掌控的,以及亚拉腊的居民是如何差点被一个冒牌牧师愚弄的,这家伙因为欺诈而在被七个州通缉……但是我们更乐意置身事外,自己处理自己的问题。只要我们交的税高于我们的补助金,他们就不能强迫我们接入网络。所以从原则上来说,我们这儿是不许有3V电话的。不过千万别被这一事实误导,觉得我们这儿很落后什么的。我们险境镇的大小仅仅相当于一个中世纪晚期的集镇，但我们提供的便利设施要强一百倍。"

"这么说，你们已经证明了一座城市若是以生态便捷性建筑为基础进行运转，开销会更少！"桑迪激动地倾身向前。

"你注意到了？真是有趣！大部分人都对生态便捷性产生了先入为主的想法：它们一定是工厂的产物；它们的大小和颜色都是一样的；如果你想要大一点的房子，只能将两个房子拼在一起。事实上，正如你所说，一旦你真正理解了其中的原理，你就会发现自己已经在不经意间划掉了你的大部分隐藏开销。你俩有谁去过特里亚农？"

"我去那里找过朋友。"凯特说。

"他们吹嘘自己的能源利用率能达到百分之七十五，而他们依然需要'大地-深空'每年给他们拨经费，因为他们的运作模式从本质上来说还是很浪费。我们的利用率能达到百分之八十到八十五。这个星球上没有比我们做得更好的社区了。"

说到这，霍洛维茨露出了一个有些尴尬的微笑，似乎想以此让自己的言论听起来没那么自负。

"而你是这一切的幕后功臣？"桑迪问道，"我们之前遇到的那个叫宝莉的女人，说大部分建筑都是你设计的。"

"没错，不过我不能以此居功。研究出那些原理以及将其付诸实践的并不是我。那是——"

凯特插话道："噢对！列车驾驶员说这里是《美国灾难镇》的原型！"

"你们听说那件事了？"霍洛维茨本来在用粗糙的黑色烟草填烟斗，听了凯特的话，他险些将烟草袋和烟斗都掉在地上，

"呃,该死! 看来政府也没能把消息捂严实啊!"

"啊……你的意思是?"

霍洛维茨耸了耸肩,咕哝了一声。"我听到的是,如果你想在普通的大陆数据网络上查找有关'灾难镇'的研究,或者任何与克劳斯学会相关的信息,你多少会感到失望的。仿佛这些被输入数据网络的数据'只对专业的学生有吸引力'——我这里引用的是原话。不管怎样,这是我从布拉德那里听来的。布拉德·康普顿是我们的图书管理员。"

"这真是糟透了!"凯特瞪着他说,"我没有在数据网络上查过相关信息——因为我父亲有一整套关于'灾难镇'的专著,我十几岁的时候就读过。但是……呃,他们在克劳斯学会里设想的某个项目,最后真的变成了一个运转良好的社区,这其中的意义难道不重大吗?"

"噢,反正我是认为意义重大。当本地的犯罪率几乎为零的时候,什么样的警长会不这么认为呢?"

"你是说真的?"

"嗯哼。我们这里还没有发生过谋杀案,而上一次有人在斗殴中受伤或是有人被抢劫,也已经是两年前的事了——至于偷窃,在这里更是少见。"他淡淡一笑,"偶尔会从外面传入一些偷窃的传闻,但我发誓,偷窃在这里是毫无前途可言的。"

凯特缓缓地说道:"你先别说话,让我猜猜。克劳斯学会是不是就是因为这个地方而销声匿迹的? 那些真正有智慧的人是不是都留在了这里,而非返回自己的家乡?"

霍洛维茨面带微笑,"年轻人,你是我遇到的第一个在没有人告知的情况下自己明白这一点的游客。没错;险境镇从克劳斯学会这块蛋糕的顶端刮走了最好的奶油，而剩下的那些就这么消失了。在我看来，那是因为只有认真对待自己想法的人，才会做好承担随之而来的责任的准备。当然，也要面对随之而来的各种嘲笑和鄙视。毕竟在同一个时期，其他难民定居点还在任由骗子和无耻的虚假传教士摆布——正如我们刚才谈到的——因此在当时那种一切都乱了套的情况下，谁又会相信这种混合了吉拉德里广场、波特梅里恩村、巴伦西亚、塔里埃森①，以及老天才知道还有其他什么地方的特色的奇特产物，会是正确的选择呢？"

"我觉得你一定和我们很像。"桑迪忽然说道。

霍洛维茨对他眨了眨眼睛，"什么？"

"我从未见一副面具会瓦解得这么快。我是指你一开始给人的那种有如来自本地的质朴感觉。说真的，那并不适合你；将其揭开也不算什么损失。不过，在你的建造者和警长的身份之后，你的真实身份到底是什么？我的意思是，你是从哪里开始这一切的？"

霍洛维茨的嘴角向下弯去，夸张地模仿了一种恐慌中带着忧伤的神色。

"我招供，"他顿了片刻，然后继续道，"没错，我确实把自己视作本地人，但我也有德克萨斯大学奥斯丁分校社会交流学的博士学位和哥伦比亚大学建筑技术专业的硕士学位。我通常不会和游客提到这些，即便是面对那些聪明人——尤其是那些聪

①　此处的地名应是四个著名的风光名胜：吉拉德里指位于旧金山渔人码头的吉拉德里广场；波特梅里恩指英国威尔士的古老村镇波特梅里恩村；巴伦西亚指西班牙著名旅游城市；塔里埃森指位于美国威斯康星的美国建筑师弗兰克·罗伊德·怀特（1867-1959）的私人住宅。

明人,因为他们总会因为各种各样的错误理由来到这里。我们对于脚踏实地做事很有兴趣,并不希望被一帮来了又走的文化人类学家研究来分析去。"

"在出名之前,你们打算等多久?"

"嗯! 你这人很有洞察力嘛! 不过呢,对于一个合理的问题,就该用一个合理的答案来回答:我们预计半个世纪就足够了。"

"我们能活那么久吗?"

霍洛维茨用力摇了摇头,"我们不知道。有人知道吗?"

就在这时,门打开了。纳提·巴波回来了,从霍洛维茨身边经过时,还用鼻子轻轻碰了碰他。在他身后跟着进来的是一位身材高挑、步态庄严的黑人女性。她穿着一件花哨的衬衫和一条紧身裤,用胳膊挽着一位肥胖的白人男性——他的皮肤被晒得很黑,和之前那位列车驾驶员一样穿着短裤和拖鞋。

霍洛维茨向桑迪和凯特做了详细的介绍:来者是市长苏兹·德灵格和图书管理员布拉德·康普顿;他们都是今年市镇议会的成员。他精简地把自己与桑迪和凯特的对话内容转述给了他们。两人听得都很认真。等霍洛维茨说完后,康普顿则说了句很奇怪的话。

"纳特同意吗?"

"似乎同意了。"霍洛维茨咕哝道。

"看来索尔格林姆以前的住处将迎来新的租客了。苏兹,你怎么说?"布拉德看向市长。

"当然没问题。为什么不呢?"她转向凯特和桑迪,"欢迎来到险境镇! 好啦,从这里走回广场后,进入你们右手边的第二个小巷,那里是醉汉步道①。沿着它一直走到和大圆环路②的交叉口。交叉口左侧角落的那栋房子就是你们的住所,只要你们乐意留下来的话。"

他俩一下子惊呆了。凯特随即惊呼道:"等等！你们安排得太快了吧！我不确定桑迪的计划是什么,但我必须在几天之内赶回堪萨斯。你们似乎已经认定我会在这里长住了。"

桑迪在一旁接口道:"另外,你们的决定竟然是基于一条狗的意见！就算它被改造过了,我也不认为——"

"改造?"霍洛维茨打断道,"不,纳特可没被改造。我猜他的不知多少辈之前的曾祖父或许是被人做了点小修小补,但他完全是自然长大的。不可否认的是,他确实是他那一窝里最棒的。"

"你的意思是险境镇有很多像它一样的狗?"凯特问道。

"现在大约有几百只。"德灵格市长回答道,"都是2003年夏天溜进我们镇子的一群狗的后代。那群狗里有一只年轻的公狗,两只怀了孕、身边跟着四个幼崽的母狗,领头的是一只已经不能生育的老母狗。我们的兽医史奎伯医生,一直认为它们肯定是从某个研究机构逃出来的,然后四处寻找能受到更好待遇的地方。最后它们选择了这里。它们对孩子很友善,几乎会说人话,就算年纪很大了,身体也不会出什么毛病。问题在于它们至多只能活七到八年。这并不公平,是不是,纳特?"她伸出手去挠纳提·巴波的耳朵,它则用尾巴漫不经心地碰了碰面作为回

---

① 原文为Drunkard's Walk,也指数学里的随机游动这一概念中的一种情况。

② 原文为Great Circle Course,同时也指航海中的"大圆航线"这一概念。

应,"不过我们有朋友正在为此想办法。我们会尽全力让它们的后代长寿。"

又是一阵沉默。最后,桑迪果断地说道:"好吧,看来你们的狗能创造奇迹。可是你们给了我们一套房子,却不问我们在这里想干什么——"

布拉德·康普顿哈哈大笑。桑迪不解地住了嘴。

"请原谅布拉德。"霍洛维茨说道,"不过我想我们已经谈过这个问题了。你应该没注意到重点吧?让我告诉过你吧,我们能提供的便利服务,要比中世纪同等大小的小镇强一百倍。你难道想就这么到这儿来随便找个房子住下,一直靠你的联邦规避区补贴过一辈子?当然,时不时会有人这么做。但最后他们都会变得很不开心,大失所望,然后离开此地。"

"呃,当然。我是说,你们肯定有各种各样的工作能提供给我们……但那不是我来这儿的目的。我想知道到底是什么支撑着这座小镇的运转。"

三位险境镇居民互相微微一笑。德灵格市长说道:"我该告诉他们吗?"

"当然,这是市长的职责。"康普顿答道。

"好吧。"她转向凯特和桑迪,"我们运营着一家没有资本、没有股东、没有工厂的企业,但是我们的收入是我们联邦规避区补贴之和的十五倍。"

"什么?"

"没错。"她的声音很清醒,"我们提供的服务,被一些人—— 一些非常有钱的人——视为珍宝,他们会以签订条款的方式,把自己工资的一部分付给我们作为报酬。有一次,我们收到了某人六千万的遗产，虽然那人的家人拼了命想在法庭上改变死者的遗嘱……我相信你已经意识到我们是什么人了，对不对？"

桑迪浑身颤抖不已，拳头紧握，嘴巴干燥得几乎说不出话来。最后，他终于勉强说出了自己的猜想。

"你们只可能有一种身份。但是——噢，我的天呐。你们真的是'聆听援助'？"

交叉谈话

"然后我立刻就想问他们是如何做到遵守那个诺言的，可是——"

"等等，等等！"弗里曼几乎从椅子上站起来，迅速凑近控制台去看上面的数据，仿佛缩短距离就可以改变屏幕上的结果似的。

"有什么问题吗？"

"我……没有，没什么。我只是看到了一个不可思议的现象。"弗里曼坐回椅子，面带一丝愧疚地掏出一张手绢擦了擦脸。他的额头上忽然汗如雨下。

一阵短暂的沉默后，他继续道："妈的，你是对的。这是我第一次被你从回退模式转换成现时状态后，我无须继续上次未完的话题。真是太有趣了！不必告诉我说明我受到了多深的影响；我心里很清楚，我依然在受影响。在险境镇的第一次谈话给我留下了一种奇怪的、模糊的印象,仿佛我意识到了那里的人们拥有解决某个紧急问题的答案,只不过我想不起来那个问题到底是什么……请向我透露点什么吧。我觉得你应该告诉我。毕竟,我没办法阻止你强迫我向你吐露一切,对不对?"

弗里曼脸上的汗水闪闪发亮,仿佛他正被捆在烤肉叉上被炽热的火焰不停地烘烤。他又抹掉了一些汗水,然后回答道:"问吧。"

"假设我打电话给'聆听援助'讲了一小时关于米兰达、我自己还有塔诺威的事传了出去……我会不会被动个手术,然后被赶出塔诺威?"

弗里曼犹豫了。

他将手帕叠了又叠,最后放回自己的口袋。等了很久,他才犹豫地开了口。

"没错。要是你走运的话,还能有85的智商。"

他的声音依然很镇定:"'聆听援助'会怎么样?"

"他们不会怎么样。"弗里曼的声音几不可闻,"你肯定知道为什么。"

"噢,当然。抱歉——我承认,我之所以提问,只是想看你因为尴尬而局促不安的样子。不过险境镇对抗美国政府的感觉,就像是大卫在对抗歌利亚。想让我继续吗?"

"你想继续吗?"

"想。不论险境镇是否适合所有人,它起码很适合我。现在也是时候直面为什么我在险境镇的生活会以灾难告终了。当时我若是没犯傻,那也只不过会是一次小挫折而已。"

谜语之网

"这是我见过的最棒的地方。我从未想过——"

两个人沿着名字取得很恰当的醉汉步道，往山坡上走去。凯特打断了他的话头。

"桑迪，那条狗。纳提·巴波。"

"它把你吓得不轻啊，是不是？我很抱歉。"

"不是这个！"

"但是你——"

"我知道，我知道。我是很吃惊，但没被吓到。我只是不相信这是事实。我以为爸爸的狗一条都不剩了。"

"什么？"他脚下险些绊了一下，转身盯着她，"它怎么会和你父亲有牵连？"

"哎，反正我从未听说过别人在动物身上做到过那么神奇的事。巴格希拉也是我爸的实验产物之一，你知道的。差不多是最后一个实验对象吧。"

他深吸了一口气："亲爱的凯特，你能不能从最开始讲起呢？"

她眼中充满不安和忧伤之色，然后开口说道："我也觉得我应该从头说起。我记得我问过你知不知道我父亲，你说当然知道，他是那位著名的神经生理学家亨利·利尔伯格，然后话题就结束了。可这正好就是你一小时之前提到险境镇的存在是为了治愈创伤的一个最好的例子。给某个事物贴上标签，然后迅速将之遗忘。一说到'神经生理学家'，人们脑海中立即就会浮现出一个陈腐的形象:他们通常会切割出一套神经系统,在试管里研究,公布研究结果,然后心满意足地走开,完全忘记那个动物剩下的部分是否存在。我父亲不是那样的人! 我还是个小女孩的时候,他曾经给我带回来过许多很棒的宠物,而它们都活不了多久,因为到我手上的时候,它们已经很老了。但它们曾在他的实验室里尽过自己的职责,因此我父亲不忍心就这么把它们扔进焚化炉。他常常说自己对这些动物有亏欠,没能给它们一段有趣的生活,因为在它们还小的时候,他曾对它们做过不公平的事。"

"都是些什么样的动物?"

"噢,一开始都是些小动物,那时候我才五六岁吧——有老鼠、仓鼠和沙鼠之类的。后来他们开始使用松鼠、地鼠、猫和浣熊。还记得我说过他拥有可以将保护动物运入美国的执照么?最后,在他不得不因病退休之前的那几年,他开始研究一些真正的大型动物:像纳提·巴波那样的狗,或者是巴格希拉那样的美洲狮。"

"他研究过水生哺乳动物吗? 比如海豚或者鼠海豚?"

"我觉得没有。就算有他也没法把它们带回家给我。"她的话中又出现了以前常有的那种冷幽默,"我们住在一套公寓里,没有可以养它们的池子。你为什么问这个?"

"我在想,你父亲会不会参与了——该死,我不知道你有没有听说过那些名字。它们总是在更换名称,同时也从一条死路走到另一条死路。但我想说的是在佐治亚州进行的一个项目。当时他们想要设计出一种能抵御敌人侵略的动物。一开始他们考虑让小型动物携带病菌去搞破坏,比如训练老鼠去噬咬轮胎或者电线绝缘层。后来又出现了大量关于用动物代替人类组建军队的流言。战争依然是战争，还是会流血会有轰鸣的炮火，但不会再有士兵死亡了。"

"我知道一个以'荠荁'为代号的项目。但我爸从未参与其中。他们一直叫他加入，他一直在拒绝他们，因为他们从未告诉他工作的具体细节。直到他被诊断出脊髓炎末期，他才明白自己当初的决定是多么正确。"

"这个项目后来中止了，是不是？"

"没错，而我知道是什么原因。他们依靠我爸将该项目持续了好多年。他是这个国家，可能也是这个世界上唯一可以让无比聪明的动物真正繁育后代的人。"

"字面意思的唯一？"

"噢，虽说他自己不相信这个说法。他公开了自己的所有数据，并一直发誓称自己毫无保留，但其他研究者却发现，自己无法得到和他一样的结果。最后，他将这看成了一个笑话。他常常说：'我不过是有红手指而已'。"

"明白了。就像园丁有绿手指一样①。"

"没错。"

"他用的是什么方法呢？"桑迪并不是真的想问出具体答案，但她还是回答了。

"别问我，你去输入代码然后自己查吧。所有数据都在公共网络上。看来政府希望某天会出现又一个拥有红手指的天才，然后用这些数据碰碰运气。"

他望向某处，若有所思地说道："我对生物学已经不再抱有

---

① 在英语中指园丁技艺娴熟。

幻想了,但我还记得曾听说过利尔伯格假说。该假说是自然选择类别中一个非常精炼的子类,涉及荷尔蒙所产生的影响——不光是对胚胎的影响,还有对其父母性腺的影响,而这会决定染色体交叉互换时的起始点。"

"嗯哼。提出这个假说令他受到了外界不少嘲笑。他的同事们纷纷对他恶言相向,指责他试图证明李森科是正确的,而这,"她愤怒地补充道,"显然是一个谎言! 他所做的一切,其实更好地解释了为什么即便李森科学说的支持者错得是那么离谱,但还是能够欺骗大众。桑迪,为什么任何一个权力集团总是僵化得那么快? 这也许只是我的想象,但我脑中始终有一种偏执的想法,认为如今手握权力的人制定的政策,是为了利用一切新颖的想法,要么是扭曲它,要么是打压它。比如说,之前泰德·霍洛维茨就说过,政府不鼓励人们去深入了解有关灾难镇研究的事。"

"你真的要问关于政府的事么?"他声音低沉地回应道,"我会说原因其实很简单。这是自然选择在社会层面的翻版。社会上那些渴望权力的群体,为了权力愿意牺牲其他一切——道德,自尊,友谊——他们很早之前就占据了统治地位。大众与政府不再有任何联系;他们只知道自己一旦越界,立马就会被踩在脚下。字面意义上的踩在脚下也是有可能的……噢,华盛顿那些家伙一定恨死险境镇了! 就这么一个小镇,居然敢对联邦的命令嗤之以鼻!"

她耸了耸肩。"可是那些科学家呢……?"她说。

"他们的反应是另一回事了。人类知识大爆炸的速度已经加速到连最聪明的人也无法应对的地步了。理论已经僵化成教条,就像中世纪时那样。最顶尖的科学家觉得保护自己的信条不被异端分子破坏是自己肩负的责任。对吧?"

"那很符合我爸的情况。"凯特说着点了点头,咬住自己的嘴唇,"但是——呃,他证明了自己的观点啊! 不说其他的,巴格希拉就是明证。"

"巴格希拉不是一个孤立的成功例子,对吧?"

"该死,当然不是。但当时我爸能救下的只有他,其他实验对象都被卖到了桂马杜拉的马戏团。那个研究才刚起步,人们往其中投了很多钱——喂,看那边!"

他们正走过一块平整的草地,地上铺了一张毯子,上面睡着两个孩子。他们身边有一条和纳提·巴波同种同色、只是体型要小一些的母狗。它正盯着面前的两个陌生人;它的上唇的一角往上一翻,露出锋利的白色牙齿,它的喉间隐隐发出阵阵低吼,仿佛正在质询他们。

这时它站起身来,背上的毛都立了起来,同时向他们走过来。他们一动不动地站在原地。

"你好。"凯特说,声音中透着一丝紧张,"我们是新来的。但刚才我们已经和泰德谈过了。他和苏兹说我们可以在索尔格林姆的老房子里住下来。"

"凯特,你难道真以为一条狗会听懂这么复杂的——"

他目瞪口呆地住了口,因为那条母狗立即摇了摇尾巴。凯特微笑着伸出手去让她闻。片刻之后,他也照做了。

那狗思索了一下,随后以人类的姿态点了点头,接着转过头去,将自己佩戴的项圈上的牌子展示给两个人。牌子上印有几个字。

"布伦希尔德①。"凯特大声念道,"你是乔什·特雷维斯和洛娜·特雷维斯的狗。嗯,你好吗,布伦希尔德?"

母狗庄重地伸出右爪,和他们各自握了握手,随后回到孩子们身边继续自己的守护职责。于是他们继续向前走去。

"你现在信我了吧?"凯特喃喃道。

"是的,该死,我不得不信了呀。可你父亲的这些狗究竟是怎么跑到这儿来的?"

"正如那位市长所说,它们可能是从哪个研究中心逃了出来,想要寻找一个舒适的家。不少研究中心都有我爸培育的狗。喂,到大圆环路还有多远啊?我们会不会已经走过了?这里到处都没写路名。"

"我注意到了。这和其他一切都是一致的。帮助你强行从抽象的布景返回现实。当然,这方法只有在这样的小镇才行得通,可是——你走过了多少除了名字记得、对其他都没有印象的街道?我觉得名字是使人们分心的因素之一。人的感知需要养料,就像人需要真正的营养一样;如果没有这样的养料,你就会被饿死。那是交叉路口,看到没?"

他们赶紧走了最后几步,然后——

"噢,桑迪!"凯特的音调突然高了许多,"桑迪,这怎么可能?这不是一栋房子,简直就是一座雕塑!?它真是美极了!"

震惊地沉默良久之后,他开口道:"好吧,谢谢你!"

接着,她开心地迈开步子,轻巧地跨过了那道不算是门槛的门槛。

---

① 取自北欧女武神之名。

喜好的逻辑性

"我很好奇究竟是什么让你如此喜欢险境镇。"弗里曼喃喃道。

"我觉得原因很明显了。那里的人能把塔诺威完全搞错的事弄回正轨。"

"在我听来不过是寻常的接入式生活。你到了那里，找个没人住的房子住下，然后等着，你——"

"不，不，不!"他的声音逐渐变大，"我们走进那栋房子时，发现的第一个东西是一张便条，是那房子的前主人拉斯·索尔格林姆留下的。便条上说，因为妻子得了一种必须定期接受放射疗法的疾病，他和家人必须搬家到离大医院近一些的地方。若非因为如此，他们肯定不会搬走的，因为他们在这栋房子里生活得很开心。他们希望将来住在这里的人也能感受到同样的快乐。他的孩子都表达了自己的爱，献上了自己的吻。这可不是接入式的生活，不是那种离开时不会留下自己任何痕迹的生活方式。"

"可是当你刚加入'大地-深空'时，你也马上被邀请去参加欢迎派对了——"

"噢，得了吧! 像'大地-深空'这种地方，通常都需要某个借口——比如有新员工加入——来举办派对;这只是公事公办，旨在让那人和他的新同事像一群小心翼翼的狗一样互相闻屁眼! 而在险境镇，派对的概念已被植入了社会结构之中;那里的人随时都会举办派对，要么是因为有人过生日，要么是因为这天是个什么纪念日,要么仅仅是因为这是个美好而暖和的夜晚,一批自家酿的红酒也正好到了分享的时候。我对你太失望了。我还以为你已经看透政府想要把险境镇从网络上删除的企图,然后回去研究原始资料了。"

这是弗里曼头一次处于明显的守势。他用谨慎的语气说道:"呃,我当然——"

"借口就免了吧。如果你已经挖掘得够深,那我所说的对你而言根本就算不上新闻。噢,想想吧,好好想想吧!《美国灾难镇》的研究分析了我们社会一直存在的过错是如何在后灾难时代的背景下暴露的,这可以算是诸多研究中唯一称得上一流的成果。其他定居点所做的研究既琐碎又肤浅,尽是些早就为人所知的陈词滥调。而在直言不讳地指出湾区大地震的受害者之所以无力应对现状,是因为他们放弃了自谋生路的尝试后——他们早就发现,权力已经落入了一小群腐败的、嫉妒心很强的人手中——克劳斯学会的人选择了以这句话作为结尾:'这就是让一切回归正轨的方法!'对华盛顿来说,这简直就是天大的侮辱。"

弗里曼生硬地低声笑了笑。

"更糟的是,他们想要付诸实践;而最糟的是,他们阻止了政府想要介入的企图。"

"你到险境镇之后,过了多久才听人说起这些?"

"没人说过。我是那天晚上自己发现的。这是那种很典型的例子,即一件显而易见的事会明显到让你忽视它。就拿我来说吧,最后一次打电话给'聆听援助'之后,我不自觉地停止了对那个问题的进一步思索。不然我当时就能找到解决方法了。"

弗里曼叹了口气:"我还以为你打算为自己对险境镇的痴迷辩解,而非为自己的缺点找借口。"

"每次你用语言刺激我的时候,我都挺享受的。这证明你的自控力越来越差。那让我再在火上浇把油吧。我现在可以警告你,我打算让你彻底失控,我才不会在乎你每天要注射多少镇静剂。抱歉,这是个烂笑话。不过——噢,让我们坦诚一点吧。在湾区大地震——这场我国史上最严重的灾难——的余波之中,并没有出现多少有用的数据,这难道从未让你感到过吃惊吗?"

弗里曼的声音很刺耳:"这场大地震也是我国历史上拥有最完整记录的一次事件!"

"也就是说,我们已经从中吸取了不少的教训,对不对? 说几个来听听。"

弗里曼沉默不语地坐着。他的脸上又一次因为汗水而闪闪发亮。他十指交扣,仿佛不想让它们颤抖得太明显。

"我想我的观点很清楚了。很好。设想一下吧。大地震之后,无数人不得不从废墟中从头开始,而普通民众都觉得应该帮助他们。这是分配优先权的绝佳机会:往后退一步,审视现代智慧提供给我们的无数选择中,什么值得拥有,什么是不值得的。等到多年——在某些地方甚至是十年——之后,我国的经济实力才强大到足以资助那些棚屋区改建为永久定居点。不错,那些难民本身就处于弱势地位:那么那些置身事外的专家呢? 那些联邦政府中进行规划的人呢?"

"他们和那些居民商量过的,你肯定很清楚。"

"但他们是否帮助那些居民做过价值评判? 完全没有。他们以纯粹的经济术语计算花销。花钱让某个社区在缺少某种东

西的情况下运转下去,看这样会不会花销更少——而那东西恰
恰是这个社区缺乏的。他们信心满满,误以为自己是必要的试
验品,以此来服务着这个国家。后续的行动又在哪儿呢? 有多
少钱被花在了找寻这个问题的答案上:那些没有3V电话,或是
没有自动即时资产转账设备,或是没有家庭百科服务的社区,
是否比这片大陆上的其他地方更好或者更坏。没有—— 一分
钱没有! 那些被允许提出来的毫无诚意的项目方案,都在下一
届国会上被砍掉了。因为在它们身上无利可图。唯一做出了
建设性工作的地方就是险境镇,而这都要归功于那些业余的志
愿者。"

"谁都可以在事后自称有先见之明!"

"但险境镇确实做得很成功。它的创建者们知道自己想要
做什么,也有充分的论据支持自己的想法。改变一个因素,看
看接下来会发生什么,这样的原则在实验室或许还行得通。但
若是在一个更大的环境中,尤其是当你面对的人因为痛苦的经
历而心智变得极不正常,被迫回到了只能应付基本需求的阶段
——比如饥饿、口渴、疾病——那你就不能以如此简单的原则
行事。历史中有证据表明,某些社会结构行得通,但某些就是
不行。克劳斯学会的人意识到了这一点,并尽其所能为一个全
新的社区搭建了坚实的基础,而非劳心费神地去预测这个社区
会进化成什么形态。"

"进化……还是退化?"

"那是让我们回到社会发展的岔路口的一次尝试,我们之
前显然在这个岔路口走错了方向。"

"引用的证据则是一堆未经证实、近乎难以理解的垃圾资

料!"

"比如说——?"

"噢,比如说有这样一种荒谬的说法:在我们出生之前,我们就被烙上了原住民家庭、打猎与采集性部落和原始村庄的印记。"

"你试过让一个婴儿安静下来吗?"

"什么?"

"你听见我说的话了。人类用嘴发出噪音,是想引发外部世界的变化。如今已经没人否认,哪怕一个脑瓜不灵通的婴儿,在学会说话之前都已被烙上了印记。该死,我们的类人猿兄弟已经向我们展示了它们能够利用声音和符号之间的关系,这就足以说明情况了!同样的,没人否认习惯模式包括社会地位、群体领导力——哎呀,等一下。我才意识到我受到了操纵,正站在你的角度驳斥我自己的观点。"

弗里曼放松下来,露出一个微笑。

"要是你继续说下去,你的论点中就会暴露出一个根本性的谬误,是不是?"他喃喃道,"险境镇多少算是能正常运转吧。但它也确实是在孤立的状态下实现的这一点。你做过乌托邦咨询师,那你一定知道,要是与人类社会隔绝得够远,哪怕是最不可思议的社会结构都是行得通的……暂时来说。"

"但险境镇并不是孤立的。每天都有五百到两千人拨打十个九,然后——呃,坦白自己的一切。"

"以此勾勒出外部世界的模样,而险境镇居民则会因此瑟瑟发抖,并对自己的现状感到欣慰。不管怎样,效果是非常令人安心的。"

弗里曼靠回椅背,意识到自己又扳回了一城。他继续说道,声音十分低沉:"你真的花时间去接了几个电话,我猜得没错吧?"

"是的,而且凯特也坚持要接听。虽说鉴于她并没打算留下,她并没有接听的义务。他们的服务和宣传的一样。他们会把电话从接听中心转接到某个私人住所,而在该住所中,随时有位成年人待命。同样和宣传的一样,这人也确实是坐着接听电话的。"

"如果遇到那种喋喋不休几个小时都停不下来的人怎么办?"

"这种人不多。而且在他们开始讲述之前,计算机基本都能提前把这种人分辨出来。"

"对一个脱离了数据网络并为此感到自豪的社区而言,他们还挺依赖计算机的,不是吗?"

"嗯哼。险境镇肯定是地球上唯一在乡村小屋上做成了一套产业的地方。如果你不让它们负责一些无关紧要的事情,比如记录一笔仅值五十美分的交易这种小事,你会惊讶地发现它们多么有用。"

"将来我一定要找出你划分界线的标准:五十美分,五十美元,五万美元……现在继续说吧。你们接听的都是些什么样的电话?"

"让我震惊的是,怪人的数量非常少。我听说,当怪人发现自己无法引发争论时,他们会变得很沮丧。那些觉得人类所有的错误都源于脚上穿着鞋的人,或是那些发现了总统在公厕墙上乱涂乱画的证据的人,都希望别人公开和自己辩论;这其中涉及了受虐倾向,而单纯的出气枕头并不能满足他们。至于那些内心真有问题的人——他们就是另一回事了。"

"举些例子吧。"

"好的。如今最常见的精神疾病是人格冲击,这是你自己对我说过的陈词滥调。但此前我从未想到,有多少人已经意识到,自己正在陷入人格冲击亚临床症状的范畴。我记得有个家伙承认自己试过'白宫伎俩',而且也确实取得了成效。"

"什么样的伎俩?"

"有时候那也被称作'去墨西哥人的洗衣店'。"

"啊,懂了。你将一笔资产——为了避税或者躲避反诉——转入数据网络的某个区域,然后再转出。如果没有特别许可,没人能够追查到这笔资产。"

"没错。到了征收所得税的时候,你总会听见人们笑嘻嘻地提到这个方法,因为这已经是现代民间传说的一部分了。而在你我不情愿地将十分之一的收入拿来交税的时候,那些政客和大企业的高层就是这样偷税漏税的。我接过一个电话,那家伙说自己已经逃了五十万美元的税了。他对此感到非常厌恶,而非恐惧,因为他知道自己不会被抓。他说这是他有生以来第一次行为不端。而要是他妻子没有为了一个有钱人离开他的话,他也不会这么做。他只是在偶然的情况下试了一次之后,发现做起来是那么简单……他以后还会相信其他人吗?"

"但他相信'聆听援助',不是吗?"

"没错,这也是这项服务创造的奇迹之一。我还在当牧师的时候,勉强同意了让条子通过网络监视我的告解室,哪怕在告解室中进行的谈话都是相当私密的。他们毫不费力地就发现了有个嫌疑人来找过我，于是在他走后偷袭了他，还把他揍了个半死。那种不诚实的行为，其实就是我们面临的最糟糕的问题的根源。"

"我都不知道你脑子里有'最糟糕'这个概念——你似乎每天都能找到新问题。好了，继续讲吧。"

"没问题。我敢说要是现在我开始口吐白沫，一定会有台专门的机器来帮我擦下巴……噢，该死！真正让我火大的是那种虚伪的、拘泥于小事的做法！从理论上来说，我们随便哪个人能接触到的信息量都是有史之最。而要做到这一点，只需要一个电话亭就够了。不过设想一下吧，住在你隔壁的邻居突然有一天被选进了州议会。而六周之后，他就花了十万美元翻新了自己的房子。你想查出他怎么会一下子有了这么多钱，最终却一无所获。或者你想确认一下自己所在的公司是不是即将被收购，自己是否会就此流落街头，虽然还有三个孩子要抚养，还有贷款要还。其他人似乎了解这些信息。隔壁办公室那个常常闷闷不乐、现在却突然哈哈大笑的家伙是怎么回事？他是不是买过公司的股票，知道自己现在可以以双倍价格卖出，然后就此退休？"

"你是在引用'聆听援助'接听过的电话吗？"

"没错，这些都是真实的案例。我没死守规定，因为我知道要是我这么做了，你肯定会把我搞垮的。"

"你是指那些都是典型案例吗？"

"当然了。在打来电话的人之中，差不多有一半的人——他们好像说的是百分之四十五——都在担心别人知道自己不知道的数据，并以此来牟利。所有打来的这些电话都表明，数据网络对人们造成了巨大的冲击,而这种冲击也给了我们全新的理由去瞎猜疑。"

"考虑到你在险境镇只待了很短的时间,你对它的认同还真是令人吃惊。"

"你完全说错了。这是一种叫作'坠入爱河'的现象,既对人适用,也对地点适用。"

"那你的第一次'爱人间的争吵'发生得也挺快的嘛。"

"激怒我吧,刺激我吧! 我已经提前做了件事作为补偿。虽然微不足道,但确实起到了安慰作用。"

弗里曼紧张起来,"看来你才是该为那件事负责的人!"

"你是指挫败了政府对'聆听援助'最近的一次进攻? 没错,确实该我负责。我对此还挺自豪的。这不仅是我第一次在没人要求、也不在乎有没有回报的情况下,为了别人去运用我的才能,这件事本身就是一个重大突破,一件旷世杰作。在我去做的时候,我深刻地意识到艺术家或作家是怎么在自己的创作中获得无尽快感的。那位用程序写出险境镇的原始蠕虫的家伙确实很棒,但理论上来说,你不必关闭数据网络也能杀死它——但你会付出损失三百亿到四百亿比特数据的代价。我觉得我刚出现的时候,他们正准备这么做。但是我编写的蠕虫……哈哈! 我发誓,要是不废除整个数据网络,你根本没法杀死它。"

代议制政府的崩溃

对象:哈福林格 尼古拉斯 肯顿

已选择

提出能够解释对象为何迷恋加利福尼亚州的付费规避社区险境镇的原因

A.功能性　B.客观性　C.稳定性

原因A详述

A.在这片大陆上大部分面积相近的城镇里,再也无法以公投的方式做出关于公共服务的决定。原因之一是人口流动性很强,原因之二是参与投票的人不愿意为服务设施买单,因为他们清楚只有后来者才会享用到这些设施。例子:针对金融学校的污水处理系统和高速公路养护发放债券征款的行为,在93%的情况下都被向占统治地位的雇主采取家长式征款取代了。

★★★参考《封建债务的救赎》,巴克·巴甫洛夫斯基&古色古香期刊,人类社会学版,第39期,第2267至2274页。

原因B详述:

B.撤下网络的公民与次要特质之间的紧密关系。例子:相对富裕/贫穷的工作类型突出了社会个性的可信性。

★★★参考《新旧角色即将转变》,以一组海湾大地震的受害者为对象分析其状态的转变,14号专著,《美国灾难镇》系列。

原因C详述:

C.尽管假期的长短处于平均水平,但险境镇的人口流动率是整片大陆上最低的,且每年都不超过百分之一。

★★★ 参考《美国连续抽样人口普查》。

谢谢。

不客气。

借住的讨喜之处

这地方很快就让他们着了迷，这令他简直不敢相信。瞠目结舌的他——凯特也是如此——努力寻找着原因。

或许最重要的一个原因是，这里发生的事要比其他地方都多。在这里，你会有一种时间被充分利用的感觉。而在"大地-深空"，在密苏里大学堪萨斯分校，你通常会感觉时间是被分配给你的：如果分配的时间过短，你做的事情就少；如果分配给的时间过长，你做的事会比本该做的事还要少。但这里不会出现这种情况。然而，险境镇的居民知道如何过无所事事的生活。

真是个悖论。

这里可以遇见太多人了，而这并非是因为你得到了一份新工作，或是进入了一个新的班级，而是走在路上时一个个偶然遇见的。你会遇见乔什和洛娜（乔什是电力工程师和雕塑家；洛娜则是险境镇仅有的两名医生之一，同时也是一位风琴手和公证员），然后是史奎伯医生（他不仅是一名兽医，还是一名玻璃品工人）和他的儿子菲尔迪·史奎伯（他是一位电子设备维护员和植物遗传学爱好者），以及菲尔迪的女朋友帕特里西娅·卡丽基安（她负责电脑编程以及任何与纺织有关的事），接着是……

这简直让人眼花缭乱。而这也完美地证明了在最大限度利用资源的基础上运转是多么划算。他们遇见的每个人都至少有两种职业——不是兼职，也并非是要以此来维持收支平衡，而是因为在这里，他们有机会沉迷于不止一门爱好，同时无须担心公共事业服务费会再次上涨。对于这个自给自足的小镇如此低廉的能源价格,桑迪和凯特感到十分震惊。他们已经习惯了电力价格定期涨价百分之五的惯例。要是哪一年遇上了核电站反应堆的堆芯熔毁,价格还会上涨百分之十到十二,因为在很久以前,像核电站这样的设施就已经不能上保险了,一旦遇到这种事故,就只能由消费者出钱来弥补损失了。

他们在小镇里四处闲逛,发现这座小镇从一开始就被建设得非常巧妙:在根均广场的主核心区周围,还相应地建有几个亚核心区。这些亚核心区作为活动中心,可以容纳三百到四百人。各个亚核心之间既不孤立,也不封闭,且每一个都有自己的特色,用以吸引偶尔从小镇其他区域来此处参观的人。其中一个亚核心区有一片游戏活动区域,一个有一座游泳池,一个会定期举办主题不定的艺术展览,一个有一座拥有二十来只温顺动物的儿童动物园,一个拥有眺望远方的好位置,两侧种有开满绚烂花朵的树木……苏兹·德灵格曾兴致高昂地承认,这一切都是"有预谋的"——建立这座小镇的人,当初将有益于这个社区良好运转的因素都列成了一个表格,然后将这些因素分配到了合适的区域,之前这些区域里尽是摇摇欲倒的小破屋、残破不堪的房车和帐篷。

德灵格还告诉他们,在建造小镇的头一年半里,建造者们除了一堆破烂可用外,什么都没有。再加上丰富的想象力,人们尽力弥补了资金不足的困难。

这两位外来者很快便融入了这里的生活。当他们驻足与一位正在维修电子连接器的大块头男子聊天时,他偶尔会请他俩帮忙把覆盖用的石板搬回原位;当有人把他俩介绍给尤斯塔斯·费涅利—— 一位经营着一家广受欢迎的餐吧的老板——时,他

请他俩帮忙去从香气弥漫的厨房端出了一大锅蔬菜通心粉浓汤
——"反正你们也顺路!";他们和洛娜·特雷维斯一同朝主广场
走去,经过一座房子时,屋里忽然冲出一个脸色苍白的男人,为
自己找到了洛娜而万分欢喜,因为——据他所说——他刚才给
她家打过电话,却得知她不在家。最后,当洛娜从一个哭叫不已
的孩子腿中小心翼翼地取出一大块碎玻璃时,他俩则站在一旁,
拿着无菌绷带,端着满满一碗鲜血。

"我以前从未体会过这种感觉,"凯特稍后低声说道,"这种
人人随时准备帮助别人的感觉。我听说这种现象是可能存在
的。但我以前以为这些已经过时了。"

他若有所思地点点头:"最重要的是,这其中有一种接受他
人的帮助并不会让你感到受到了侮辱的感觉。这是我最喜欢的
部分。"

在他们要求参观的第一批地点之中,自然包括了"聆听援
助"真正的总部。在事先告知他们"聆听援助"的总部可能不如
他们想象中那样奇特之后,布拉德·康普顿将他俩介绍给了总部
的主任斯威特沃特尔[1]。这就是她的名字。她是一位六十多岁、
身材高挑而瘦削的女人,脸和双臂上有早已褪色的痕迹。据她
所说,那些痕迹曾是精细繁密的医学文身。她以前坚信自己是
一位伟大的肖尼族[2]酋长的转世化身,与来世的魂灵拥有联系,
还曾在奥克兰开展过通灵和预言方面的业务。

"不过,"她露出一丝苦笑,"没有哪个魂灵警告过我会发生

---

[1] 原文为 sweetwater,字面意思是"甜水"。美国怀俄明州中部有一条河叫
斯威特沃特尔河。

[2] 阿尔冈昆语族的一支印第安部落,源自北美洲,最早居住在俄亥俄河流
域中部,现多居住于美国俄克拉荷马州。

那场大地震。我曾经有个儿子……噢，都是陈年往事了。不过在我成为灵媒之前，我还做过电话总台的接线员，因此我也是自愿参与这项最后演变为'聆听援助'的事业中的头几个人之一。你知道我们是怎么起步的吗？不知道？噢！好吧，是这样的，在那些灾民不得不选择住下的诸多定居点之中，大多数的情况都比我们这里糟得多——不过你应该也能想象得到，那天我们被国民警卫队用枪拦了下来，被告知到此为止，不能再前进了……我刚才讲到哪儿了？噢，没错。等人们冷静下来后，他们自然会想告诉亲朋好友们自己还活着。于是军方派来了一些卡车，车上装有手动的、且只能进行声音通讯的野战电话。每个灾民都可以拨打一通不超过五分钟的电话；如果第一通电话无人应答，他们可以再拨打另一个号码。我多次看见人们放下电话后便回到了队伍末尾，因为他们打的第二通电话也无人接听，但军方不允许他们马上再打第三通电话。"

她一边讲着，一边带着凯特和桑迪离开了图书馆——这地方是险境镇最大的独栋建筑，因此十分显眼——走进了一条他们还没来过的小巷。

"那是一段艰难的时期。"斯威特沃特尔继续说道，"但我并不为经历过那段时期而感到难过……然后，很自然的，人们一知道有这样一项电话服务，任何加州之内的，以及打进加州的电话线路都被打爆了，因为很多人还没收到自己亲朋好友的消息。他们日日夜夜地在守在电话面前，无论政府通过电视多少次恳请他们不要再拨打电话，以免妨碍救援行动。我记得政府不得不将某些城市电话线路一并切断了。他们就这么完全关闭了这些地方的电话服务。"

她悲伤地摇了摇头。

"最后政府不得不安排地方和设备接听来电,因为那些听到了回答而非电话忙音的人,起码第二天之前都不会再打过来。正如我说的,我自愿负责一个接听来电的分机。一开始,我对来电的人的态度很差。你懂的——我回答得干脆又粗鲁,我当时才不管那么多呢。我当时这样对他们说:'要是你的儿子,或者女儿,或者母亲,或者父亲幸存了下来,我们会通知你的;但你此刻正在妨碍性命攸关的救援行动。要是你爱的某人此时因为你占着这条线路而奄奄一息了,你会有什么感受?'

"随后我有了一个奇怪的发现。很多人打电话来,并不是要查找亲朋好友的下落,而只是想——我不知道该怎么说——或许是想谈谈这场灾难吧。仿佛知道别人比自己的情况更惨是他们最后的安慰。所以有些时候,特别是晚上,我会任他们说下去。他们还挺行的——宣泄个几分钟,然后就没事了。而与此同时,克劳斯学会的人来到了我们小镇。他们也在灾民中发现了同样的现象。人们只是单纯地想要倾诉。不单是那些失去了精致的住宅和珍贵的物品的老人想倾诉,年轻人也不例外,而且他们的情况更糟。我还记得有个孩子——呃,大概十九、二十岁,她本应该成为一名著名的雕塑家。她的技艺非常之精湛,有人甚至给她在旧金山的某个画廊安排了一场个人展。然后地震发生了,她只能紧紧抱着一棵树,看着大地吞噬掉她准备好的一切,还有她的家和工作室。她再也没有雕刻过任何东西;她疯掉了。很多人都是如此……他们并不需要安慰,而只是想告诉别人,自己的生活曾经是什么样子。他们曾计划扩宽自己的住宅;他们曾打算布置自己的花园,只不过房子朝北,而花园是朝南的;他们打算明年环游世界——地震毁掉了他们对生活的规划。"

她在一扇不起眼的门前停了下来,看着他们。

"这就是'聆听援助'的来龙去脉。它在我们重建的时候给了我们一个共同的目标,然后,就像滚雪球一样,我们逐渐发展壮大了。"

"这就是险境镇发展得比其他付费规避区更成功的原因吗?"桑迪问道,"因为这里会提供一种别人看重的服务,而非单纯地接受捐款和政府援助?"

斯威特沃特尔点了点头,"至少是有益的因素之一。我们能利用好手头的有限资源,则是另一个有益因素。这里就是接听中心了。"

她带他俩进了一个小得出奇的房间,房间里有十几把舒适的椅子,每一把椅子上都坐着一个头戴耳机、正在接听电话的人。另外还有十几把空着的椅子。这里就像教堂一样安静;只听得见从耳机中穿出的细微的嗡嗡声。那些接电话的人偶尔会看向别处,或者点点头,但除此之外,他们一直都很专注。

凯特和桑迪的注意力很快就被一个接电话的人脸上流露出的沮丧之情吸引了。那是一位三十多岁、容貌姣好的黑人女子。斯威特沃特尔向她走去,用询问的目光看着她,那女子却摇了摇头,闭上双眼,咬紧了牙关。

"她接了一个很难应付的电话。"斯威特沃特尔低声道,回到他们身边,"但既然她觉得自己还能坚持……"

"这份工作的压力很大吗?"

"是的。"斯威特沃特尔的声音就像她本人一样:淡薄,拖得很长，"当有人将一辈子的恨意都发泄到了你身上，随后还要确保他在用厨刀切开自己的颈动脉时，你听见了他发出的可怕的咯咯笑声——没错，这份工作的压力非常大。有一次，我不得不听着一个疯女人往她的孩子身上一勺勺地泼硫酸——她把孩子绑在了婴儿椅上。她想用这种方式报复孩子的父亲。那个可怜的孩子发出的尖叫啊！"

"当时你就不能做点什么吗？"凯特突然说道。

"可以。那就是聆听。这是我们许下的承诺。我们一直遵守着这个承诺。或许它不会降低一个孤独的地狱的可怕程度，但它能使地狱稍微不那么孤独。"

他俩思索了一番这句话。然后凯特开口问道："当班的只有这些人吗？"

"噢，不。这个接听中心是给那些不能在家里轮班的人准备的——主要是因为家里有小孩子打扰。不过我们大多数人还是更喜欢在家里工作。没错，现在的来电数量还很少；你该看看劳动节那天打来的电话数量。那是假期期间来电数量的最后一个高峰，打来的人大多是一些抱着一线希望，觉得夏日会使自己的生活好转，却忽然意识到自己其实还会再经历一个寒冬。"

"你什么时候会叫我们加入？"桑迪问道。

"不急，而且你们不必都来。我想凯特不打算在此久留。"

然而到了第二天晚上，她却忽然说道："我愿意留下来。"

"什么？"

"留下来。或者先回去，然后尽快回来。取决于我何时能获得转移巴格希拉的许可。"

他吓了一跳，"你是认真的？"

"噢,是呀。你不是打算留下来吗?"

他沉默了一会儿。最后他开口道:"你当时在偷听吗?"

"没有,我并没有听你说过,或是从别人那儿听到了这个消息。是——好吧,是你今天的表现告诉我的。你一下子变得非常自信,我完全能感受到。我猜也许你找到了信任别人的信心。"

他的声音有些发颤:"我希望我找到了。因为要是我无法信任他们……但我觉得我可以,而且我觉得你说得没错,我终于学会了如何相信别人。上帝保佑你,凯特。是你教会了我这一点。你真是个聪慧的女人!"

"这地方安全吗?你不会在这儿被抓回塔诺威吧?"

"他们保证说这里是安全的。"

"谁保证的?"

"泰德、苏兹、斯威特沃特尔,还有布伦希尔德。"

"什么?"

"是这样的……"

他俩应乔什和洛娜的邀请,去和他们一起共进晚餐。乔什喜欢做饭;他时常去费涅利的店里掌勺,一晚上可以做五十个人的饭菜。今晚,他勉强接受了只给十个人做饭。不过当他们用完晚餐,坐在花园里闲谈时,一些镇民三三两两地前来加入了他们,接过了主人递来的葡萄酒或者啤酒。最后,现场变成了一场至少四十人参加的大型派对。

他独自在一个阴暗的角落站了很久。这时,泰德·霍洛维茨和苏兹朝他这边走来,看样子正打算——他猜测——去找斯威特沃特尔,后者刚刚一个人来到派对现场。见他一个人站着,泰德开口道:"桑迪,你要留下来吧?"

这是做出决定的一刻。而他也做出了决定。他挺直胸膛,从阴影中走出去。

"我想和你们谈一谈。我想布拉德也得来。"

泰德和苏兹交换了一个眼神。苏兹说道:"布拉德不会来这儿——他正在接听电话。斯威特沃特尔倒是我们首选的替补议会成员。"

"好吧。"

他的手掌全是汗,肚子紧绷着,但他的大脑却十分冷静。四人找到几把椅子坐了下来,稍稍远离了派对上的其他人。

"嗯,你想谈什么?"泰德声音低沉地开口道。

桑迪深吸了一口气。他说:"几个小时前,我意识到我知道一件关于险境镇、而你们并不知道的事。"

他们等着他继续说下去。

"不过请先告诉我:'聆听援助'由一条蠕虫保护着,对不对?"

犹豫片刻之后,斯威特沃特尔耸了耸肩,开口道:"我还以为这是不言而明的事情。"

"联邦计算机正在想办法干掉它。"

这话引起了不小的反应。那三人都惊得身子往前一倾;正准备点燃自己最喜欢的烟斗的泰德,此时也突然停下了手中的动作。

"可是他们不可能做得到啊,如果没有——"苏兹开口道。

"我不想听具体细节。"桑迪打断她道,"我只是假设,你们的数据网络中有一条史上最大的蠕虫,而它会自动阻挠任何企图对拨打了十个九的电话进行的监控。如果让我来做的话,也就是政府首次将家庭电话服务和数据网络绑定在一起的那个时候,我会把那条蠕虫编写成一个威力十足的扰频器,可能会长达五十万比特,还包括一个备用病毒,以及一个可以无限复制的尾巴作为最后的防线。2005年左右就可以往一条蠕虫上添加这种尾巴了。我不知道你们那条蠕虫有没有这种尾巴,不过这并不重要。重要的是之前当我还在'大地-深空'担任系统优化师时,我在网络上查看的东西要比我的雇主要求的多得多。我当时发现了一些东西,直到今天我才明白其重要性。"

他们聚精会神地听着他说的每一个字。

"这十八个月以来,政府一直在定期从'大地-深空'以及其他拥有'最大化国家利益'评级的超级企业中拷贝 A 级数据,然后将所有拷贝的数据从网络中提取出来,进行储存。我当时以为,他们只是受够了超级企业的高管不断使用'白宫伎俩',或是其他类似的钻营取巧之术,因此需要一个参考标准。那时我没意识到,他们可能是想进行一场蠕虫清除行动。我从来没有想到网络中会出现这么大一条蠕虫。现在我明白他们的真正目的了,我想你们也明白了,对吧?"

泰德脸色苍白地说道:"没错!这样一来那个备用病毒就完全没用了,更别提那个简单的扰频器了。事实上,我们的蠕虫没有你所说的那种尾巴。当初把它编写出来后,我们是希望过段时间再给它添一条尾巴……可是华盛顿对'聆听援助'的忍耐是有限的,我们也不想彻底激怒政府。"

"他们肯定很恨我们,"斯威特沃特尔说,"说真的,他们肯定恨死险境镇了。"

"他们被我们吓到了，仅此而已。"苏兹纠正道，"可是……噢，他们竟然愿意收拾我们的蠕虫可能造成的混乱，实在难以置信。我一直觉得，它会在两个阶段发挥作用：如果有人企图监控打向'聆听援助'的电话，它就会扰乱最近的主联结点的频率；而如果他们打算干掉它，他们就会发现超过三百亿比特的数据乱成了一团，却无法查明到底哪里遭到了破坏。要想得到结果，可能得花好几年时间。我们无法知道那个备用病毒是否真的有效，但我们知道那条蠕虫的前端——那个扰频器——还挺有效的。数据处理局有一次以自己的惨痛代价证明了这一点。"

桑迪点了点头："但他们正在着手准备应对病毒的事。正如我所说，他们已经将'最大化国家利益'的数据全部从网络中提取了出来，准备事后再将它输入。"

他靠回椅背，伸手去拿自己的杯子。

"我们很感激你，桑迪。"沉默片刻后，斯威特沃特尔说道，"我们最好都好好琢磨一下，看看我们到底能——"

他打断她道："不必了，交给我吧。你们需要的是一条结构完全不同的蠕虫。被人称作复制型噬菌体的那种。你们必须给它吃的第一样东西就是你们最开始制造的那条蠕虫。"

"复制型噬菌体？"苏兹重复道，"我以前从未听过这个词。"

"不奇怪。它们有一定的危险性，大多是在受限制的情况下被使用。比如在选举的时候，你可以将一个复制型噬菌体伪装好，将其放入反对党的成员名单里，并期盼他们没有备份记录。不过在大陆数据网络中，这种噬菌体很少。唯一的大家伙也处于闲置状态，除非受到召唤。要是你们感兴趣，我大可告诉你们,它是在一个叫作'电煎锅'的地方被设计出来的。它的作用,是在遭到入侵时,可以关闭整个网络,防止敌军探索我们的数据网。他们认为它三十秒内就能完成任务。"

泰德眉头一皱。"你为何对这些噬菌体如此了解?"他问道。

"这个嘛……"桑迪犹豫了一下,然后把心一横,"好吧,我自己有一个潜行了六年的噬菌体,它替我做了不少事。既然它可以帮我做事,我觉得它同样也能帮'聆听援助'做事。"

"你到底在用它做什么?"

他竭力让自己的声音保持平稳,然后告诉了他们。他们默默地听着。最后泰德做了一件令人惊讶的事。

他吹了声尖利的口哨。守在一旁的布伦希尔德站起了身,缓步走了过去。

"这家伙在撒谎吗?"泰德问道。

她嗅了嗅桑迪的胯部——动作有些犹豫,仿佛不愿做这种冒昧的事——接着她摇了摇头,又回到了刚才的地方。

"好。"苏兹说,"你具体需要些什么,另外需要多长时间?"

纠缠不休

"毋庸置疑,"乔埃尔·博世博士说道,"他肯定在说谎。"

弗里曼敏锐地察觉到自己现在所在的地方,正是尼基·哈福林格当初见到已去世的米兰达的那间办公室。说不定他正坐在尼基当时坐的那把椅子上。他耐心地说道:"但我们的技术已经消除了任何故意说谎的可能性。"

"显然实际情况并非如此。"博世的语气很干脆,"我很了解利尔伯格的研究。他确实取得了一些令人惊叹的反常成果。然而他对那些成果所做的解释,却不过是些模棱两可之辞。我们现在知道了,要产生那种效果,到底需要进行哪些步骤。利尔伯格从来都没有用过那些步骤,甚至都没有假装用过。他退休的时候,这些步骤根本都还不存在。"

"所谓的'利尔伯格假说'在当时引起了广泛的争议。"弗里曼坚持道。

"那场争议早已尘埃落定!"博世厉声说道,马上又竭力使自己保持风度,"至于原因嘛,恐怕像你这样的……这样的非专业人士会觉得不好理解。我很抱歉,你的调查方法肯定存在漏洞。我建议你重新评估一下。祝你有个愉快的下午。"

弗里曼沮丧地站起身来。他忽然感觉自己左脸颊的肌肉一阵阵地抽搐起来。

间　隙

室外,帮派正在聚集,引擎发出的微弱的嗡嗡声一阵阵传来。屋内,犹豫不决让她痛苦难熬,她来来回回地踱步,指甲已经啃得快到肉了。

"……那件事之后,我当然没办法再和他过下去了。我是说怎么可能呢?他那么招摇,根本不在乎邻居们知道他在做什么……"

引擎声渐渐消失了。房间的角落里有一部电话。她一直没走过去，哪怕是现在。

"……给我在那儿坐好！我是说你怎么能这样？我是说我一个人在这儿好孤独啊。这是我连续第三个晚上独自一人了，上周也是如此。然后来了一个人，那人踏上了这条空空荡荡、满是灰尘的楼梯……"

如果他发现了，他会杀了我的。我知道他会的。但有一次我打电话把他们叫了过来，我想这多少让我保持了理智。不管怎样，我没有自杀，一直撑到了今天。今晚会有另外一个人——但我知道，要是杰米有所察觉，他一定会杀了我的。

"……喝得不多，只是'润润喉'，懂吗？老天爷啊……就算他拿酒刷牙，我都一点不会感到惊讶。要是有人推出一款波本酒味道的牙膏，他肯定会第一个去买。并不是说他刷牙有多勤。他的牙齿真是臭得……"

最终，她听天由命地走向了那部电话。她试了两次才拨对号码；第一次，她拨到一半时忘了自己拨了几个号码。屏幕亮了起来。

"喂！"她绝望地低声道，仿佛杰米能在遥远的远方听见她说话一般，"你们必须做点什么，动作要快！我儿子跟'黑屁帮'的人混在了一起，他们准备进行一场比赛，对手是——"

一个姑娘用平静的声音打断她道："您拨打的是'聆听援助'，这是一条专供聆听的线路。我们不行动，不介入，不会挂断您的电话。如果您需要帮助，请拨打常规的紧急服务号码。"

这群愚蠢肮脏的混蛋！好吧，该死的，说到底，我又欠他们什么呢？让他们自己去发现自己有多愚蠢吧。如果有人向他们伸出援手,他们却不接受……

那些帮派现在肯定已经在那儿附近了。他们正在四处烧杀抢掠。我还记得我弟弟阿尔基,记得他的眼球松垮垮地挂在他脸上的样子,而他当时才十九岁。

最后试一次。要是他们乐意,就让他们下地狱去吧。

"这次你们给我听好了! 我打电话是要警告你们! 我儿子吉米和桂马杜拉的'黑屁帮'混在了一起,这群人和圣费里西亚诺的'街头乐队帮'在比赛,比哪边在险境镇烧的房子最多,而且其中一方有一口迫击炮,你听到了吗? 货真价实的军用迫击炮,还有一箱炮弹!"

最后,她用近乎啜泣的声音说道:"要是杰米发现是我打的电话,他肯定会打死我的。但我不能坐视不管,我必须警告你们!"

换至高速挡

"打电话给警长!"

听见他这声叫嚷,"聆听援助"总部其他正在轮班的人——包括凯特在内,她和他一样,在被允许回家接听电话之前,会一直在这里接受训练——纷纷瞪了他一眼。

有人说道:"嘘,我在接听电话呢。"

"有两个帮派为了一个比赛正在逼近险境镇,其中一个有一口军用迫击炮!"

这句话终于引起了人们的反应。但有些晚了。凯特违反了规矩,摘下耳机的同时开口道:"刚才我挂了一个人的电话,那人说有两个帮派在比赛什么的。我还以为——"

他刚要转身看向她,第一声爆炸打破了夜晚的宁静。

其他人都吓得直跺脚,他则终于转过身来,对她说道:"你挂断了一个打算警告我们的电话?"

她的回答被一种声音淹没了。险境镇从来没出现过声音,而所有听见了这声音的人,都绝不会再想听见一次:他们仿佛被困在了一个世界上最大的管风琴之内,而演奏者正在弹奏所有的音栓,那声音无比刺耳,听得让人寒毛直竖。先是一声嚎叫,随即是一百五十只大狗响应它们首领而发出的吠叫,接着又是一声长嚎。

嗷呜——!

小狗们被留下来守卫小镇,母狗们则留下来照顾幼崽。其余的则在纳提·巴波的率领下,循着恐惧的气息冲入黑夜之中。刚才的第一声嚎叫已经足以让袭击者们茫然无措了。接着响起了枪声,又一枚迫击炮弹发射了,但落在了很远的地方。

三十分钟后,那群狗押着一批泪流满面、浑身流血、被缴了械的帮派分子回到了小镇。等他们将身上的伤口包扎后,这些人便被关进了镇上那些能上锁的小屋和地下室里。这次事件导致两只狗被枪击中,一只生命垂危,还有一只被刀捅了,但并无大碍。总共有三十七位帮派分子——由于事前没预料到会遇见这样的对手——被抓了回来。他们之中年龄最大的不过十八岁。

然而,位于大圆环路和醉汉步道交叉处的那栋房子却没能幸免。

愤懑不平

实验对象脸上的泪水闪闪发亮。仪器建议将其返回现时模式，于是弗里曼照做了，然后耐心等待实验对象完全清醒。

最后他终于开口道："一栋你不太可能会对其产生感情的房子被毁了，而此事竟会对你产生那么深的影响。而且就算第一通警告电话没被挂断，想要提前阻止袭击，时间也是不够的。击中你家房子的就是第一发迫击炮。"

"你真是冷酷无情！"

弗里曼沉默不语。

"噢——！没错，没错，我知道。凯特当时只是在遵守规定而已；她领会规定的速度比我要快。永远不要理会那些要求接听者做些什么的电话，这是'聆听援助'的标准程序，因为对于那些要求，打其他电话就行了。就算打来电话的那个女人在接通后的前几秒内就设法传达了那个警告，我们的反应也不会有什么不同。对于那些一开口就歇斯底里地发出警告的电话，他们会要求你尽量将其挂掉，因为那些电话十有八九都是宗教狂热的分子打来的，说什么我们——我是指险境镇——即将面对上帝的怒火。我想我那时应该就意识到了这一点。同样，我也明白朝凯特又吼又叫并没有什么用，但我还是这么做了。我站在被烧毁的房子前，烟气刺痛了我的眼睛，恶臭钻入我的鼻子，身旁有十几个人想要劝我。没用的。我当时完全失去了理智。当时我似乎将自婴儿时期就一直积聚的怒气一股脑都发泄了出来。最后……"他不得不咽了一口口水，才继续说下去。

"我做了一件可能十岁之后就再也没做过的事。我打了人。"

"对方是凯特吧。"

"没错，是她。然后……"他哈哈大笑起来，脸上的泪水依然闪着光亮，整个场景看上去很矛盾，"一秒钟后，我便倒在了地上，布伦希尔德的爪子压在我的胸口上，龇牙咧嘴。她当时摇了摇头，说了一句——我发誓我听见了——'啧啧，你这调皮的家伙！'。我真希望她能快那么一点出手。因为自那之后，我再也没见过凯特。"

笑声消失了。他的脸上满是悲痛。

"啊。看来失去那栋房子之所以会对你有那么深的影响，是因为这象征着你和凯特关系的破裂。"

"你对事实一无所知。连边都没摸到。那一切都是由失去构成的。不只是失去了那栋房子——虽然那是第一个我待过的能让我领会到'家'的含义的地方；也不只是失去了凯特——虽然和她在一起的时候，我也开始第一次理解'爱'的深意。不，除了这些之外，还有一种离我更近的东西。我失去了控制力，那种曾让我可以随心所欲改变身份的控制力。当我向这个世界上我最不愿意伤害的人出手的那一刻，我的控制力就随风消逝了。"

"你确定她会遵守诺言，从堪萨斯城回来吗？要想获得转移她那头美洲狮的许可，难度可是相当大的。你为何相信她会遵守诺言？"

"别的不说，光是她遵守了自己对那头美洲狮许下的诺言，这就足够了。她不是那种会背信弃义的人。而那时候，我还明白了她不断在同一所大学修习不同课程的另一个原因。从根本上说,她这么做是想给自己一种形式感。她希望自己的世界里,任何事物都能包含一点,并且可以从同一个地方以同一种视角对其进行观察。若有必要,她可以像那样再过十年。"

"可她遇见了你,而和你一起生活,本身也能学到东西。我明白了。嗯,我可以接受这个说法。你在塔诺威待了十年,每年政府都会往你身上投资三百万美元,你肯定掌握了不少能告诉别人的数据。"

"我怀疑你的幽默感最多也就是说点讽刺的话了。你听见笑话从来不会笑吗?"

"基本不会。我以前基本上听遍了所有笑话。"

"难怪在你想要分析的人类性格成分清单中,幽默就排在悲伤之后。"

"紧跟其后。就像G后面是H一样①。"

一阵沉默。

"嗯,这是我第一次不确定你是不是在刺激我。"

"你自己慢慢想吧。"弗里曼站起身,舒展了一下手脚,"下一次回忆之前,这应该够你想了。"

第一击

动手打了凯特之后……

---

① 原文的"悲伤"(Grief)和"幽默"(Humor)的首字母正好分别是G和H。

毫无疑问，他的世界再次染上了苦涩的阴影。他的一些新邻居——新朋友——已经上了岁数，见过的化为废墟的房子不止一栋，而是一整座城市。

不管怎样，在一个连狗都能区分武力与暴力的情况下，他又能如何表达歉意呢？那些觉得往一个和平的社区肆意发射迫击炮很好玩的帮派分子已经被关押起来。有些人身上留下了牙印，不过那些狗在咬他们的时候都很有分寸。在那些狗看来，只要某条胳膊握着一把枪或一把刀，那就必须咬一口那上面的手指，以便让手指松开，武器落地。只要某双腿想要带着其身体逃跑，那就必须咬一口它的脚踝，力度刚好只能让那人蹒跚行走。一切都有恰当的理由。

他动手打凯特的理由并不恰当。他们把为什么告诉了他，语气温和又有耐心。但他根本听不进去，反而理直气壮地破口大骂。最后他们互相看了看，耸了耸肩，离开了他。

那一夜，他坐在一个树墩上，望着那栋房子的废墟。天气并不冷，但他却有一种自成年以后就再也没有感受过的难以描述的羞愧，而这让他如堕冰窟。最后，他就那么漫无目的地离开了。

许多个小时后，他来到了"黑屁帮"出发的那座城市。他走了整整一天，浑身都是尘土和汗水，鞋子里的脚也极其难受。但对他而言，这就像是人类残酷心理的残余：是嗜血之欲的具体形态，是它的外在形态。

"我不知道我是谁。"进入桂马杜拉时，他对一个一脸冷漠的路人说道。

"我也不知道你他妈的是谁。"那陌生人厉声说道，一把推开他便走开了。

他思索着这句话。

不知法不是免罪的借口

泰德·霍洛维茨对信件格式程序做了必要的调整，然后摁下了打印键。等机器吐出信件后，他拿起它读了起来。感谢上帝，这是三十七封要写的信中的最后一封。

"亲爱的杨夫人，您的儿子贾贝兹昨晚在我镇被捕。他身上携带有四件致命性武器，其中一件—— 一把手枪——在他被捕前几分钟曾被使用过。听证会安排在明日早上十点十分。您可以聘请律师到场，届时我们会将封好的证据综述呈交到该律师手中；如果您不打算聘请律师，您大可放心，法庭将指派一名合格律师为贾贝兹进行辩护。贾贝兹供认自己不清楚我镇的相关法律——即犯下此罪行之人，将被判处不少于一年的改造，改造期间会受到专门监督，且一年之内不得擅自离开我镇(这类判决没有时间上限)。请记住，不论何种法律，都有一条最古老的原则：'不知法不是免罪的借口'。换句话说，任何基于'我当时并不知道'这一理由的抗辩或上诉都是无效的。向您致以诚挚的问候。"

泰德·霍洛维茨满怀希望地转向布拉德·康普顿——抛开她的其他身份不谈，现在她的身份是险境镇的首席议员——开口说道："这些就是全部了吧？然后我们等法庭开庭就好了，对吧？"

"我觉得是这样。"布拉德咕哝着说,"但别放松得太早。我今早和斯威特沃特尔聊了聊。她似乎发现了一些你必须——"

"泰德!"屋外传来一声尖叫。

"我快要相信女人都是有心灵感应的了。"泰德叹了口气,倒空烟斗,然后重新装调烟草,"我在。直接进来吧,斯威特沃特尔!"

她随即走了进来,手里抱着一摞电脑打印文件。她把文件一股脑堆在了泰德旁边的桌子上,然后坐到一把椅子上,又一巴掌拍了拍那沓文件。

"我知道了。我知道那天在乔什和洛娜家,当桑迪告诉我们那些事的时候,我回想起来的是什么了。那是很久之前的事了——超过十一年了——但那通电话是你一辈子只会接到一次的那种。我一开始深入调查,就找到了一连串相关的线索。你们看看吧。"

泰德皱着眉头照做了;布拉德绕到泰德椅子后,和他一起看那些文件。

一阵漫长的沉默,只有翻动纸张发出的沙沙声。

最后,泰德说话了,但头并没有抬起来,"有他的消息吗?"

斯威特沃特尔摇了摇头,"也没有凯特的。"

"凯特离开了险境镇,"布拉德说,"坐的是七点三十那趟列车,但没人知道桑迪怎么样了。"

"可是我们所有人,"泰德喃喃道,"都知道他很可能会遭遇什么……不是吗?"

他们都点了点头。

"最好给苏兹打个电话。"泰德说着叹了口气,靠回椅背,"我还有个议员的动议要提交。"

"让桑迪成为险境镇的正式居民？"斯威特沃特尔提议道，"让我们的辩词成为他的辩词？"

"嗯哼。"

"嗯，我自然会投你一票，可是……"

"可是什么？"

"你忘了吗？我们不知道他是谁。他告诉了我们他是做什么的，但没告诉我们他是谁。"

泰德目瞪口呆。"他的代码是多少？"他顿了顿后开口道。

"我当时立马就查了，查不到他的代码，已经被删掉了。毫无疑问，他的防卫型噬菌体也随之消失了。"

"那会让这项任务更加艰巨。"布拉德说，"但我依然觉得，我们非那么做不可。而且我敢肯定，等苏兹看完你发现的这些资料之后，她也会同意的。"

受害者被彻底击垮

"有意思。真是有意思。这说不定能给我们省不少事。喂，珀斯！"

"怎么了？"

"你知道位于加利福尼亚那个神秘的小镇险境镇吧？他们的警长好像做了件过分的事。"

"噢，格里。噢，格里。你要是在这儿多干个几年，你就会发现险境镇的人是做不出什么过分的事的。克劳斯学会那些家伙与华盛顿政府签有协议，他们是欺骗过政府的骗子里最聪明的那批人。不过好吧，这次我会回答你的问题。能削弱一下他们的势力也挺好。你发现了什么？"

"呃，他们逮捕了这些帮派分子，而且——"

"而且？"

"该死，你看看他们做的判决。"

"至少一年内不得离开该镇，每人需由一条狗陪同……所以呢？"

"该死的，需由一条狗陪同？"

"他们那儿是有些奇怪的狗。你没调查过，对吧？"

"呃，我想我——"

"行了行了，你没调查过。那么，你在没调查过的情况下，对于处理此事有什么看法？"

"也许可以——呃——让法院发出禁令？理由是他们的行为'残忍且反常'？甚至可以用'涉嫌绑架'这个理由。我是说，其中有个帮派成员才十三岁。"

"在美国有四个州，如果申请人已经过了十三岁生日，那么按照惯例，其提出的申请就是有效的。加州就是其中一个。找出剩下三个是哪些，你会学到不少东西的。至于'残忍且反常'，你也应该知道，有这样一座城市，只要那天不是星期天，人们依然可以合法地把某人活活烧死。最近他们不经常这么做了，不过这在书上都是有记载的，而且该法律并未被废止。你随便找台电脑都能查到。噢，快回去工作好吗？你在这儿瞎扯淡的工夫，他们可能都已经偷偷把一条新蠕虫从你眼皮子底下塞进来了。"

一阵沉默。

"珀斯!"

"又怎么了?"

"还记得你说过的关于蠕虫的事吧?"

"噢,我的天,那是句玩笑话。你是说他们又故意挑衅我们了?"

"你自己看吧。还挺——呃——凶猛的,是不是?"

"你只说对了一半。呃,我想它的第一个牺牲品就要出现了。是你发现了它。快去告诉哈尔茨先生放弃进攻'聆听援助'。"

"什么?"

"你听到我的话了。快把这个好消息上报!想办法阻止它,然后——然后,我的天啊!数据网络可能在一分钟之后就会陷入混乱,可能一分钟都不到了!快点!"

马戏团大帐篷

饥饿让他的肚子发酸,尘土则让他的喉咙发干,他在桂马杜拉昏暗的街道上游荡,丝毫没有意识到自己正在随波逐流。人群和汽车正在往一个方向汇集。他在人群中走着。他精疲力竭,情绪低沉,对现实无知无觉,直到他忽然意识到有人在和他说话:"该死的,你这家伙是聋了还是傻了?"什么?

他从恍惚中回过神来,眨了眨眼,随即意识到自己身在何处。他见过这个地方,只不过是在3V网络中。而最重要的是,他从未闻过这地方的气味。空气中弥漫着恐惧不安的动物和饥渴难耐的人群身上散发的恶臭。

这里有很多标示牌,亮得刺眼,上面一闪一灭的文字证实了他的猜想。有些牌子上写着"博科尼马戏团";另一些则言辞谨慎地告知人们,一场罗马风格的表演将在十一分钟后开始。在他看着那些标识牌的时候,十一分钟变成了十分钟。

"你想要哪种座位?"刚才那个声音暴躁地问道,"十美元,二十美元,还是三十美元的?"

"呃……"

他在口袋里摸索了一阵,摸出了一些钞票。作为现场氛围的一部分,这场表演的门票是由一位真人来出售的。售票员是个男的,脸上有疤痕,右手没有手指。看见对方递来的钞票,他面色一沉,然而售票亭里的机器人认定这是真钱,并吐出了一张面额为十美元的门票。

他一边在想着自己为何跑到这儿来了,一边跟着标有十美元的指示牌走去。很快,他便进入了一个大厅:可能是由飞机仓库改造而来的。大厅中央有一座舞台和一个大坑,四周是看台和一些箱子。许多机械装置正在悬挂看上去很假的装饰,比如拼写错误的拉丁语横幅,由塑料束棒捆起来的的塑料斧头。

他麻木地走到看台上,找了一个位置很高、视野较差的空位坐下来,毫无愧疚地偷听着早就入场的热情粉丝之间的对话。

"居然把那些短吻鳄都浪费在了供小孩子娱乐上,真是见鬼!我是说,我既讨厌其他人,也讨厌我自己的孩子,但要是这样就能看到真正的短吻鳄——好吧,真是见鬼!"

"希望他们安排了白人上去表演。那些黑人我已经看腻了，他们总想把自己弄得跟他们祖辈一样，单手和狮子搏斗，嗑最猛的药！"

"那些当然都是假的，他们好像往动物的大脑里植入了无线电，这样它们就不会真的伤到人了，毕竟安全措施是很严密的，而且——"

这时，一个响亮的声音透过扩音器传了起来："五分钟！五分钟之后，这场盛大的表演就将开场！表演开始后，任何人都不能再入场了！请记住，整个西海岸只有博科尼马戏团才会进行实时——实时——实时表演！我们也会对表演过程进行录像，然后在这片大陆其他没那么幸运的地方进行重放！"

他突然感到一股隐隐的恐惧。他四处张望，想要伺机离开。但此时大批观众正在入场，他又不太想从这股人潮中挤出去。另外，在他出去的必经之路上有一台摄影机，它连着一根如螳螂前肢一般的金属臂，悬挂在屋顶下方的小型电动吊车上。摄影机的双摄像头似乎正在他身上聚焦。相比于留下来观看表演，这时离场可能更会引起注意。

他交叉双臂抱在身前，仿佛想要阻止自己的身体不要颤抖。

也就是一个小时的事，他安慰着自己。

开场节目他多少还能不去留意，但第二个节目实在让他恶心欲呕：表演者是从伊拉克请来的一位吃蛇的男人。他容貌丑陋，额头凸出，这说明他因为脑积水而智力低下。他冷静地将舌头伸向一条蛇，任其咬住，然后收回舌头，一口咬掉蛇头，嚼了几下，将蛇头吞了下去。接着他站起身，露出羞涩笑容，迎接观众如潮的掌声。

随后上演的是一场编排好的角斗士对决,延续着整场演出的"罗马"风格。决斗的最后,网斗士①伤了一条腿,伤口血流不止,而正统角斗士——手持剑和盾的那个——则趾高气扬地绕着场地走,看上去比一只火鸡还骄傲,虽然他根本没做什么值得称道的事。

他的心头涌起一股憎恶感。

真是恶心。为了营造一种罗马假日的氛围而杀戮。从头至尾就是骗局。肮脏。可怕。就是在这里,家长们学会了抚养那些若是住在别人家铁定会挨踢的孩子;就是在这里,那些孩子学会了该如何谋杀自己的母亲,切下父亲的睾丸,吃掉家里最小的婴儿,免得跟他(她)分摊父母的宠爱。恶心。变态。疯狂。

塔诺威一直都有一种马戏团的亚文化,其主要目的是将人的攻击性引导至社会可接受的方向。关于这方面的记忆已经有些模糊了。现在他脑子里一片混沌。他又饿又渴,最主要的是,他感到十分痛苦。

"现在我们稍微休息一下,好让我们赞助商的信息可以传遍世界。"主持人的话通过功放传出,声音震耳欲聋,"是时候让大家看到我们这场罗马式演出的独一无二之处了。艾尔·杰克逊,我们的冠军角斗士,也就是你们一分钟前刚刚看到的那位……"

那声音顿了顿,好让掌声和尖叫声响起。

"咿哈!他们家一直都是如此强悍,他家的人继承了他的衣钵——你们知道吗,他儿子是'黑屁帮'的老大?"

---

① 古罗马角斗士的一种。Retiarius 在拉丁语中表示 net fighter,即"持网的战士"之意。通常而言,网斗士的武器是一张加了辎重的渔夫捕鱼网,一把三叉戟,还有一把匕首。

又一次停顿。但这一次却冷了场。主持人似乎在等帮派分子们鼓噪呐喊，但那些人显然不在现场。

他立刻熟练地圆了场。

"艾尔每次都是实时与人对战——没错，货真价实的实时对战，没有剪辑处理，没有预先安排。想要一试身手，和他来一场对决吗？想要取代他，获得那张渔网和那支三叉戟吗？你们都有挑战机会！只需要站起来大喊一声就行！"

他毫不犹豫地站了起来。

"'黑屁帮'的老大是他养大的？"

他听见自己的声音仿佛是从一光年以外传来的。

"没错，老兄！那是一个让人骄傲的孩子，年轻的巴德·杰克逊！"

"那我要把艾尔碎尸万段。"他离开自己的座位，依然听得见自己从肺里发出的咆哮，"我要让他痛哭流涕，苦苦哀求，求我饶他一命。我要把他儿子教会我的一切，全数转教给他。我要让他哀嚎，哭泣，哀求，呻吟，而且在这场表演结束很久之后都是如此。"

热烈的掌声响起。观众们站了起来，翘首以盼。当他经过时，有人拍了拍他的肩膀，祝他好运。

术语的定义

"一个求死的典型案例。"

"放屁。我一点想死的心都没有。我观察过那个死胖子，我知道我可以废了他,即便我那时非常虚弱,而且极其愤怒。我不是证明了这一点吗?他在医院住了七天,你知道的,而且再也没法正常走路了。"

"同意。但另一方面,这也让你被某个观看3V电视的观众怀疑上了,不是吗?"

"没错,没错。确实是这样的。"

中等水平就是一团糟

通常情况下,人们在海报和广告牌上乱涂乱画,有时——这种情况主要发生在乡下——甚至朝其开枪,原因在于广告中模特的眼睛和乳头是很方便的目标。

后来,当住宅周边常见的装置变成了一组透明屏幕的时候(比如之后在电子圈围比赛中使用的那种;这些屏幕通常安装在电视上方,以供人们玩网球模拟游戏或类似的游戏),奇怪的现象出现了:广告的收视率上涨了。广告开始时,观众们不会换台,而是会寻找更多类似的广告。

他们并不关心广告的内容。他们只是想记住演员的下一个动作,然后用一支磁力笔扭曲那些动作,使之变得荒诞滑稽。想要玩好这游戏,你需要十分了解广告的具体时间点;有些图像只会在屏幕上停留半秒钟。

广告商和网络管理员惊恐地发现,那些最投入的观众,十有八九记不住广告宣传的商品是什么。在他们看来,那些并不是某个"可乐广告"或者"通乐①广告"——而是"你可以让她扇他一嘴巴子的广告"。

饱和点,以及收益开始下降,通常来说这两个现象发生在二十世纪八十年代早期。那时候,北美的城市居民第一次平均每天会看到一千多条广告。

当然,他们立即就接受了那些广告。这已经成了一种习惯。

剑,面具与网

夏德·弗拉克纳尔笑着放下了手中的磁力笔。广告时间已经结束,马戏团的表演该继续了。"抗创伤"有限公司不只是鼓励其员工观看电视上播放的桂马杜拉博科尼马戏团的节目,甚至可以说是强制要求他们观看。赞助马戏团是公司找到的吸引客户最有效的方法之一。准确地说,那些长期以间接方式沉迷于暴力的家长,也正是那些最怕自己的孩子将其攻击性转移到他们身上的人。事实上,那些家长看的马戏团表演越多,他们就越可能给自己的孩子报一个疗程。两者之间呈现出正负偏差值为百分之十四的线性关系。

这对他来说不算什么。反正他一直都很喜欢马戏。不过要是"抗创伤"总部的人知道了公司的某个员工能对公司最近的广告做些什么的话,到时候一定会闹得鸡飞狗跳的。嚯–嚯! 不能把他的发现和别人分享,这还真是遗憾;除了那些打算跳槽的

---

① 美国一个通厕剂品牌。

人,他的同事肯定会认为他的行为是对公司的不忠,而且……好吧,他自己也是这么想的。最好在广告到期之前做出决定。与此同时,搞点幺蛾子也是很有趣的。

他一边继续偷笑,一边冷静下来,准备观看这场演出的最后一出大戏:据主持人所说,艾尔·杰克逊公开向观众发起了挑战。肯定是安排好的,不过有时候……

喂。

今天这个的表演痕迹没那么严重。除非他们决定换掉艾尔——天呐,他在尖叫!他真的在尖叫!这次可是大开眼界。这真的是太恶心了。这有点太过火①了。嗯……天呐!

他瞪大了双眼,身子往前凑向屏幕。那些血不是假的。那痛苦的嚎叫也不是假的!喂,这家伙到底是谁,能把痛揍博科尼的明星打得落花流水——

"那是拉撒路啊。"他忽然说道,"不管他有没有胡子,不管在哪儿,我都能认出这家伙来。他以前从我手上逃掉过一次,而这一次——噢!这一次……!"

下一位

"一旦他在3V网络上被认出来,抓到他就只是时间问题了。"坐在桌后的哈尔茨说着靠回椅背。桌子上摆着一块写有"副局长"的牌子。他用大拇指摁下某个开关,关掉了正在回放

---

① 原文为西班牙语。

的关于哈福林格的磁带。

"没错，长官。"弗里曼说，"联邦调查局很快就把他逼得走投无路。"

"比你耗尽他的精力花的时间短多了。"哈尔茨说着露出一个疲倦的笑容。身处这间办公室，这个属于他自己的总部，他与那个去塔诺威和弗里曼会面的哈尔茨判若两人。或许这就是为什么他拒绝了再去一次塔诺威的邀请的原因。

"不好意思，"弗里曼生硬地说，"我的任务是从他那里获得所有可能获得的数据。这个过程不可能很快的。不管怎样，我做到了你们要求的事情，数据的误差在百分之零点五以内。"

"对你而言可能很好了，但对我们来说还不够。"

"什么？"

"我想我已经说得很清楚了。在你对实验对象审问了那么久之后，我们还是不知道我们最想知道的。"

"也就是……？"弗里曼的声音变得愈发冷淡。

"我觉得答案不言而明。鉴于险境镇和联邦政府的对立关系，我们面对着一个无法容忍的情况。一小撮与政府意见相左的人成功确立了一种威慑立场。而究其本质，他们与一群威胁要摁下核弹发射键的恐怖分子并无二致。当时我们已经做好准备，要消除这种异端。只不过哈福林格——或者是洛克，或者是拉撒路，不管他那时叫自己什么——插了一脚，迫使我们回到了原点。你已经花了几个星期审问他。但在你收集的那一大堆数据之中，在你记录的那长达几千米的磁带之中，我们想知道的东西却连一点影子都找不到。"

"也就是如何把他编写的那个用于保护'聆听援助'的噬菌

体从网络中删除?"

"啊,真聪明! 你总算明白了!"哈尔茨的语气充满了讽刺,"我刚才说了,一个小小的社区,竟然敢妨碍政府对颠覆性活动、政治异见及叛国行为的监视,这是不可容忍的。我们必须找到消灭那只蠕虫的方法!"

"你真是异想天开。"弗里曼顿了一会儿说道,"哈福林格自己也不知道那要怎么做。我愿拿自己的名誉保证。"

"这就是你的结论?"

"没错。"

"我明白了。嗯。真是不幸!"哈尔茨用力靠着椅背,使其弯曲到了极限,眼睛则专注地盯着房间远处,"好吧,其他与他有联系的人呢? 比如凯特·利尔伯格? 关于她最近的所作所为,你有什么发现没?"

"她似乎又开始做她之前计划的事了。"弗里曼叹了口气,"她回到了堪萨斯城,没有申请转移自己的美洲狮。其实自从她回去后,她只做了一个还算积极的决定。"

"我猜是她把自己下学期要修的专业之一改了。她打算学数据处理,对不对?"

"啊……是的,我认为是这样。"

"奇怪的巧合。非常奇怪的巧合。你不觉得吗?"

"可能是有联系——应该说是很有可能。不过将其称为巧合……我不这么认为。"

"很好。很高兴这次我们在某件事上达成了共识。"哈尔茨坐直身子——椅背又恢复成直立状态——身子倾向弗里曼,"那么请告诉我:对于这位姓利尔伯格的姑娘,你有什么看法? 我知道你从没和她碰过面,但是你见过和她关系很近的人,比如她的母亲、她的爱人以及她的各种朋友。"

"她显然是个很有常识的人。"弗里曼思索片刻后说道,"我不否认,我很佩服她为了帮助哈福林格所做的一切。那些成就可不简单……"他的声音渐渐变小,仿佛他忽然提前听见了自己即将说出的话。

"继续说吧。"哈尔茨低声说道。

"我正想补充几句:这样的大规模追捕至今已进行六年了——我是指哈福林格从塔诺威逃走以后。而她似乎——好吧,马上就搞清楚了事情的来龙去脉。"

"也没有怀疑他告诉她的东西。对吗?"

"至少她没有表现出这一点。没错。"

"嗯……好吧,我很高兴地告知你,你会有足够的机会去证实或者证伪你的观点。"哈尔茨摁下另一个开关;装在办公室墙壁上的屏幕亮了起来,一张被放大了很多倍的面孔出现在屏幕上。

"根据数据处理局这边的计算机评估,你那些毫无疑问非常先进的技术,应该能从这种方法中获益——那方法是怎么说来着?——姑且称之为另辟蹊径。对你而言,这种做法可能显得过时了,然而事实证明它依然非常有效。因为我们要把哈福林格为'聆听援助'设计的蠕虫消灭掉!"他忽然瞪了弗里曼一眼,"另外,今年年底之前就得搞定这事儿! 总统对此亲自向我下达了指示。"

弗里曼的嘴动了动,却没有发出任何声音。他目不转睛地盯着屏幕。

"尽管我给你留下的印象可能与事实完全相反，"哈尔茨继续说道，"但我们这些华盛顿的人对你的技术、耐心和办事周到的作风最清楚不过了。我们很清楚没人能比你做得更好。这也正是为什么我们要给你一个新的实验对象。"

"可……"弗里曼举起一根颤抖的手指指向屏幕，"可那是凯特·利尔伯格啊！"

"没错，那确实是凯特·利尔伯格。我们希望她在塔诺威的出现能对你有所帮助，以便从哈福林格嘴里撬出那个最有价值的秘密。现在请恕我失陪，我没时间再和你谈下去了。祝你午安。"

第三部　连接脑力竞争

人提出看法

"从我的角度看——"
"你他妈的以为自己是谁?"

总而言之

　　这是一个基本的场所,一座农场。听好了。

　　土地。房子。谷仓。太阳。雨水。田地。篱笆。池塘。玉米。小麦。干草。犁。播种。收割。马。猪。牛。

　　这是一个抽象的场所,一个音乐厅。听好了。

　　指挥家。管乐队。听众。序曲。协奏曲。交响曲。指挥台。和声。乐器。清唱剧。变奏。改编。小提琴。单簧管。短笛。定音鼓。钢琴。听众席。

但也别忘了：

竖琴。圆号。鼓。曲目。管乐器。

同样，对于农场而言：

苜蓿。芜菁甘蓝。化肥。联合收割机。

依照先前提到的参考标准，将下列词语（现场分类）划分成相应的类型：

比特。记录。记忆。开关。程序。晶体管。磁带。数据。电力。运行中。故障时间。打印出的资料。阅读。处理信息。控制论。

（注：不论如何，今天给出的答案，不能和前一天一样。）

发育不良的问题

凯特家的信号器响了起来，但没人告知她要来拜访。自从桑迪·洛克出现在她家门口之后，这还是第一次。

在没有提前告诉房主的情况下，通常是不会有人上门拜访的，这样做不值得。原因之一是，你很可能扑个空。即便3V设备已经入驻每家人的客厅，带来了一个有着稳定幻象的全彩世界，但根据调查数据，人们待在家里的时间已经降到了历史最低点。另一个原因更为重要：不跟房主提前约好，你很可能会被一张坚不可摧的塑料网罩住，甚至还会受到毒气攻击——这种事情，只要是在贫困线以上的家庭里，就可能发生。

所以，你会先拿3V电话打给对方。

　　凯特正站在家里最大的房间中央。这里的墙壁已经被她重新装饰过，装上了以微型电路元件组成的大型照片放大器，并在上面涂了金属漆。这套设备可以媲美一台颇为高效的家用电脑。听见信号器的声音，凯特僵在原地，思考了一会儿。

　　管他是谁，看看总没有害处。

　　她呼出一口气，打开摄像头。眼前是一个陌生男人：年轻，相貌端正，穿着皱巴巴的便服。

　　"你是凯特！"他朗声说道。

　　"你是——？"

　　"我叫席德。席德·费希尔，夏天在付费规避区度过假，遇见了一个叫桑迪的家伙。他让我回堪萨斯城的时候代向你问好。我住的酒店离这里只隔了一条街……我该提前打电话的，不过天气这么好，走几步就到了，去他妈的电话！"

　　"啊，好的。上来吧。"

　　爬楼梯的时候他吹着口哨，听着像是里尔舞或者吉格舞①的调调。当她打开门时，他掏出捕网发射器射中了她。她立刻被一张大网包得严严实实的。

　　"巴格希拉！"她尖叫道。塑料细线绊住了她的腿，她侧身摔倒在地。

　　啪。

　　巴格希拉调整好身体，做好猛扑的准备。如果他成功，这一扑足够跃过整条走廊，直击入侵者的脑袋——但他往后缩了缩，一边哀号一边不停地抓挠胸口，好像那里起了什么疹子，然后便倒下了。

---

　　① 里尔舞和吉格舞都是快速的民间舞蹈。

这个男人确实厉害,而且速度很快。一只手把枪放回口袋,另一只手已经把塑料胶布贴在了凯特的嘴上。

"是麻醉针。"他喃喃道,"别担心,会有人照顾他的,药效只有两三个小时。我必须给他最大的剂量,惹恼这样的猛兽可不好玩。"

轻手轻脚地关上门后,他掏出一个对讲器,说道:"行了,上来把她弄走,但别太张扬。这儿附近的人似乎还没改掉管闲事的毛病。"

"你拿下那只狮子了?"

"要是没有,我还能和你们讲话吗?"

他收起对讲器,听着凯特愤怒的低吼和喘气声,又对她说:"省省力气吧小妞。我不知道你做了什么,但事情很严重。我手上拿着你的逮捕令,还有不得保释的拘留令,全部来自华盛顿,联邦数据处理局副局长亲自签署的。他才是位高权重的人,你别跟我争辩,我就是个跑腿的。"

受到区别对待

事情有了变化,不单单是表面上的。他的境况发生了巨大改变。昨晚,他得以自然入睡,没人用药物催眠他,也没人通过脑皮层刺激将他唤醒。

除此之外,他还被安排进了一个真正的房间,虽说看着像廉价旅馆,但布置得很舒适,设备齐全,还装有真正的窗户。窗户外的风景表明,他确实身处塔诺威。之前的审问过程中,他们一直把他关在一个类似隔间一样的地方,一个给人设计的鸽子笼。因为缺乏必要的走动,那里甚至还配了维持肌肉紧张度的机器。

但除了这些变化之外,某些更为微妙,同时更为显著的事情发生了。

是什么呢?

门锁响了一下,随后门打开了。一个男人出现在门口,是这里常见的装扮:一身白衣,身上带着武器。他已经预料到,如果要被带离这间房子,一定会有人看着自己。他站起身来,听从了"走向走廊,然后左转"的命令。

他们走了很久,拐了很多弯,还往下走了大约十三层楼梯,最终来到一个偏僻的角落。走过转角,他发现前面是一条通道,通道内壁的一侧装有单向防弹玻璃。

玻璃的另一边,弗里曼站在一个昏暗的房间里。

弗里曼对他点点头,用指尖敲了敲玻璃。

更远的地方放着一张装有软垫的台子,一个非常瘦削的女孩躺在上面,她全身赤裸,失去了意识。一个护士正在给她剃头发,让头皮裸露出来。

沉默了许久之后,他开口道:

"是啊,我早就料到了。不过鉴于我对你的了解,我猜这肯定不是你想出来的。"

随后又是沉默。这一次,打破沉默的是弗里曼。他疲惫地说:

"带他回去,让他考虑考虑。"

在！凯利先生，有什么事情吗？

"一定不要忘记，在我们研究蝙蝠的同时，蝙蝠也得到了研究我们的唯一机会。"

我是……

他对弗里曼说的话是真的。自从严密的审问告一段落，他又能清醒地思考问题了。他确实预料到，有一天会有人告诉他：凯特也被抓了进来，供他们"检查"。

但预料得到也没用。会背"九点八米每秒的平方"并不会增加你从悬崖上摔下来的存活概率。现在的情况也类似于此。

他坐在分给自己的房间里。毫无疑问，这里有二十四小时监控，自己就像舞台上的演员。台下是无数观众，随时准备批评他的表演不合角色。

唯一让他感觉好些的是：在饰演过这么多其他角色，度过这么多年之后，他终于演起了自己。

他这么告诉自己：他们掌握的数据都跟他没关系，都是关于别人的——拉撒路牧师、桑迪·洛克，没错，甚至包括尼基·哈福林格。在这个舞台上，我还不确定我的身份。但不管是扮演谁，我都绝对不是尼基·哈福林格！

他开始列举自己不是"尼基·哈福林格"所指的那个男人的种种理由，随后发现最后一条是最重要的。

我可以爱别人。

想到这里，一股寒意顺着他的脊背向下滑去，让他不禁战栗起来。尼基的早年生活里，既没有付出，也没有收获多少爱。他的父亲讨厌儿子带来的负担，难以忍受做家长的种种责任。他的母亲努力过，至少坚持了一段时间，但并不真心喜爱他。没有爱的基础，让她最终坠入酒精性精神病的深渊。那些临时监护人呢？对他们来说，租来的孩子和商品差不多，无非是每周消耗一定数量的金钱，处理一定数量的麻烦。

那么，青少年时期在塔诺威时结识的朋友呢？

爱并非塔诺威的必修课。它被拆解成了零散的碎片，是"强烈的情感投入""过度的相互依存""青少年典型的旺盛精力"……

然而，此时此刻，当他作为一个全新而陌生的存在想到凯特时，他握紧了拳头，咬紧了牙关，闭上了眼睛，被纯粹、原始且无法压抑的恨意淹没。

在他的一生之中，他始终不得不控制内心深处的强烈情感反应：孩童时期，无法自控意味着回家路上被群毁；青少年时期，塔诺威几乎日日夜夜都在评估学生，决定他们的去留——刚去的那五年，塔诺威是他在这个世界上最想待的地方；到了第二个五年，他开始尝试利用塔诺威，而非被它所用；在此之后，考虑到数据网络的触角已经伸向了这么多关乎私人生活的领域，哪怕最细微的错误都可能招致被人捕杀的命运，他依然必须时时自控。

除此之外，屈服于情感总是蕴藏着危险。不论这种情感是正面还是负面的。太喜欢一个人就不好：如果你们是孩子，对方很可能明天就转变态度,和另一帮孩子混在一起,在你流血哭泣的时候跟在后面幸灾乐祸、大喊大叫;如果你们是成年人,对方也迟早会离开你,去新的地方工作或生活,留给你的只有回忆或纪念物。同样的,让自己太过畏惧或是憎恶某人也不好:这会让你走向无法预料自身,或是对方行为的地步("此处有猛虎! [1]")

但他的大脑确实拥有感知情感的能力,虽然他从未认清这一点。他自嘲地想起,在"大地—深空"的临时住处看见缓解压力的机器时,自己还在同情那些会对别人产生强烈依赖情绪的人。

我猜我是在同情自己。啊,我也只配得上同情了。

现在,他被逼着去认识自己的情感究竟有多么强烈;而放任这个过程继续,也是有充分理由的。

弗里曼以及他背后的那些人所采集的数据,都来自一个冰冷且工于心计的人——如果现在的他是"x+e",他们取得的数据就是"x−e"。

你们这群婊子养的,接下来就是你们最畏惧的东西:非理性思维特有的解决方式!

透过朝西的窗户,能看到外面下起了小雨。他起身走到窗前,望向天上的云。落日将它们映成了红色,一场雨正从东面袭来。

现在的我,就像一个要从核研究所偷出足够的钚来制作炸弹的人。必须把东西偷偷摸摸弄出去,既不能让人察觉到储备减少,又不能触发周边的探测器,自己还得小心放射烧伤。这是

---

[1] 原文为 Here be tygers! 这句话和 Here there be tygers 颇为相似,后者为中世纪地图绘制者在地图上的标示,以警告人们该地区未被探索。科幻作家雷·布拉德伯利和惊悚小说家斯蒂芬·金都写过以此为标题的小说。

个三斗烟才能解决的问题，华生[1]。这要花上一周，甚至十天的时间。

魔镜，魔镜

你身处某个星球的环形轨道上。你被另一个物体超过了。它和你处于同一轨道，速度要快上几千米每秒。你于是想加速赶上它。

再见，加速器。

很久很久之后见。

哈尔茨与谬误

审问室里的3V网络屏幕被一块长玻璃代替了。哈尔茨不想让自己看起来过度凶恶，也不想长时间盯着钢椅上瘫坐着的女孩的裸体，于是他转头看镜子里的自己。看见前额流下一道汗水，他掏出一块巨大的手帕，无意中带出了他的访客授权卡。在他来得及接住之前，授权卡掉到了地上。

弗里曼客气地将授权卡捡起来，递给哈尔茨。

哈尔茨轻声说了句"谢谢"，把卡片放回口袋，举着手帕很大

---

① 原文为 It is quite a three pipe problem, Watson. 语出《福尔摩斯探案集》中的《红发会》。

声地擤了擤鼻子,随后开口说道:"客气地说,你的报告没什么料。"

"要是取得了显著进展,我自然会马上告诉你。"

"不是已经有显著的进展了吗? 不然我来这儿干嘛!"哈尔茨厉声说道,随后发现假装对女孩视而不见是毫无意义的:她瘦得皮包骨头,头发被剃光,像孩子一般浑身赤裸,看起来仿佛不是人类,更像实验室里的动物,某种演化出巨大体型的变异无毛老鼠。

"什么进展?"弗里曼的身体微微绷紧,语气也带上了一丝若有若无的尖锐。

"你还不知道?"哈尔茨尖刻地反问,"你不是见过她的母亲了吗? 至少,鉴于她母亲在'大地-深空'的职位,你该知道这女孩是多么关键!"

"她的母亲啊,"弗里曼恢复了平时一板一眼的礼貌态度,"所有相关资料都归档了,母女之间没有过多情感投入。"

"都归档了。"哈尔茨加重语气,重复弗里曼的话,"那么,根据她的档案,你能告诉我些什么呢?"

"女儿离开堪萨斯城时,伊娜·歌瑞尔森没有不悦。因为这让她能去别的地方,接受自己想要的工作。"

"我的天。你就没把眼睛从档案上移开过吗? 你最近有没有关注过现实世界?"

"我完完全全按照指示完成了该做的事!"弗里曼发怒道,"而且,指示都是你给的!"

"但我也希望你做事的时候自己动动脑,而不是留下一大堆麻烦,等我下一步指示。"

弗里曼闭上眼睛，过了很久，才平静地开口："看起来，你遇到什么麻烦了吗？"

"看起来？不，确确实实有麻烦了！"

哈尔茨又擦了一下自己的脸，"这个女孩已经在这里待了一周了——"

"五天。"

"自从她被捕已经过了一周，别插嘴。"哈尔茨把手帕塞回口袋，"要不是还能用塔诺威的名号施压，进入密苏里-堪萨斯大学的管理层，我们就——妈的，我没必要把这些告诉你，你应该自己搞明白。"

"如果你想让我知道，就该通过网络把信息传给我。"弗里曼绷着声音说道，"既然你没这么做，那现在告诉我吧。"

哈尔茨的脸变红了，愤怒的话显然已经到了嘴边，但又生生咽了回去。花费一番气力冷静下来后，他说道："在付费规避区以外的地方，用代码支取资产是不可避免的。不用代码的生活，没人能坚持超过二十四小时。于是，大陆上每个人的位置都几乎是被实时监控的。凯特·利尔伯格虽然是一个成年人了，但她同时也是一名学生，并且从未和她母亲——她唯一的近亲——正式断绝联系。因此，自她匆匆离开堪萨斯城，有五十到六十个人追踪过她的行踪。这群人大部分是密苏里-堪萨斯大学的教职工，但其中有一位棘手的，是'大地-深空'的部门主管。我还要说多少出来，你才意识到你往我头上套了个马蜂窝？"

"我做了什么？"弗里曼慢慢地问道。

"你就从来没想过，如果她整整一周没用过自己的代码，会引人怀疑吗？"

"我没想过的，"弗里曼反驳道，"是你指望我对所有鸡毛蒜皮的事情都负起责任来！而既然你坚持这么想，我就花点时间讨论一些非常高的可能性吧——比如说，她在某个付费规避区的小镇里使用了自己的代码，而相关的资产记录随便都得一周才能传到数据网络上。剩下的——"

"别指望了。你的推测，我们早在意识到你并没有调查这方面时就想到并检验过了。你难道忘记了哈福林格在'大地-深空'的职位了吗？"

弗里曼看起来很是茫然，"那和你说的有什么关系？"

"求上天赐我一点耐心吧。他的工作是优化系统，对不对？那份工作能让他接触到数据网络上的信息，借着'大地-深空'最大化国家利益的评级，就能享受到和我差不多的权限。事实上，他花了太多时间在数据网上探查，自己的正常工作都受到了影响，于是他写了一个程序来处理那些日常事务。而你根本没在你的审问报告里强调这一点。"

弗里曼的嘴巴动了动，什么都没说。

"那个程序还在运作，"哈尔茨叫道，"伊娜·歌瑞尔森找到了它。最糟糕的是，这个程序太好用了，以至于它立刻就发现我们在她女儿代码后面的添加的日志是假的！"

"什么？怎么会？"

"不然呢？借着偷来的'大地-深空'的代码，你觉得哈福林格最想知道的是什么？肯定是他的4GH开头的代码是否还有效啊！既然他无法撕下得到联邦授权的内植物上已经生效的标签，他又是怎么查出来的？关乎4GH代码的数据本不该对公众开放权限。依据常规，它们是要被伪装起来的，对不对？在哈福林格的操作下，这些数据自动脱去了伪装，而且，他的方式是连我们的顶尖专家都没预料到的。"

哈尔茨握紧了拳头，最后说道："你给我挖了个多大的坑，你现在知道了吧！"

弗里曼的脸像是石头一样铁青，"这都是哈福林格干的，不是我的错。而且我确信，听到这个消息，他会很高兴的。"

"你他妈的什么意思？"

"从你忘记提供给我的诸多数据之中可以看出，你来这儿就是为了对我无端指责的。而你这么做，唯一合理的原因就是：你想旁观凯特的例行审问，因为我会像往常一样，叫人把哈福林格也带来，让他看着我审问凯特——别忘了这是你的建议，通过这种方法蚕食他的理智。"

他看了看时间，又继续说道："因此，在过去的四分钟——四分半钟——里，哈福林格都一直在那块单向长玻璃后面，观看这间屋里的所有事情。正如我说的，他肯定很高兴。"

一则新闻简报选段

"……这条消息，对于那些曾信誓旦旦预言本学年学生引发的动荡将减轻的人来说，无疑是个打击：学生们确信，一位失踪于一周前的同窗已经被政府人员绑架。为此，密苏里-堪萨斯大学三十九个警察驻扎点，今天被五千名暴徒般的学生占领了将近一半。虽然目前为止还未有人员伤亡的消息，但是……"

返祖现象

面对里科·波斯塔的时候，伊娜感觉自己的脸上惨白，但还是竭力保持着正常的语调和声音。

"里科，不管你还有其他董事会成员怎么说，凯特都是我的女儿。那些说她在这段时间使用了自己的代码的虚假报告，你们得复检一次。"

"谁说报告是假的了？"

"我们自己的电脑说的。"

"啊，一个叫桑迪·洛克的家伙写出来的程序说它们是假的。但事实证明他是个混球，而且——"

"他给我们每年省下几百万的时候，你可没觉得他是个混球。要不然，最早提出要给他永久职位的人之中，也不会有你。"

"呃，我……"

她极为热切地前倾身向前。

"里科，有些肮脏的事情正在发生。你知道的，不过暂时还不想承认。最近你试过寻找有关桑迪·洛克的资料吗？"

"事实上……有过。"

"但什么都找不到，对不对？甚至连他的死亡通告都没有！"

"我猜他大概已经离开美国了。"

"那护照呢？"

沉默蔓延开来，就像雷雨来临前无声的闪电。

伊娜最终开口道："你看过一本叫《1984》的书吗？"

"当然看过，在大学的文学课上。"里科撅起嘴唇，望向不知什么地方，"我明白你的意思。你认为他已经被——呃——非人①化了。"

"没错。而且我觉得，他们对凯特做了同样的事。"

"我……"他不得不吞了一口口水，"我觉得他们做得出来，考虑到我清楚他们对华盛顿那帮人的影响。我说，你知道吗？我时不时会做噩梦，梦见自己把代码敲进电脑之后返回的是一个标志：驳回！"

伊娜说："我也是。而我无法相信，只有我们两个会做这种梦。"

开始再次生长

自从他们不再每天给他剃头之后，他的头皮就开始发痒。现在他已经忍住了抓挠的诱惑，但却禁不住时不时要去揉搓一番的冲动。他猜想在那些监视他的人看来（他们肯定是存在的，这点他很确定，虽然并不知道他们的身份），他大概对所见所闻十分迷茫。此时，他正在看一个3V网络新闻播报节目。自从被转移到这个舒服得多的地方之后，他就花了不少时间来了解外界的大小事件。

事实上，他所了解到的东西并不足以迷惑他。世界上总有各种各样的事情值得报道：拉丁美洲同盟又改组了；也门新爆发了一场未经政府认可的圣战；出现了一种叫"腺嘌呤-胞嘧啶组

---

① 非人是《1984》中一种处理罪犯的手段，除了夺取罪犯的生命以外，罪犯生前的一切痕迹也都会被抹去。

颗粒剂"的新产品,该产品被用于改善植物性蛋白质的质量,使其能和肉类竞争,但是食品及药物管理局对其效用提出了质疑……

但习惯模式还是不可避免地保留了下来。他对着空气露出一个嘲弄的笑,随后喃喃道:"还要多久,上帝,还要多久?"

以他个人的估计:不会太久。

几乎在同时,门锁响了一声。他转身看去,等着带武器的白衣男人像平常一样出现在门口,把自己带去某个地方。

但出乎意料的是,进来的人是弗里曼。而且,他还是独自一人。

在开口前,弗里曼小心翼翼地关上了门。当他说话时,声音则相当平静:

"你可能注意到了,昨晚我批准他们把一些酒水运到了你这里。我需要一杯烈酒,就威士忌加冰块吧。"

"你是偷偷来找我的?"

"啊?是的。"弗里曼露出一个丑陋的笑容,脸上的皮肤紧紧裹住颧骨,几乎随时都会崩裂,"说得很对。那些监视器都被输入了一套假图像,应该能瞒过去。"

"那么,恭喜。"

"这是什么意思?"

"以你的身份而言,这需要很大的勇气。大部分人都不敢反抗命令,即使那命令是不道德的。"

在接下来的几秒内,弗里曼的笑容慢慢退去。

"妈的。"他说,"哈福林格——管你现在怎么称呼自己——我他妈的拼了老命想要保持客观,但我失败了。事实证明,我还有点喜欢你这人。我克制不住。"

他踹了一脚椅子,椅子转了一圈,他坐了下来。

在连喝了几大杯之后,哈福林格开口道:"告诉我,你是哪一块本能被激发了? 又是谁激发出来的?"

弗里曼昂起头,露出不悦的神色,"你没必要嘲笑我,你不能把所有我脑子里发生的事情都归功于你一个人。"

"至少你是说'归功',而不是'承担罪责'……我猜你终于发现自己憎恨那些给你下达命令的人了。"

"啊……是的。当他们决定把凯特弄到这里来的时候,我身上就压上了最后一根稻草。你说那不是我的主意是说对了。在这之后,我就按着命令执行任务,一分不多,一分不少。"

"所以哈尔茨痛骂你一顿,是因为他发现你不比他聪明,而且厚颜无耻,是不是?"

"比这糟糕多了。"弗里曼瘦削的手指捧着酒杯,身体前倾,眼睛不知望向了哪儿,"撇去所有的争论不谈,我确确实实相信我们是需要智慧的,甚至说是'渴求'都不过分。这一点显而易见,而我也有与之相关的构想——但哈尔茨,他没有。我想你内心也有相关的构想,凯特也一样……"他越来越小声。

"凯特·利尔伯格是有智慧的,这毋庸置疑。"

"我不得不相信这一点。"弗里曼的语气有些防备,"也因为如此——嗯,你也看到发生了什么了。"

"那你觉得事情还能往什么方向发展? 啊,我这么说并无讽刺的意思。他们只要了解到我的存在,我就迟早会被招进塔诺威。同样道理,我把他们引向了凯特,因此凯特被捕也不是意料之外的事。"

弗里曼稍稍犹豫了一会儿，随后说道："你不再把我归进他们了。"

"你从这个分类逃出来了，不是吗？"

"哈！好像是的。"弗里曼喝干了杯子里的酒，并没有理会续杯的提议，"但这是暂时的，我会让一切恢复原样，我知道哪儿可以……但是不行，因为这是错的，大错特错！她到底做错了什么才会落到这下场——未经审判就遭到无限期拘禁，接受一次一次的审问，直到从身体到灵魂都完全敞开？我们在某一个点偏离了正轨，这件事已经变味了。"

"你觉得我可能对另一条路有些想法？"

"当然。"一声干脆且没有犹豫的回答，"而且我想听听你怎么想。我已经迷失了方向，搞不懂自己走到哪儿了。你可能觉得这难以相信，但是——呃，我内心一直坚信，信息流最大化从客观上说是有好处的。也就是说，要诚实、开放、坦率，以自己之所见阐述事实而不去理会这样做的后果。"弗里曼发出一声刺耳的笑，"我认识的一个精神病学家坚持认为，这种想法是对小时候接受的教育的过度补偿。小时候，父母教导我不能让别人看见我的身体。我的成长伴随着在黑暗中脱衣服、在没人看的时候溜进溜出卧室、冲厕所的时候跑得跟见了鬼一样——就因为害怕有人看见我，并开始猜测我在厕所里做了什么……啊，或许那个家伙说得有道理。总之，我长大之后就成了顶尖的审问者，致力于减少对受审者的折磨，同时套出有效信息。这么说你应该比较理解了，对不对？"

"当然。但如果你发掘出来的信息立刻被打上'绝密'的标签，变成掌权者的私有财产，这就是另一回事了。"

"是的。"弗里曼坐回椅子。冰块在他重新斟上酒时发出清脆的响声,"我接下了审问你的任务,和我接下其他的任务别无二致。你的罪名相当的多,但其中有一条尤其戳中我的痛点:在数据网络里输入虚假数据。也正是基于此,我才听说了你的事。我搬来这里也不过三年时间——顺带一提,我之前住在维乔皮,也就是你所知道的'电煎锅'——而即便在那个时候,学生之间也有些来路不明的传闻,说什么有个家伙曾经凭空消失,而且从来没被抓到过。你已经成了传奇人物了,你知道吗?"

"有人效仿我的行为吗?"

弗里曼摇了摇头,"他们加强了管理,出去变得更难了。可能也是因为自你那个时候起,再也没出过你这么有才华的人了。"

"如果出现了天才,你肯定会注意到的。你的身份不简单,对吧,弗里曼博士?或者应该叫弗里曼先生?看来我对你的了解还是很准确的,应该是'先生'。"

"没错。我拿到的不是单纯的博士学位,而是学者头衔。我一直为此感到自豪,就像英国那些外科医生,要是被人以'医生'称呼就会受到冒犯一样……但这不重要,没必要搞得这么愚蠢。你知道在我听到你关于险境镇的记录时,最大的冲击是什么吗?"

"说来听听。"

"在那里,人们的生活都有一种紧密感,被填得满满的,完全看不出消耗变薄的迹象。我上学时一口气修了三门专业,但我从未基于此拓宽人生,丰富自己的生命。我是越活越稀薄了的那一类,仅仅追着一条狭隘的直线,关注着我所知道的东西。"

"那就是塔诺威的问题所在,对不对?"

"这话什么意思? 请说详细点。"

"你看,你曾经为塔诺威辩护,说塔诺威为某一类人提供了最理想的环境,这一类人可以极好地适应现代社会的快速变化,而也因为如此,他们可以为自己和别人的人生做出可靠的规划——大意就是这样吧。但你的设想并未实现,对不对? 为什么? 因为你们依然受到某种高于一切的力量的控制,这股力量来自那些渴求权力,并且凭借着一些古老的手段,把权力抓在手中的人。据我所知,这种事情在古王朝时期的埃及就有了。对于这样的人来说,超过一个比自己强的人只有一个办法:跑得更快。但别忘了,现在是太空时代。我有一天突然想起一个比喻,可以简洁地总结我的观点。"

他讲起了引力二体问题。

弗里曼隐约显出吃惊。"可是每个人都知道——"他开口道,随后顿了顿,"啊,不对,不是所有人,我真希望自己早点想到这一点。应该拿这个问题去问哈尔茨。"

"是啊。好好想想吧:不是所有人都知道。在这个信息以前所未有的规模流动的年代,人们始终保持着'我们是无知的'这种信念。老套一点的解释,会说人们之所以这么想,是因为要知道的实在是太多了。"

弗里曼小心地回答:"确实是的。"然后喝了一口威士忌。

"的确。但明显还存在着一个影响更大的因素。随着时间推移,我们越来越清醒地意识到:数据的确存在,只是普通人接触不到。"

"你以前也说过这个问题。"弗里曼神情专注,脸上出现了抬头纹，"又一个让人胡思乱想、疑神疑鬼的假说。但要是我同意你的说法……妈的，你是不是决心推翻我们在过去半个世纪里采取的每一个行动？"

"没错。"

"但这是不可能的！"弗里曼的身体因为惊恐而僵直。

"不，只是看起来不可能。就像一个看似合理的函数，却把基础假设搞错了。试试从整体论①的角度去看：世界是一个整体，而发达国家——过度发达的国家——则与塔诺威相似——或者更好一点，与特里亚农相类似。然后，把欠富有国家中最成功的那些，看成少数付费规避社群——它们身处如此不利的环境，却发展得比大陆上大部分城市都要受欢迎。总而言之，我所说的是一个扩大版的'吝啬计划'：中断一项明显投入过多，却始终没有见到成效的实验。"

弗里曼思索了很久，最后开口道："如果我同意你的话，哪怕只是同意其中一部分，你希望我怎么做？"

"唉……好吧，你可以先让我和凯特离开这里。"

这一次，弗里曼的沉默中包含着激烈的思想斗争。最终，弗里曼一口喝干杯里的酒，站起身，在夹克衫的口袋里摸索了一阵，掏出一个手掌大小的灰色扁平塑料盒。

"这不是一台普通的便携式计算器，"他生硬地说，"这是一台3V电话。盖子下有屏幕，里面装有电线和插口。这间房有三个电话连接点，"他指向房间的三个角落，"但在你得到一个能用的代码之前，什么都别做。"

---

① 主张一个系统中的各个部分都和整体密不可分，不能割裂了整体来研究部分。

瓦解之时

关于"过度补偿"我都说了些什么？

毫无疑问，那时他们喝了很多威士忌。而他本身并不习惯喝酒。

可我喝醉了吗？应该没有。如果不是现在这样半醉半醒，那些可怕的事实就会像洪水一样汹涌而来：哈尔茨对我说的话；博世差一点说出口，但最终忍住的话……这是我无法忍受的。我他妈的很清楚他用"非专业人士"替代了什么。他还声称险境镇的那些狗不可能存在，为什么我这辈子要屈居在博世这样的骗子手下！而哈尔茨那样的蠢材更糟心，居然指望自己手下的人能想到自己有限的智力想不到的事，然后把自己的错误推给别人！

弗里曼小心翼翼地锁上公寓门，挂上了"请勿打扰"的牌子：除了门外，每台3V电话上也挂了一个。

现在，如果能找到那些在他们废止4GH代码时被激活的保存代码的索引……如果世上还有哪里能让我提取一个代码，改造后取得无懈可击的安全级别，那一定是塔诺威了。这是最佳策略。如果哈福林格有这个代码，他就不会被抓了。

他神情严肃地坐在了控制台边上，全神贯注。他的才华不可谓不引人瞩目，但更重要的是，现在没人强迫他在一台便携式3V电话（就像哈福林格用的那一台，他差一点就创造奇迹了）有限且极易犯错的输入端上进行操作。他很快完成编写，又修改了几遍。他在带子上写了一个能自动彻底删除的程序。而在编写的过程中，他发现脑海中出现了一个极具诱惑力的想法，而且越来越清晰。

偷取三个代码对我而言，不比偷取两个难度更大……

程序终于可以运行了，但在把它输入网络之前，他对着空气说了一句："为什么不呢？"随后确定了目前保存代码的数量：大约十万个。根据相关规定，只有大约五个部门会查看代码储存库，那么……

为什么不呢？我已经快四十岁了，这辈子都做了些什么？我有才华，有才智，有野心，可全都浪费掉了！我曾希望自己会对社会有用，我曾期望我会用一生时间，来揪出躲藏暗处的罪犯和叛徒，让他们面对诚实守法的公民的唾弃。现在，最凶恶的罪犯毫发无伤地逃脱了，而像凯特这样的无辜者却……啊，妈的！几年前我就已经不是调查官了。我的工作变成了异教审判，而且即使在这个教会里，我也失去了对公正的信仰。

他忽然发出一声尖利的笑，在带子上最后做了一点细微修改，随后将它放入了输入端。

富足的影响

"为了方便懒惰的人民，每月发放玉米的政策被改为每日定额发放面包……而当民众普遍抗议酒水价格高昂且供给不足时……严格的禁酒令渐渐放宽。虽然奥勒良大帝①慷慨的葡萄酒政策没能通达帝国各省，但住在罗马的人，哪怕是最卑贱的，也能用一个小铜币买到酒②。在亚细亚地区，这是只有国王才配得上的奢华享受……但对于无所事事的大众而言，最振奋人心的娱乐活动还是公开演出和比赛……罗马的快乐源泉，全赖一场接一场的赛马活动。"

怎么又在乱写了！呃，吉布森先生？

别让你犯错的大脑知道你正确的大脑在做什么③

做完准备工作之后，他收起那台无比珍贵的电话，关好盖子，藏进了夹克制服的内袋。他把夹克衫挂在椅背上，脱掉衣服，在与平日差不多的时间上了床。

随着睡梦而来的，是一个不超过三十五分钟，却浓缩了一生的微观模型，一个缩影。

半夜，一个沉默的白衣守卫把他叫醒，示意他快点穿上衣服跟他走。面对这样有违常规的事，他并没有感到吃惊。对于他而言，所谓"常规"也很可能是在不确定之中形成的。几个世纪以来，违背常规一直都是一种低成本且简单可行的手段，使被审

---

① 鲁奇乌斯·多米提乌斯·奥勒里安努斯(214~275)，罗马皇帝。

② 这个时期的罗马大量开辟葡萄种植园，葡萄酒成为帝国民主的象征，名义上从贵族到奴隶都买得起。

③ 出自《马太福音》第六章第三节"不要让你的左手知道你的右手在做什么。"

问的人精神错乱。

守卫将他带到了一间除了两扇门就只摆有一张长凳的房间。他被带到这里，一声简短的命令让他坐下等待，随后守卫便离开了。

有一段时间，房间里只有沉默。最终，与他进来时那扇门相对的门打开了。一个矮胖的女人打着呵欠走进来。她拿着的塑料包里放有衣物，另一只手拿着写字夹板，上面有一张表格。她阴郁地让他在表格上签名，他签下了符合她预想的，却并非他真名的名字。她满意地拿回表格，打了个更夸张的呵欠，走了出去。

他换上了她带来的衣物：一件白色针织衫，一条蓝灰色的短裤，一件蓝色的夹克衫，全都剪裁合身，毫无特色，留不下任何印象。把自己原来的衣服放进包里捆好之后，他沿着女人离开的路走了出去，随后发现面前是一条有很多扇门的走廊。经过两扇右手边的门和一扇左手边的门之后，他看见一条废物回收槽，于是便将手上的塑料包扔了进去。再走过两扇门之后，他来到了一间没有上锁的办公室，这里装有一台电脑终端。他在电脑的输入键盘上敲了一个键。

终端旁边放着一个文件柜，一个远程上锁的抽屉在此时滑开，露出里面装着的临时身份证。这都是准备给前来办事的访客的。

与此同时，电脑终端的打印工作站发出蜂鸣声，一张纸像舌头一样从印刷口伸了出来。

从放着身份证的抽屉里，他拿出一台新式宝丽来彩色相机，将它设成延时自拍模式，随后顺手放在桌子上。他坐下来面对相机，等待了几秒钟，取出胶片，将自己的照片放在身份证上，随后根据电脑指示,用同一个抽屉里的一台仪器将身份证密封好。最后,他往电脑里输入了自己从美国军用医药企业里借来的名字,以及少校军衔。

此时,电脑已经打出了需要填写的表格:关于拘留凯特·歌瑞尔森·利尔伯格的申请书,一式两份。这台电脑配备了光学打印机。不同于传统的机械式打印机,这种打印机不受打印风格和字体的限制,每一个字都用激光束以最小的强度刻在纸上。只有用显微镜检查才会发现这张表格并非美国军方使用的RQH-4479,也即申请将囚犯从民事拘留转为军事拘留权限的标准表格。

一切准备就绪,他把自己拿出来的所有东西放回原位,再一次敲了敲键盘,启动了最后一部分处于待命状态的程序,随后离开了房间。电脑尽职地远程锁上了文件柜,锁上了办公室的大门,然后开始运行其他任务,诸如删除自己今晚的解锁记录,以及记录如下"事实":某个临时身份证意外损毁,因此现有库存数量要比最近访客到来时统计的少一个。

走廊最末端的门通向户外,沿着门外的一段楼梯走,便会到达一处昏暗的混凝土停泊区,一辆电动救护车在此待命。驾驶员一身军装,戴着一等兵的徽章,面对向自己走来的人,茫然地敬了一个军礼:"少校……"

"稍息。"来人干脆地说道,展示了自己的身份证以及打印出来的表格,"抱歉让你等这么久,那个女孩有什么问题吗?"

救护车驾驶员耸了耸肩回答道:"她昏过去了,长官。像爆掉的灯管一样,嘣的一下就晕了。"

"有道理,他们给了你路线卡没有?"

"当然,他们把女孩运过来的时候就给我了。对了,还给了我这个。我觉得可能是她的代码卡。"一等兵拿出了一个平整的小包裹。

撕开包装之后,里面的内容表明他说对了一半:是代码卡,不过不是一张,而是两张。

"多谢。不过她要去的地方,代码卡没多大用处。"

"我猜也是。"士兵露出一个苦涩的笑。

"你已经换过电池了,是吧? 很好,我们出发吧。"

伴随着拨号的声音,昏暗的道路被一段一段抛在身后。电话拨通后他没有说话。在以 3V 电话为媒介的破坏活动开始之前,他已经将两个代码都牢记于心。但这场出逃所需的不仅是区区两个代码。在救护车不得不停下来进行第一次充电之前,他希望一切顺利——而对于这台救护车而言,充满电一次的最大里程只有两百英里。

在最好的情况下,他甚至不用伤害驾驶员。不过,既然他已经傻到自愿服兵役,而且还不假思索地接受一台机器下达的命令……

但是大家都在做着和他一样的事—— 一直都是这样的,否则眼下的一切就不会发生。

当然,也根本没必要发生。

记录以扰乱视听

现在,以及(如果运气好的话)从此以后,不论我使用的是什么代码,我都是尼古拉斯·肯顿·哈福林格。而不论是谁,如果不喜欢这一点,除了忍受,别无他法。

在清醒时主持大局

"搞什么——? 是谁——? 啊? 桑迪!"

"安静点。仔细听好了。你现在正在一辆军方的救护车上。我们大概位于塔诺威东部两百英里的地方,正按照计划朝华盛顿开去。驾驶员把我当成了医药企业的少校,是来负责护送你的。要是你身上穿着这种衣服堂而皇之地走在大街上,我是没办法编出令人信服的解释的。现在只有这套塔诺威发给你的棉质罩衫,此外他们还剃光了你的头发。你对此有印象吗?还是说他们一直把你调整在回退模式里?"

她狠狠吞了一口口水,"自从他们——他们绑架了我,我就一直处在类似做梦一样的状态中。我不知道哪些是真的,哪些是假的。"

"迟一点我们会弄清楚的。现在是更换电池的时候,我打发驾驶员去买咖啡喝了,他随时都可能回来。那里有一个能买到裙子、鞋还有假发的自动售货机,我会再找个借口让他去什么地方待一会儿。下次停车充电的时候,准备好穿上新衣服,然后我们逃跑。"

"我们——就算你的计划成功了,之后怎么办?"

他无所谓地瘪了瘪嘴,"做我成年之后就一直在做的:逃出数据网络的追踪,只不过这一次可不仅仅是逃跑^①。相信我,他们会为我们头疼的。"

他再一次关上救护车的后门,大声对着回来的驾驶员说:"妈的,前面那些监控设备显示镇静药药效已经过了。但这女孩还是像块木头一样。对了,你有看到厕所吗? 在我们出发前,我得去趟厕所。"

服务区里满是蒸汽机以及电动汽车,不过驾驶员的回答盖过了它们发出的嗡嗡声:"自动售货机旁边就是,长官。然后——呃——如果我们不是马上出发的话,我看到他们有德尔斐公告牌,我想去看看我一直惦记的彩票有没有收获。"

"没问题,你去吧。不过注意时间——五分钟如何?"

震　荡

"你说联系不到他是什么意思? 保罗·汤米·弗里曼——还不够清楚吗? 你是想让我把名字挨个儿拼出来是吧?

"他的新代码? 那他的——? 你确定?

"但是他们没有权力把他——啊,妈的。有时候我真不知道这个国家到底是谁在管理,是我们还是机器。把新的代码给我吧。

"我不在乎抬头后面写了什么。把代码读给我听就行了,你

---

① "躲避数据网络的追踪"原文为 run the net。Run 既可以理解为"逃跑",也有"管理/运行"的意思。

识字吧!

"现在你听我说,你这有意找茬的傻子:当我下达命令时,我只希望你遵从。我也不会被什么自以为是的垃圾律师顶回来,你面对的可是联邦数据处理局的副局长,而且——这才像样,说吧。

"代码开头是哪个组? 不,别费事重复了。我听见了。我的天啊……我的天啊……"

写作"周末",读作"削弱"①

以塔诺威为起点,华盛顿为终点的一条高速路,一条通过今天,连接明天与昨天的高速路……

美国人,历史上流动性最大的一群人,全身心沉浸于为了迁移而进行的迁移之中,不惜一切代价:高额花销、能源危机、石油耗尽……他们会消除一切障碍,只为了把迁移的传统继续下去。而现在,这群人依然在路上,哪怕半个大陆都已进入秋末,天气已经变成强风和低温,降水也成了雨夹雪——在这种时节,人们必须停止闲逛,明确目标。

这趟旅途之中,他在这个问题上思考了很久。

为什么要迁移?

为了找一个合适的地方落脚。

加速以进入更低的轨道? 行不通的。在低轨道想要上升,才需要加速。

---

① 原文为 Spelled "Weekend" but pronounced "weakened". 这里的 weekend(周末)和 weakened(削弱)读音近似。

连弗里曼也不得已向他指出了这一点。奇怪的是，弗里曼知道自己无须向凯特解释，而肯定还有许多人和她一样，靠直觉就知道了这一真相。

昨天属于华盛顿。这里充满了个人权力、政府部门特权，以及透过单个发言人而达成的民意共识。这最后一点让人回想起过去的某个时代，那时社区之间同样会达成共识，免得处理同一个事件上百种互相冲突的描述（现在，典型由选举产生的代表当选时，得到的选票不会超过百分之四十，他发表演讲之后却被五分之四的听众嫌恶。这种事情并不罕见，因为这个选区——或这个州——的居民改变了主意。选民会抓住机会把竞选人整下去，而在等待机会的这段时间，他们会暴躁易怒。与此同时，竞选人旧的支持者则分散开来，去搅乱另一个人的竞选计划。如今投票登记都是由电脑完成的。如果有人想要参与投票，他所要做的无非是打一通3V网络电话）。

未来属于塔诺威，这毫无疑问——但希望它是个错误的未来，因为规划管理它的人，诞生于前天。

a) 那可能并非真正的明天

b) 它在你还没准备好的时候便已经到来

在这样的情况下，你该如何对待明天？

方法一来自古老而万能的祝福："接受最坏结果的人有福了……①"——抗创伤公司便是持这种态度的人对错误未来的回应：比起你小时候的遭遇，你未来的人生不会有更糟的事了。

（错误的明天。）

方法二则来自接入式生活方式的理念：不论你去哪里，总会

---

① 模仿《新约》中的八福；虚心的人有福了……哀恸的人有福了……等等。

存在你抛在身后的人、家具、衣物还有食物。任何酒吧都会供应一样的酒水,还能听到一样的话:"我们打了赌,你当个裁判如何? 啊对了,这里是巴黎希尔顿还是伊斯坦布尔的希尔顿?"

(错误的明天。它给人们一种虚妄的希望,让人们以为明天和今天并无二致。当明天真正来临时,才发现不是这样。)

方法三:为明天做准备。比如使用德尔斐公告板来监控人们准备适应什么,想要使用什么,以及无论如何都不会适应的是什么。

(错误的明天。以为传统的市场力量能胜过人的决策,就像赛马比赛中的夺冠热门在第一栏就摔断了腿,而距离比赛结束却还有大段的距离。)

方法四藏在付费规避区中:为了把自己拾掇整齐,你抵押了最新最好的生活,换取一些非常规手段得来的补贴。

(错误的明天。不管怎样津贴都会把你搞垮的,而摧毁城市的大地震也是搞垮你的凶手之一。)

方法五:自我放纵,紧紧握住某些强力的毒品不放。这样不幸就不会让自己太难受。

(错误的未来。灰烬恒久,人生苦短[1]。)

以及还有:

宗教?

城市不同,宗教也不同:上一个地方遵照的是天主教的架构;这里则是普世基督五旬节教会,而且牧师也有些相信道教。

化学制品?

---

[1] 原文为 Ash longer, vita brevis。 此处作者对拉丁语中的 Ars longa, vita brevis(艺术恒久,人生苦短)一语进行了改写。从形式上看,ash longer 和 ars longa 也颇为相近。

几乎每个人在走向战场的时候都兴奋得像个士兵，兴奋得浑身颤抖，连呼吸都能感觉到空气里的紧张感。如果你想转移注意力，化学制品是没用的，唯一的方法就是回归正常。

信任权威？

但是作为一名自由且平等于他人的个体，唯一的权威就是你的个人权利。

依照某个名人塑造自己？

但你上一周就出名了：你手握一张破纪录的德尔斐彩券；或者你的孩子和短吻鳄搏斗，上了3V网络；或者你成功在同一所房子里住满了一年，而当地电台的记者为此打了电话给你——在短暂的十分钟左右，你也当过名人。

在过载下崩溃？

这已经发生过了，频率之高，近乎感冒时忍着喷嚏睡觉。

而上述每一条可能的出路，都会耐心地等你拐回出发地，脸上还会带着鼓励的微笑，拍拍肩，给你看一张亮闪闪的证明：此路不通。

因此，这个世界继续运转着，广告继续更换着，打开3V网络的时候总有节目可看，超市里总有食物，插座里总有电，水池里也总有水——呃，也不是"总有"，但也他妈的差不多了。

而且，几乎总有朋友会接你的电话。

你的代码下几乎总有资产。

你几乎总有其他地方可去。

而当夜空澄澈的时候，你总能看到更多星星，比创世的时候看起来要多一点，跑得也要快一点——这也无所谓。

很好。

差不多吧。

救　命！

出于以上还有其他种种原因，在又一次停车更换电池的时候，凯特穿上了裙子、鞋子，戴上了假发。他和她一起从司机身边溜走，融入了等待巴士的人群。这些巴士开往最近的垂直升降机场。至于之后不知所措的司机，他留下了一张纸条：

多谢，士兵。你帮了不少忙。想知道你的帮助有多重要，把这个代码输入最近的电话就行。

当然，那便是他新获得的代码。

在训练时向交通巡逻警官反复灌输的概念

如果你抄罚单的那辆车的驾驶座上，坐着一个拥有重要联邦代码的人，那很可能会有人从高位直接向你扑来，让你遭罪。

在大象脚下鼠窜

"我们要去哪儿？"凯特轻声道。

"我终于找到了落脚的地方。"

"险境镇?"她建议道,语气半是希望,半是焦虑,"当然他们也会直奔那里。"

"嗯哼。不,我想说的不是一个地方,而是很多地方。我本该很久之前就想明白的。没有哪一个地方是够大的。我必须同时身处一百个地方——如果我应付得来,甚至是一千个地方。要把我的想法付诸实践无疑还要一段时间,但是——啊,说不定几个月后我们就可以放松地欣赏烟花了。"

"我一直都很喜欢烟花。"她带着笑意地说道,并轻轻地拉住了他的手。

挂有禁行标志的十字路口

如今,人们很容易忘记哪个相貌对应哪个名字。因此,在四站点安全链接下的每个面孔下面都有说明文字、姓名和办公室。哈尔茨盯着面前摆着的分屏,从左至右读着注释。

塔诺威的校长贝尔特兰德·辛德将军:禁欲自律,头发灰白,说话简短,在2002年的夏威夷人暴动期间,以"死脑筋辛德"的外号广为人知……但这都是在他加入行政部门,走进保密的迷云之前的事情了。

南白宫的总统特别安全顾问古里艾尔默·多尔西博士:肥胖,戴着眼镜,即便是他的亲人也不再以"剃刀比利"称呼他了。(虽然尚未证明是否能从他的档案之中彻底删除这个绰号。)

而同一栋楼的另一层,是自己的顶头上司、数据处理局的正局长艾尔温·沙利文:高大,鹰钩鼻,头发凌乱,而且故意选择破旧的衣服来穿。这早已成为那些与电脑打交道,职业生涯一飞冲天的人的典型形象。即便如此,看见他的开领衬衫、一口袋的旧笔、没剃干净的胡茬还有藏污纳垢的指甲,还是会令人感到奇怪。

就像回到了过去一样。

屏幕上的三张脸都朝哈尔茨皱紧了眉头:辛德带着愠怒,多尔西是怀疑,沙利文则是一脸的不耐烦。他们依据职位高低先后发话,职位最高的沙利文说道:"你疯了吗?也就是几天之前,你坚持要把分配给联邦调查局、中情局、美国特工处所有4GH开头的代码都撤下网络。现在你又坐在那儿,声称U组的代码也都得扔进垃圾堆!就算有人故意搞破坏,也搞不出这么大的麻烦。"

多尔西接着说:"我还要提醒你一件事:在我问你4GH代码该用什么替代时,你亲自告诉我,已知的各种办法之中,没有哪一种能从储存库中提取代码,而且要把提取出的代码分入U组,肯定逃不过局里电脑的追查。咱们的行动肯定不能被人查到,对吧?我要是把这么疯狂的事告诉总统,他的脸色我现在就能想象出来。"

"可在我告诉你的时候,我并不知道——"哈尔茨开口,辛德打断了他的话:

"此外,你还直接威胁到了我的信誉和管理工作。你一直声称,破坏活动的元凶毕业于维乔皮,在我的特别要求下被转去塔诺威,而且是在我亲自批准下才取得从事关键性工作的资格。我完全同意沙利文先生的话,你肯定是彻头彻尾地疯了。"

"因此,"沙利文说,"我要求你也请个假,最好是无限期的。现在开完会了吧? 很好。我还有其他事情要办。"

记录以晕头转向

我他妈的很清楚我是保罗·托马斯·弗里曼,三十九岁,一名政府雇员,拥有控制论、心理学以及政治科学的学者头衔,同时还有数据处理的硕士学位。我同样清楚,如果我小时候没有像哈福林格那样被招进塔诺威,我很可能已经成为卑鄙的罪犯,干着走私、贩毒或者运营非法德尔斐赌池的勾当。或许我没有自己以为的那么聪明,或许我早就死了。

而我也知道,在某些东西的出色操纵下,我已经退到了一个角落。我牺牲了人生现今为止所获得的一切,只因为一时的冲动。我抛弃了我的职业,还极有可能陷入了叛国罪的泥潭……而我对此的解释,不过是我更喜欢哈福林格,而不是哈尔茨以及他背后的那群混蛋。我把自己逼到角落了吗? 更像是跳进了深不可测的黑洞! 所以,我他妈的为什么感觉如此开心?

支　点

在他解释完自己是如何策划了两人的逃跑计划之后,凯特怀疑地问道:"这就是全部了?"

"倒不是。我还拨打了十个9。"

"啊。我该猜到的。"

关乎歇斯底里的记录之事

当短命的阿连德政府①在智利当政时,为了平衡这个不幸的国家岌岌可危的经济,阿连德求助于英国控制论专家斯塔福德·比尔②。

比尔表示,只需在一些关键地点装备合格的通信设备,每日报告十个有效数字,就能观察调整国家的经济状况。

从之后发生的一系列事情来看,比尔的言论激怒了不少的人。至于到底有多少,大概和那些说人类的基因组只有四个基本组成部分的新闻所激怒的人数相当。

---

① 此处指的是1970年被选上台的智利总统萨尔瓦多·吉列尔莫·阿连德·戈森斯(1908-1973)。阿连德毕业于智利大学医学系,大学时就热衷于参加以及领导学生运动。1933年,阿连德获得医学博士学位,同年创建智利社会党。1970年大选阿连德被选为智利总统,是拉丁美洲第一位通过公开选举上台的马克思主义者。1973年,军人集团发动政变,阿连德在发表演说宣布绝不投降的立场后,用步枪自杀身亡。

② 斯塔福德·比尔(1926-2002):出生时名字是安东尼·斯塔福德·比尔,是一名英国的理论家,咨询顾问,以及曼彻斯特商学院的教授,以运筹学以及管理控制论方面的研究享誉世界。

就像他们说的：不是触底反弹，就是粉身碎骨

　　住在密歇根安阿伯的研究心理学家佐伊·西德罗普洛斯迎来了要短住一周的客人。佐伊是催眠方面的专家，还写过一篇有关回退效应的著名研究报告。在报告中，佐伊声称在时机合适的情况下，回退效应能恢复意识清醒的时候丧失的记忆，而这一过程无须残忍的物理协助，比如在实验对象的大脑中植入电极等等。

　　在接待客人的一周之中，她的电脑终端经历了比平时更高强度的工作——起码，电脑终端是这么认为的。

　　等到他可以暂时不用西德罗普洛斯医生的终端（极其高效的新款）时，凯特给他端来了煎蛋饼，以及附近超市里能买到的啤酒替代品。

　　“趁热吃了。”她命令道，“然后告诉我一切。每个细节都给我解释清楚。”

　　“我很高兴你这么说。我们有很多时间要打发。我需要对卡纳维拉尔——还有其他那些地方——的一些线路进行扰频处理，程度要比你翻这些蛋饼还彻底。而我很清楚，我只能让电脑去做那些它们被特别禁止的事。不过没什么可担心的，在他们搭建防御措施时，根本没想到会有我这样的人。”

　　他开始消灭蛋饼。对饥肠辘辘的他来说，十几口就解决了。

　　“可我确实很担心。”凯特喃喃道，“你确定保罗·弗里曼信得过吗？”

　　他把空盘子放在一边，“还记得在听天由命镇的时候，因为

我不相信任何和我站在一边的人,你是怎么斥责我的吗?"

"有道理,但我想听你回答我的问题。"

"我确定。那是个诚实的人,而且,他最终搞清楚了现代世界的邪恶之源。"

"那你对邪恶的定义是什么?"

"一个我已经知道你会同意的说法,因为我们曾经谈过抗创伤公司。如果世间真的存在'绝对的恶',那它肯定是在把人当成物品一样对待的过程中产生的。"

她干巴巴地回答:"我无法反驳。"

家住科罗拉多州博尔德,任职于经济与工商管理学院的乔阿奇姆·闫特教授,接待了来家中短住几日的客人。这几天之中,有充分的记录显示他不同寻常地,高强度使用了自己的家庭电脑终端。

"凯特,当你喜欢上某个人时,你会加快脚步还是慢下来?"

"我会怎么——? 啊,明白了。我想是慢下来。我的意思是,在那段时间,我会为了两个人更好地交流而慢慢说话。"

"为了交流,有时候也得说得更快吧?"

"说实话,你是唯一一个让我反其道而行的人,呃……桑迪? 妈的,你叫什么? 我才发现我还不知道你的名字。"

"随你。如果你愿意,可以继续叫我桑迪。或者你可以叫我出生时的名字:尼古拉斯,尼基,尼克……我无所谓。我是我自己,不是个标签。"

她撅起嘴给了他一个吻,"我也无所谓你叫什么。我所知的,只是我很高兴我们终于慢了下来,以同一步速前进。"

在这个漫长的周末,家住威斯康星麦迪逊的法学院院长普鲁登斯·麦克考特涅接待了两位短住的客人。同样,在这段时间内,有记录显示她家电脑终端的使用频率要高于往常。

天气变得非常寒冷,冬天确实来了。

"没错,减慢到同一步速是每个人都需要做的事。在这过程之中,有不少能量消耗。事实上,很大一部分人踩下的刹车都会熔毁。但如果不这样,等待他们的就是直接干脆的车毁人亡。"

"为什么?"

"因为其他人和你不一样。"

"听起来真是个单调的世界!"

"我是说,他们不像你这样,快慢都能应付自如。"

"但是……"她咬住了自己的嘴唇,"有些人可以,有些人不行,这是事实。惩罚那些做不到的人是残酷的,但是为了他们而阻碍那些做得到的人,又——"

他插嘴道:"现在我们的社会从两边看都是残酷的。它确实会惩罚那些无法应对的人。我们购买自己的3V电话,自己的数据网络,自己的小行星矿石,还有很多很多其他东西。而我们的花费,则来自那些已经死去或者住进精神病院的人。"他的脸色暗了下来,"同时,这个社会也阻碍着那些有能力应对的人,我就是一个例子。"

"这有点难以想象,毕竟我知道你有多大本事,而且你现在正全力以赴。"

"但我已经被阻碍了,妈的。之前,我不知道自己到底能做到什么程度,但我看到了你被剃光头发,毫无生气地躺在那里。

你就像一个注定会被解剖然后抛弃的实验室样品,死后除了统计表上的一个条目,什么遗物都不会留下。我所看到的这一切将我逼入了——我猜你会说这是精神过载。"

"那是什么样的?"

"就像性高潮一般难以解释。"

切斯·里士满·德灵格博士家住路易斯安那州申里夫波特,是一位与城市签订合同的公共健康分析师。这一周,他接待了来家短住的客人。在这段时间,他一反常态地频繁使用家中的电脑终端。当然,在南方,天气还是温暖宜人的,但今年下了很多雨。

"所以我必须找到一条出路——不单单是为了你或者我,也是为了每个人。我一瞬间就在自己体内寻找到了新的欲望,这种欲望就跟饥饿、恐惧和性爱一样不可或缺。我想起我和保罗·弗里曼进行的一场争论……"

"嗯?"

"争论的核心点是,如果要在一个人类身上看见动物面对尖牙巨掌时的反应,那一定是氢弹落在我们头顶的时候。"

"不光是尖牙巨掌,动物在面对内心认定的主宰者时,也会有这种反应。就像在我放学回家时,巴格希拉会像一只猫一样在我面前打滚。我真的希望他们能照顾好它。"

"我们得到过保证。"

"是的,但是……无所谓了,我不是有意要转移话题的。"

"其实我和他的意见是相左的。但是他说:就我们所知而言,事情确实如此——这又是无可辩驳的。难道求生的门槛真的这么高,以至于需要完全毁灭人类才能激发出我们示弱妥协的一面吗? 会不会还存在更高级的激发方式,不用威胁到生命,也不用复制我们的四足伙伴的遭遇?"

在自己位于北德克萨斯的农场里,政治历史学家拉什·康普顿和他的妻子涅莉丝(她比他小几岁,偶尔会以市场研究咨询师的身份工作)热情款待了一对来此短住的客人。在这段时间,他们家电脑终端的使用强度非常可观。天气清新而晴朗,偶尔会刮来一阵急促的北风。

"等等。求生门槛可能会高到危险的地步,想想人口吧。"

"确实,我提到了人口数量的问题。没有固定的生育季是人类爬到食物链顶层的原因之一。这使得我们爆炸式增长,等到人口数量达到某个特定量级之后,限制措施就会介入:男性的利比多被削弱,或者授精出现困难;女性的排卵则变得不再规律,有时甚至完全不排卵。但早在走到这一步之前,我们就会发现,与同自己一样的人类一同生存是多么难受,于是我们斥诸战争或是小团体冲突,要么送命,要么杀掉别人。"

"所以,我们的进化优势已经不知不觉变成了一个障碍。"

"凯特,我爱你。"

"我知道,我很高兴。"

在位于马萨诸塞州与世隔绝的家里,已经退了休的法官维吉尔·霍洛维茨和他的女管家爱丽丝·布朗森(她是个寡妇)热情接待了来家短住的客人。自霍洛维茨退休以来,他第一次使用了家里的电脑终端。一阵风刮去了他家周围树木醉人的红金色树叶,到了晚上,霜冻又让落叶在脚下咔嚓作响。

"就算有了这个领悟又如何? 在这之前,我们也有过其他领悟:社会理论家、历史学家、政客还有牧师,每个人都提出过自己的见解,可我们的处境依然一团糟。这种'为了激发某个物种的生存反射,就把整个星球变成疯人院'的想法——不行,门儿都没有。要是在你规划的某个早期阶段,遇到十亿人集体发疯的情况怎么办?"

"那是我们能期望的最好的事——如果到时候塔诺威还存在的话,那确实是最好的事。"

"你在开玩笑吗?"

"啊,可能不会到十亿人这么夸张,差不多是北美一半的人口。几亿人就已经足够了,对不对?"

"会怎么走到这一步呢?"

"至少从理论上说,其中一个动力就在于我们不同于其他动物的特征——能选择是否屈从于根深蒂固的冲动。我们的社会历史,就是一次次以有意识的道德行为,来替代单纯的本能的故事,对不对? 另一方面,没几个人愿意承认自己的行为受到了原始冲动的影响——不是直接的影响,因为我们还算不上野蛮。但间接影响是存在的,因为社会本身就是我们先天的内在倾向发展出来的结果。"

他苦笑一声,补充道:"在那些已经发生的事情中,我最后悔的一件,就是没有好好享受和保罗·弗里曼的辩论。我们之间的共同点很多……但是我不敢。不管怎样,我必须撼动他的世界观,不然就算哈尔茨推了他一把,他也永远不会摔倒。"

"别再岔开话题了,行吗?"

"抱歉。我们刚才说到什么了？啊对,在塔诺威,他们想推迟人类自然反射占据主导的那一刻,这是错误的。弗里曼自己就提到了人格冲击最好的治疗方式,既用不到药物,也用不到任何其他正规治疗:只需放患者去做自己想做却一直没做成的事情就行了。然而,哪怕眼前就有这样的证据,他们依然努力把那些对我们的真实需求最为敏感的人聚在一起,与世界分隔开来。他们应该做的,其实是放任这类人施展自己的天赋。这样,当那不可避免的一天到来时,自然反射就会服务于我们的利益,而非造成阻碍。"

"我回想起《灾难镇》上的一篇论文,我想应该是第六篇。将赋予他们社会地位的物质全部剥去,很多位高权重的人立即就变成了哭哭啼啼毫无用处的寄生虫。领导权于是传到了那些头脑更加灵活的人手里——不单单是尚未僵化的孩子,还有之前被称为不实际、梦想家,甚至是失败者的成年人手上。这两类人所拥有的一个共同点,就是天马行空的想象力,不论这是出于年轻气盛,还是童心不灭。这让他们有了太多的可能性,以至于无法满足于某个单一的行为。"

"我很了解这种感觉。而对于我们现在的社会而言,注入一剂想象力岂不大有裨益？要我说,残酷现实这味药我们已经吃得过量了。一点点幻想正可以用作解毒剂。"

在靠近俄亥俄州辛辛那提的家中,剧作家海尔格·索尔格林姆·汤涅斯以及她的建筑师丈夫奈杰尔·汤涅斯迎来了短住的客人,并且因为相当可观的数据网租赁时间而欠了费。当地有些许降雪,但仍未达到计入统计数据的地步。

"要是我从来没遇到过塔诺威的人，我不知道我还会不会相信你。如果以他们的标准……"

"相信我，他们的错误很典型。塔诺威人已经被系统性地引导到了另一个方向，使得他们无法理解对人类来说最重要的那个真理。这就像你打算在这片大陆上寻找最善良、最大方、最善解人意的人，随后花费几年时间劝服他们：因为这些态度都太稀有了，你们一定是不正常的，需要接受治疗。"

"什么是最重要的真理？"

"你说呢？你自己很清楚，你正在它的引导下生活。"

"和我一开始就对你感兴趣的理由有关吗？我注意到你努力想要遵从一个陈旧的模式。在当时看来，这对你的才华简直是可怕的浪费。"

"这就对了。在对弗里曼的诸多指责中，有一条我不会收回：我指责他研究分析的不是人类，而是人类预定模型的近似物。他决定放弃这一点我真的很高兴。这可是个坏习惯！"

"那我知道你在说什么了，真理就是不确定原则。"

"当然。这就是邪恶的对立面，也是'自由意志'这句老话的全部意义。你见过'新式墨守成规'这个说法吗？"

"见过。这个说法令人恐惧。我们身处一个机会空前丰富的时代，我们能四处旅行，接收到的信息变多了，充实自己的机会也多了。为什么人们还喜欢把自己弄得和他人毫无区别？接入式生活方式让我反胃。"

"但这一概念坚不可摧，大部分人出于恐惧，不得不承认这是在这个混乱的世界上跟上步伐的最佳办法。就像是'其他每个人都这么说了，我又是谁，还敢去争辩？'"

"我就是我。"

"梵我一如①。"

在这个过程所需的六个星期里，拥有电脑终端的家庭之中，大约有百分之十三突然提高了使用电脑的频率，超出正负十个百分点的正常变量。这个波动只比去年同期数据上涨了不到一个百分点，可以归咎于开学季影响。

先　兆

"喂，这些赌率……它们翻倍的速度快得有点不正常吧?"

"你联系不上他是什么意思? 他可是五星特权人士——他的电话不可能断线了。再试一次。"

"上帝啊，你看看我们现在都什么德行了，二选一他们都无法统一做一个决定吗?"

"在周末收到这个有些滑稽，但是……啊，我可不会因为新的待选名单如此之长而抱怨。以前我们总被告知要去哪里，毫无选择的余地;现在我们能做出些改变了，不是吗?"

"但是——但是沙利文先生! 你确实授权了这件事! 不论如何，上面附着你的代码!"

---

① 出自《歌者奥义书》，意为作为世界一切现象之根源的"梵"与作为个体之"自我"是完全，或在部分上，一致一体的，本质上是统一的。

本垒打

"这感觉太奇怪了。"出租车拐弯驶进她家所在的街道时，凯特这样说道。她的眼前闪现着一个又一个熟悉的细节。

"我并不感到惊讶。毫无疑问，我也曾经重返故里，但从来不是为了扮演回自己之前的角色……当然，这次也不例外。有什么反对意见么?"

"保留意见可能有一些。"凯特心烦意乱地打了个手势，"在这么短的时间内扮演了这么多人，我已经不记得自己都用过哪些名字了:卡门、维奥莱特、克丽茜……"

"我特别喜欢你是莉莉丝的时候。"

她对他做了个鬼脸，"我没开玩笑! 我知道，如果世界上有一个地方肯定有人认得我，那就是这里，哪怕我们已经确保警察把监视岗都撤了……我猜我还没准备好吧。"

"我也没有。如果可以，我会逃得更远，藏得更深。但他们——那些监控着联邦公司的人——不是傻子。我已经确定，他们对将要降临在自己头上的东西有了模糊的概念。在他们做出反应之前，我们不得不调动自己最后的资源。你在堪萨斯城这儿仍然是个焦点人物[1]。而且，依她的神情和语气来看，伊娜正急切地想用一个分量沉重的'大地-深空'代码，把我们和灾难隔离开来。"

"这话没错，你的逻辑无懈可击。不过——"

---

[1] 原文为法语 cause célèbre，原意为"引起公众广泛争辩和相对立场的事件"，诸如1894年法国的德雷福斯事件。

"你没必要抓着逻辑不放。你有智慧,而智慧足以超越逻辑。所以不必纠结于过去你的选择貌似都符合逻辑。"

"我想说的是,如果没有巴格希拉跑来蹭我的脚踝,我会很不习惯的。"

整间公寓都被专业人士搜查过了。虽然落满灰尘,但除此之外并无变化。凯特捡起那把"费希尔"摁门铃时自己在用的涂刷,对它干硬的刷毛露出一个苦笑。

"丢了什么吗?"他问道,而她快速地检查了一遍房间。

"没什么。一些信件不见了,我记录地址和代码的本子没了……都是没了也无所谓的东西。大部分内容我依然记得。但是,"她皱了皱鼻子,"在你恢复能源供应之前,有段时间这里没有电,对不对?"

"当然,从你被绑架那天起就没有了。"

"要是那样的话,我一打开冰箱门,这里就不适宜居住了。我清楚地记得我在冰箱里放了两打备用鸡蛋。来吧,我们有不少垃圾要处理。今晚这里会举行一场派对。"

"派对?"

"自然了。你从来没听说过怀疑主义者吗?另外,学生是一群很爱八卦的人。你所做的事情,明天的这个时候就会传遍数据网的每一条线路。而我也希望这件事会在人们的日常谈话中出现。"

"但你他妈的很清楚,我写进程序的东西会引发一场记者会的——"

"等到你戳破所有事的那天,"她打断道,"尼克,桑迪——管他妈的,亲爱的——你的计划可能早就像雪崩一样把我们埋进坟墓了。如果这事会像你所设想的那样能够重创他们，我们根本不可能始终置身于安全区内看热闹。”

他对此考虑了很长一段时间。回答的时候，声音有些颤抖：

“我知道。我只是还没来得及好好审视这个问题。行，把打扫的事情交给我，你去打电话联系所有你能联系到的人。啊，最好也叫伊娜来帮帮我们，叫她从‘大地-深空’带些朋友过来。”

“这一点我已经想到了。”她一边冷静地说，一边敲下了自己母亲的代码。

蠕虫的孵化

在前往朋友家赴晚宴之前，佐伊·西德罗普洛斯博士在自家的电脑终端前盘桓了片刻。这点时间足够她激活一个指向大陆数据网的链接，并将一系列三位数据敲入终端了。完成这一切之后，她向自己的车走去。

从一个晚间研讨会回来之后，乔阿奇姆·闫特教授记起今天是什么日子，随后在自己的电脑终端上输入了三位数字。

普鲁登斯·麦克考特涅院长因为感冒而卧床休息。每个冬天，她都会成为感冒的牺牲品。然而，在她七室的豪宅里，一共装有五台3V电话，其中一台就在她的床头。

切斯·里士满·德灵格博士在实验室里处理一起突发状况：一批进口的蘑菇菌种有些异样，可能被某种突变品种感染了。而当他离开实验室小歇五分钟后，返回路上，他在一台远程电脑前停住了脚步，将三位数字输入了网络。

涅莉丝·康普顿拨错了一个电话，随后口若悬河地咒骂起来。她和拉什今晚请朋友来家里喝酒。

维吉尔·霍洛维茨法官心脏病发作。以他这个年纪，这也不算完全出乎意料。况且，这病之前已经发作过两次了。在从医院回家的路上，他的女管家记起来一件事：她启动了电脑终端，敲入了三位数字。

在派对上和朋友玩耍时，海尔格·汤涅斯还有奈杰尔·汤涅斯用电脑终端展示了几个把戏。其中一个在输入三位数字后失败了，剩下的都大获成功。

不论发生什么，一个编写完整的紧急支援程序都处于待命状态，这个程序完全可以自主完成所有任务。但是，"聆听援助"自建立以来遇到的很多事情都证明，某些关键数据最好保存在数据网络之外。

东海岸时间23点左右，蠕虫只待受精，便可以产下前所未有的卵了。

派对队伍

"我真该死！保罗！啊，看见你真是太好了。快进来。"

弗里曼害羞地眨了眨眼，走进屋子。客人的到来让凯特的公寓充满生气。大部分都是穿着光鲜的年轻人，但之间也混杂了一些来自"大地-深空"以及密苏里-堪萨斯城大学的穿着朴素的人。一个便携式科莱播放器被安置在房间里。有三个人先是小心翼翼地跟着一段简单的传统布鲁斯和弦舞动，随后一起跳出了一系列变奏。不过,他们仍然在摸索音色。

"你怎么知道我们在这儿?而且,你在堪萨斯城做什么?我以为你去险境镇了。"

"那是说着玩的。"弗里曼露出一个笑容,此时的他看起来像个大男孩,仿佛脱下那套正规工作装的同时,也年轻了二十岁,"等你了解了那地方之后,就会发现那里挺大的……事实上,几星期之前我就意识到你迟早会回来。我问自己,最不可能找到你的地方是哪儿?然后——呃——赌了一把最先进入脑海的地点。"

"我谨慎地随机选择的路线,在另一个人眼中竟是如此有迹可循,想到这一点真让人惊悚。啊,走过来的是凯特。"

弗里曼的身体仿佛准备挨揍一般僵硬起来。但凯特只是热情地和他打了个招呼,问他想喝什么,随后就去拿啤酒了。

"那是不是她母亲?"望了一圈房间里视线可及的地方之后,弗里曼喃喃道,"那边穿红绿相间衣服的?"

"没错。你见过她了,对吧?还有正和她说话的那个男人。"

"里科·波斯塔,是这个名字吧?"

"没错。"

"嗯……所以现在到底是怎么回事?"

"我们前段时间经历了不小的震荡。理所应当的,因为凯特回来了,以及她确如学生们所传,是被政府探员绑架的。这两条新闻一旦传出去,学生们一定会去占领校园的。经过各种争论之后,我们暗示这样下去只会陷入可怕的互相指责,将事情拖入僵局。这便是我们现在讨论的内容。过来一起聊聊吧。"

"互相指责……比如说——"

"嗯,我们会从将塔诺威撤下网络开始。"

弗里曼步子刚迈出一半就僵在原地。一个漂亮的女孩撞上了他,将半杯饮料洒在了弗里曼身上。随后是一连串的道歉,再然后,是弗里曼的大叫:"你说什么?"

"显然,这是第一步。在媒体曝光塔诺威和克雷迪顿山的预算之后,全面的国会调查就会展开。而对其他地方的行动也在筹备中。维乔皮将会是最后一个目标,因为它是最难被攻破的。自然,伴随着财政状况的公开,米兰达和继她之后试验品的照片也都会被放出来,还有被用于实验的小孩的死亡率,等等。"

"那人有点像保罗·弗里曼!"伊娜站起身,警惕地叫道。

"确实,就是他。而且现在还是晕乎乎的,他还没搞清楚我们的计划。"

凯特拿着弗里曼要的啤酒回来了。她把酒递给了弗里曼,坐在伊娜刚才的椅子扶手上。里科·波斯塔站在她身边。

"摸不着头脑。"弗里曼顿了顿,重复了一遍这个字眼,"是的,我有些迷惑。先攻击塔诺威的目的何在?"

"以造成一次情感上的雪崩。我猜,像你这样的人,刚脱离出崇尚理性的圈子,会质疑它的合理性。但这正是我们所需要的,并且,塔诺威的各种记录只是诱发雪崩的一条捷径。有很多事情会惹人生气,但政治受贿以及故意虐待儿童这类,是最容易点燃人们怒火的:前者是有意识的防线,后者是潜意识的防线。"

"啊,两者都是有关潜意识的。"伊娜说,"里科和我都有同样的噩梦:在梦里,我们发现有人窃取了自己的信用账户,通过网路窃取了我为之奋斗一生的成果,而我却束手无策,甚至找不出能为此负责的人。"她转过头来,正视着女儿,"此外……凯特,我以前从不敢告诉你这些,但是在我怀你的时候,我非常害怕你——呃——可能不能正常出生,我——"

"几年之后你过载了,在那之后,你就像着了魔一样担心我;在我长大之后,你依然放不下心来,因为我不是个循规蹈矩的人。而且,我还相貌平平。可那又如何? 我聪明,我能灵活应对事情。我对于任何母亲来说都是个福分。你问尼克就知道了。"凯特顽皮地笑着补充道。

弗里曼环视了一圈,道:"尼克? 你从对尼克、老尼克、圣尼古拉以及其他种种类似名字的偏见之中恢复过来了?"

"除了是窃贼的主保圣人之外,圣尼古拉①还享有复活了三个被杀孩子的荣誉。这是一种公平的人类妥协。"

"你变了。"弗里曼严肃地说道,"在很多方面,而且……结果令人印象深刻。"

"这在很大程度上应该归功于你。如果我没有偏离自己既定的人生轨迹——你知道,这也是我们所有人的通病:在我们理应四处漫步以寻找更好的道路时,我们却烦恼于如何继续沿着老路向前。我们的社会正以自由落体的姿态俯冲向天知道什么地方,而随之而来的结果便是,我们在人格认知方面,集体患上了骨内钙质渐退症。"

"走得更快的办法便是放慢脚步。"凯特信心满满地说道。

弗里曼的眉头皱得仿佛车辙,"是,或许是这样的。但是这个'更好的'行动方向,我们如何选择呢?"

"我们不必选择。这是程序设定好了的。"

"这怎么可能是真的?"

------

①巴里的圣尼古拉,是保佑窃贼和复活三个儿童的传说。

里科·波斯塔以不太友好的语气开了口："我也不信,起码一开始的时候不相信。现在,我不得不信了。我看到过证据。"他气冲冲地喝了一口酒,"妈的,说起来我是负责长期合作规划的副主席,而我根本不知道'大地-深空'社会外推法统计程序是自动归入塔诺威所进行的诸多联邦研究的! 这听起来是不是很疯狂? 那个运作系统是我前任的前任建立的,而他怒而离职后,并没提醒他的继任者这方面的事情。尼克不费吹灰之力就发现了它,随后带着我游览了那个我从未见过的网络世界。"

他用颤抖的手指着,愤怒地总结道:"就用那台该死的3V电话! 我觉得恶心,单纯的恶心。如果'大地-深空'的副总都不知道他的3V电话在自己鼻子底下搞些什么名堂,普通人又有怎么可能呢?"

"我希望自己当时也在。"一阵停顿之后,弗里曼说道,"那些克雷迪顿山的研究有什么说法?"

"啊……"波斯塔深吸了一口气,"笼统点讲是这样的,保持领先需要高昂的成本——这个领先是指经济及声望等方面——这个成本已经逐渐超出了我们的承受范围。这种情况类似于运动员的'第二次呼吸①',这个过程会对肌肉组织产生消耗。你不可能始终保持这一状态。而这个领先的成本,我们所消耗的是那些本对我们有用的人,如果没有这么大压力,这些人本该成为社会上真正的栋梁之材——但现实情况是,他们要么成了罪犯,要么自杀,或者发了疯。"

弗里曼慢慢说道:"我也曾考虑过类似的问题,我这个人很

---

① 原文为second wind,多出现于长距离跑步过程之中的一种现象,指的是本来疲惫不堪的运动员,忽然之间重新有了力量,不必费力也能达到最佳状态。

容易被琐碎的日常生活所毒害。而我也不能以你的方式看待这个世界,不是吗? 我之所以没有锒铛入狱,也没有英年早逝,就这点而言,我对那些把我招入维乔皮的人心存感激。"

"除非每年将数百万的公共财政挥霍在他身上,否则一个天才能找到的最适合自己的职业只有犯罪。如此社会,你敢说它正在前进发展吗?"

尼克等待着有人回答这个问题。鸦雀无声。

他们身边的人们将派对推向了高潮。合着科莱舞动的人已经掌握了乐曲的诀窍。他们的人数比刚才多了三倍,但除了偶尔出现的尖锐声响外,并没有破坏乐曲的和谐。他们的和弦已经演变成了三十二小节的全AABA型。调子还遵循着最开始的布鲁斯,但其中有个敢于冒险的女孩正尝试将音调改为降调。不幸的是,与此同时有个人在试着将曲速加快三倍。于是呈现出的效果就……很有趣。

弗里曼看着舞蹈,无助地说道:"啊,我同意不同意,又有什么分别呢? 我把U组代码给了你们。我他妈很清楚,这无异于把氢弹交到了你们手上,但我还是这么做了。我只希望自己能相信你们所做的一切。你们听起来就像经济学家一样——不,更糟,像是虚无主义者,正筹划着让神庙在我们身边倒坍。"

"我们行动的名字可不是哪个激进分子能想出来的。"

"它还有个名字?"

"当然。"凯特坚定地说道,"评估过程令人痛苦。"

尼克点了点头,"在我待在塔诺威的那段日子里,我必须寻找智慧这一想法像鼓声一样在我的脑中轰鸣。承认自己已经迷失方向,便是智慧的开端。"

随着科莱音乐舞动的人群在不和谐的乐音与笑声中散开了。在他们四散去寻找饮品时,仍在相互夸奖着彼此的全情投入。一个毛躁爱秀的年轻人迫不及待跳起身,在看不见的光束中变戏法般奏出几个抓耳的音符。只是,在刚才九人的繁复舞蹈之后,这首乐曲虽然技法超群,却依然显得单薄无趣。

"我同意。"弗里曼最后说道,他的脸因为汗水而闪着光,"我想我们现在该握紧扶牢,等待海啸的到来。"

枪支与装甲之间的竞争

进化树上,上一季的花谢了;而最漂亮的花,往往都无法繁育后代。

当三角龙炫耀着自己的三个尖角时,当梁龙挥动自己优美的尾巴时,某种无名之物正在窃走它们的明天。

你夜间存储邮件的线路上能找到的一则惊人信息

寄自:塔诺威生物实验室

索引:K3/E2/100715P

主题:体外基因改造(第38号项目)

性质:受控环境下配子结合的杂交

手术人:杰森·B.萨维尔医生,毛德·克洛瑟医生

主管生物学家:菲比·R.维珀博士

母亲:无名志愿者,任职于伦敦政府办公室(周薪为八百美元,一年期合同工)

父亲:员工志愿者,来自沃尔夫斯堡交通有限公司(周薪一千美元,长期合同)

胚胎:女性

妊娠时间:比正常时间少十一天

存活时间:大约六十七小时

描述:典型的G0以及G9类缺陷,也即独眼、腭裂、囟门未闭①、消化系统发育不全、肛门阴道粘连、骨盆畸形以及所有脚趾都未生长出来。参照第六号项目。

结论:程序性诱导杂交仅在采用第17K号解决方案模板时取得了部分成功。

建议:重复试验,但尝试着对晶状基质模板进行分层(已掌握)或尝试使用凝胶形式(已掌握)。

遗体处理:已授权(JBS公司②已签署处理合同)

在你的资产评级单上能找到的一则惊人信息

对电脑中的记录进行的调查显示,你名下超过半数的资产均来自非法业务,有关细节已经抄送美国司法部长。鉴于你将面临刑事诉讼,你的可用资产将被限制在联邦援助规范内,即每

---

① 幼儿颅骨发育不全。

② 世界上最大的肉类公司,总部位于巴西圣保罗。

天二十八点五美元。

贫困状况调查委员会认为该款项并不足以支撑你的日常饮食需求；但有关将你的可用资产提高至每天六十七点五美元的提案仍需总统批示，方可施行。

这是来自公共服务的控制论数据。

下周一你会在桌子上看到的一则惊人信息

致马默杜克·史密斯金属制品公司的全体员工：

由委员会批准，即由"大地-深空"有限公司帮助贵公司建造并发射一个轨道工厂之事宜，已经得到了确认（该项目不可撤销）。该事宜的批准，是出于我公司的首席会计J.J.西美尔怀斯已做出警告，称我公司正处于破产的边缘。

在确定贵公司与"大地-深空"的合同生效的董事会上，所有管理层职员都按现时通胀后的价格，得到同等于他们持股份额的额外补偿，以供他们在下月底公司资产清算到来前使用。

这是一条未经授权的控制论通知。

在化妆品包裹上会找到的一则惊人信息

这个产品包含有一种已知的过敏源和一种已知的致癌物。生产商已经花费了超过六十五万美元用作庭外和解，以防止之前的客户对他们提出诉讼。这是一条未经生产商知晓和同意的情况下,印刷在包装纸上的控制论数据。

在诚于优质牌炖牛肉包装上会找到的一则惊人信息

虽然广告上宣称所用牛肉均出自本国家养肉牛,但事实上,这款炖牛肉中百分之十五至百分之三十的牛肉源自斑疹伤寒、布氏杆菌和旋毛虫病泛滥的地区。得以授权贴上"内容物均取自国内家养牛种"这一标签,是因为该公司花费大约二十一点五万美元,用以贿赂海关和公共健康检查员。这是取自一本不会向外界公开的记录中的一条控制论数据。

在每月自动借记提醒上会找到的一则惊人信息

给"抗创伤"公司各位客户的建议:

使用该公司方法进行治疗的头一百位青少年,如今距离其疗程结束至少过去了三年。对他们现今的状况进行调查后发现:

66人在服用处方类精神药品

62人在教育方面的表现低于平均水平

59人最近反馈说自己做噩梦以及产生幻觉

43人至少被捕过一次

37人至少离家出走过一次

19人在监狱服刑，或者处于全天候监管令的约束之下

15人曾犯过暴力罪行

15人曾犯过盗窃罪

13人曾犯过纵火罪

8人至少被关进精神病院一次

6人已经死亡

5人曾导致家长、近亲或是监护人受伤

2人谋杀了自己的兄弟姐妹

1人因猥亵三岁幼女，正等待法院判决

以上统计总数加起来并非100，因为大多数人同时符合多个条目。这是一条符合公共利益的控制论通知。

在你的过期税款核定上会找到的一则惊人消息

为使需要缴纳该项税款的人了解相关信息，现将上一年的联邦预算分析结果罗列如下：

在你所缴纳的税款中——

17%被浪费在毫无收益的项目上

13%用于政治宣传、贿赂以及回扣

11%用于和某些公司签订的联邦合同上。这些公司a)是犯

罪活动的伪装,以及/或者 b)是由触犯联邦法而被起诉的人部分或全部占有,以及/或者 c)对健康或是环境有害。如果想获取更全面的信息,请将该表格左上角的代码敲入任意一台 3V 电话。详细介绍大约五十七分钟,将出现在屏幕上。

这是一条未经财政部授权而附在核定上的控制论数据。

在3V电话上会听见的一则惊人消息

"不,沙利文先生,我们没办法阻止它!从来没有哪条蠕虫像它一样,既顽强又狡猾!它能自己成长,您不明白吗?它的大小已经超过了一百万比特,而且它还在长。它与噬菌体恰好相反:不论它吞食了什么,它并没有将其抹除消化,反而是吸收进了自己的身体里……是的,先生!我很清楚这种规模的蠕虫从理论上说是不可能的!但事实就摆在我们眼前,他做到了,而且现在很他妈的显而易见,我们没办法杀死这条蠕虫。除非毁掉整个数据网!"

脑力竞争的产物(经过计算)

第一名将落入最后,垫底者将跃成第一。

处在悬崖边缘的整个大陆

由尼克的程序自动召开的记者会将在密苏里-堪萨斯城大学最大的礼堂内举行。这座礼堂很早就被学生怀着欣喜的心情占领了，而学校管理层则谨慎地拒绝了州长的干预请求。负责培养米兰达以及与其类似的孩子的工作人员中，有两位是来自学校相关院系的在职人员。今天之前，他们明智地花了不少钱用于加固自家的大门和铁窗。学生对那些残疾儿童的事情表现出了强烈的愤怒。

除此之外，在超过一代人的时间里，公众的态度头一次和学生们取得了一致。

这令人满意：哪怕这一点并未弥补社会的裂痕，但起码也将分裂引导向了一个健康的方向。

礼堂里挤满了人——不，该说是水泄不通。要是现代科技还未能将3V相机和录音设备，缩小到五十年前的工程师会高呼"不可能"的大小的话，赶来的那些迷惑不解却尽职尽责、一心想着要报道一则确定无疑的轰动性消息（不管他妈到底是个什么消息）的记者们，将没办法往自己的磁带上录哪怕一个字。事实上，那样他们将不得不动用长杆、遥控航拍机以及手头最长的麦克风还有焦距最长的相机，因为他们根本没办法靠近演讲台。再加上还爆发了有关先来后到的一场口角，原定于正午开始的记者会还向后推迟了好一会儿时间。

不过在波折之后，凯特终于出现在了演讲台上。人们站起身鼓掌以示欢迎，经久不息的掌声仿佛不会停止。她花了很长一段时间才让会场安静下来,而这时,将猫放入鸽群中①的男人出现了。如所有人的期待一般,人群安静下来。

"我叫尼古拉斯·哈福林格。"他的声音洪亮清晰,即便不用麦克风,礼堂的每个角落也都能听得一清二楚,"你们一定在想,我为什么把你们叫过来。原因很简单:我把你们叫过来,是要回答你们的所有疑问——我说的是,所有疑问。这是我们这个时代最棒的新闻了。就在今天,不论你们想知道什么,只要数据网上有相关数据,你们现在就能得到回答。换句话说,再也没有秘密瞒着你们了。"

这番话的冲击力是如此之大,以至于台下的听众全都愣愣地僵在原地。过了好几秒钟,才有一个靠近前排的女记者羞怯地问出了问题。她是早到的幸运儿之一。

"我是W3BC区的萝丝·乔丹!说说那个传遍网络的故事,那个把我们吸引过来的诱饵如何?什么'大地-深空'将要起诉数据处理局的官员,指控他们绑架了自己的一名员工以及他的什么女友?"

"那个女友是我,而且这个故事百分百是真的。"凯特说,"如果你想知道细节的话,你大可不必来这儿。随便一台3V电话就足够了。"

"换作昨天,你只有来到此处才能知晓细节。"尼克大声说道,"如果说数据处理局把一件事推到了艺术的高度,那便是为了阻止公众挖掘政府幕后肮脏的真相……没错吧?"

一阵表示同意的骚动:主要是学生在发声,但也有几个记者

①原文为putter-of-cats-among-pigeons,此处对应英语中的习语put cats among pigeons(将猫放入鸽群),意为"掀起轩然大波;造成混乱"。

参与其中。这些记者看起来是如此阴郁，让人不禁怀疑他们是不是遇到了什么麻烦。

"嗯，这个问题算是结束了。从现在开始，只要你问，你就会得到答案。"

"喂！"萝丝·乔丹身边的男人用怀疑的语气问道，"自昨天开始，各种奇怪的东西就传遍了电波。比如说，那些人付钱给一些女人，叫她们生下些注定残疾的孩子。你的意思是，这些都是真的？"

"你为什么怀疑它的真假呢？"

"啊——呃……"男人舔了舔嘴唇，"我半小时前打电话回办公室，我的上司说这件事已经被人授权撤下网络了。授权的是一个叫艾尔温·沙利文的。原因和一个造谣者有关。"

"那肯定是我了。"尼克挑起一边的眉毛，"有没有什么关于组织这场造谣行动的消息？"

"据我所知没有。"

"很好。至少他们没做出那般荒谬的承诺。因为他们无法阻止这场造谣行动。我猜你们都知道蠕虫吧？很好。嗯，我昨天释放进数据网的，对于所有蠕虫而言，我既是父亲又是母亲——我一会再来谈这个问题——

"它包括一个涵盖所有方面并且不可撤销的指令：在所有资料打印终端公开所有数据。随着这些数据公开，北美洲所有人的幸福——不论是身体上的、心理上的还是社会上的——都会得到增进。

"具体点说，不知有没有人试着打印数据，提示出现侵害加拿大或墨西哥的权利，或者违背美国的——按优先级列举——

公共健康、环境保护、贪污受贿、经济公平还有国家税收,这就属于被黑幕保护的数据。出于保护目的,我们通过设立门槛,给'黑幕保护'下了一个定义:如果在某种侵害行为中,无人借此获得至少一万美元的非法利润,则这类侵害信息将不会被公开。"

他说话时直起了腰。现在,他变得如箭矢般僵直,洪亮的声音也因为重度的回响而变得有如丧钟。

"对一只蠕虫而言,这个设定便是它的父母。这是一个称为单性生殖的种类。如果你对当代数据处理的行话比较熟悉的话,你一定会注意到这一领域的多少术语都来自对活着的生物的研究。而这种借鉴是有理由的。蠕虫不是无缘无故被称作'蠕虫'的。它们被编写出来,便可进行繁殖。大部分蠕虫只有在受孕的情况下才能这么做;这也就是说,必须经由外界的干预才能繁衍后代——举例说,阻止联邦电脑监听打往'聆听援助'的电话的那只蠕虫,或者是结构类似但体型更大、被放在维乔皮——也就是'电煎锅'——以在敌人占领时关闭数据网的那一只蠕虫,这些都属于一直处于蛰伏期的类型——除非受到外界影响。这对于所有噬菌体类的蠕虫都是一样的。

"但是我编写的最新型蠕虫,我的杰作,它会自我繁殖。它的头部是一个'国家利益最大化'评级,我从'大地-深空'偷来的代码。这家公司被迫与我合作,因为,就像其他超级公司一样,这么多年来,它都是一个仿佛凌驾于法律之上的存在。想想,如果所有关于它的贿赂、贪污、偷逃税款的回扣,所有不出现在'大地-深空'每年交给股东的报告上未曾出现的数据被曝光了,事态会变得多么尴尬……

"头部之后,我的蠕虫装了一个U组代码。这组代码对蠕虫的作用与其对个人的作用是一样的。使用U组代码的人永远都不会站在法庭上——永远都不会,哪怕他光天化日下强奸了市长的女儿也无所谓。你们不相信? 用台3V电话,要一份用大白话打出来的,有关U组代码使用者状况的打印报告。起码截至一个半小时前,任何人都能得到这份报告……而且,上面的内容很有启发性。"

礼堂里站起来两三个人,仿佛是下了决心要确认尼克的话。他停了下来,任这阵骚动慢慢平息下来。

"在U组代码之后,是一个密钥。它可以打开包括塔诺威和克雷迪顿山在内,任何秘密心理研究机构的安全数据库;这把密钥之后,是另一把可以打开财政档案的密钥。这些档案记录着未经总统授权而针对付费规避区的诉讼;在此之后,是能打开司法部长手上同类档案的密钥;以此类推。现在我也不知道这只蠕虫身体里具体包含多少器官了。随着它爬向我都不敢揣测其存在的未知领域,更多的结构一比特一比特地自动加在了它的身上。在我来到这里和你们讲话之前,我发现的最新结构是针对中情局性敲诈档案的。这些档案里有不少龌龊的东西,而我可以说在这个冬天,这些档案将收获不少浏览量。

"在提问之前我再最后说几点。第一,这是不是对于个人隐私不可饶恕地侵犯? 侵犯隐私确实不假,但不可饶恕嘛……正义不单得到伸张,而伸张正义也应当为人所见,对吧? 我的蠕虫所针对的隐私,全是毫无正义可言,未被拆穿的不义的隐私。它不在乎那个偷税漏税榨取财富的人,是不是将钱花在了诱拐小女孩上,它只在乎这个人通过犯罪获得了好处,而且没有受惩罚。它不在乎收买国会成员的那个窥探者是直的还是弯的,它只在乎有一位人民公仆接受了贿赂。它不在乎那个误导陪审团的法官是不是操心着要隐瞒自己情人的身份,它只在乎一个本该获得自由的人却被关进了监狱。

"而且——不,你们没办法杀死它。只要数据网存在,它就会永生于网络之中。即便它有一部分瘫痪了,缺失部分的替代品也会存在于某个站点之中,而蠕虫会自动细分成几部分,送出一个复制头部去取得替代品,再把它们装回相应的地方。不过,顺带一提,它不会无限制地生长,阻碍整个网络以作他用。它有一个内置的限制。"

他露出一个无力的笑容。

"算是我自夸吧,这条蠕虫,确实是个精致的造物。"

忽然之间,一个不过三十多岁,却已经有啤酒肚的男人叫嚷着冲过走道。刚才他一直坐在靠近礼堂后排的一个位置上。

"叛徒!"他叫嚷着,"天杀的遭人唾弃的叛徒!"

他的右手在使劲拔着夹克下藏着的什么东西。看起来它是卡住了,随后又被他拔了出来——是把手枪。男人试图瞄准。

然而一个反应迅捷、坐在靠走道座位上的学生伸出了自己的腿。这个胖男人高喊一声,四仰八叉地摔倒在地。随后一只穿了靴子的脚踏上了他的手腕,将他的手枪踢到了一边。

尼克站在讲台上说道:"啊,第一个。但不会是最后一个的。"

真相将使你做回自己

问:你一直提到的那个地方,塔诺威,我从来没有听说过。

答：它是一个政府机构，无数机构中的一个。塔诺威的精神传承自之前那些过量投放核武器的人。或者，我应该说，那些面不改色地向青春期男孩收自慰税的家伙。

问：什么？

答：你不相信有这种人存在？堪萨斯大学1969年和1970年行为科学系的收入，你去找查下相关档案。我发誓都是真的。

问：维乔皮也是？

答：啊，是的。在为"大地–深空"工作期间，我深入地探查了他们的数据库。它貌似是口"电煎锅"，其实是大陆防卫中心。他们所谓的"防卫"，其实是所有满载矿石的运输用小行星的控制权——操控它们坠向东半球，如同降下一场千吨重的冰雹。我还没查清楚那些从"大地–深空"买了操纵器的人中，有多少人察觉到里面内置了这种功能。

问：可这太疯狂了！

答：当然了。那些小行星坠地时的冲击波，足以将这片大陆上的每个建筑都向上轰起十五米。不过他们不在乎。他们想在一场流星雨中演绎"诸神的黄昏[①]"。抱歉。您说什么？

问："抗创伤"的股票停牌了。你干的？

答：主要是他们自作自受。他们的失败率一直在百分之六十五以上，但他们对此一直讳莫如深，以至于去年，他们的客户数量还翻了一倍。我希望这种事别再发生了。

问：最近德尔斐赌率也不太正常。

答：很高兴你提到了这一点。克雷迪顿山的数据现在已经

---

　　① 指的是北欧神话中一系列发生在未来的事情，其中包括一场惨烈的战争。这场战争的结局将是包括奥丁、索尔、洛基等北欧几大主要神祇的死亡。

全网可见了。去查查看吧。估计你们之中不少人都持有那种可以索赔的无效赌券。根据德尔斐赌博的相关法律,如果被证实人为操控赌场,则必须退还参赌人的资金。法律也保留着追诉组织者相关责任的权力。

问:但我一直以为,设立德尔斐赌博的全部意义,就在于它会告诉政府,公众已经准备好迎接何种改变。你是说,其实是反过来的?

答:去找台3V电话,然后咨询关于近五年,每年联邦政府实际干预的发生概率。

问:你到底是怎么编写出这么复杂的蠕虫的?

答:这属于天赋。就像音乐家或者诗人的天赋一样。我能气定神闲地连续不停地敲几个小时的代码,而不会打错一个字符。

问:全能的上帝啊。呃,对你这种人来说,决堤后的网络数据洪流可能不算什么。但我,我可是怕得要死。

答:很抱歉,你是对获得自由感到恐惧。

问:什么?

答:真相将给你自由。

问:你说得好像自己真的信一样。

答:啊,妈的!如果我不信的话……在场的诸位,有人会因为知道那种……自己无法接触但别人却能接触的数据而做噩梦的吗?有人长期饱受焦虑、失眠、消化问题、一般性应激反应综合征的折磨吗?嗯哼。在街上随便丢块石头,都能砸到一个以上问题的受害者。而至于其中的根源所在……你们中有人玩圈围吗?有吗?那你们肯定知道,当你发现自己的对手标示出的点,正处在自己可能围出的最好的那个三角形之中时,你会感到多么挫败。就因为他比你聪明,你所有宝贵的计划都付之东流。当然,这只是游戏。但涉及现实生活,就没这么好玩了,不是吗? 直至目前,一直有人操纵着数据网络,以防止我们找到自己最需要知道的东西。

问:也就是?

答:我们知道,我们心里很清楚:社会不断做出的决定将摧毁我们的野心,我们的梦想,我们的人际关系。但真正做出这些决定的少数人,他们把自己藏在了幕后,因为如果他们不这么做,他们就会失去操纵比自己低一等的人的影响力。我们竟没有因为恐惧而语无伦次,这可真是个奇迹。我们之中不少人的确在恐惧下胡言乱语起来,不是吗? 另一些人撑了下来,却是通过否认——或者说,压抑——自己对一切都将分崩离析这种危险的认识。还有一些人让自己陷入了虚无的被动状态,被称为"新式墨守成规"。这样一来,就算他们忽然断开了与这片大陆的联系,在另一片大陆上重新开始,他们依然可以不注意到任何改变而继续生活下去。这让人感到非常厌恶。难道说,创造出历史上最大的信息传输系统,就是为了给人类一个偏执的全新理由吗?

问:而你认为你所做的会将一切拨乱反正?

答:我听起来有那么傲慢吗? 应该没有吧! 不,我所做的,至多意味着一个改变的机会。有机会总好过没有。至于剩下的……嗯,取决于我们所有人,而非单单我一个。

危险的空位①

　　凯特的家里十分安静;屋外三个街区里的每条街道,都有志愿者学生来回巡逻,他们为自己所在的城市从众多城市中脱颖而出,成了释放信息海啸的中心而骄傲。屋内,弗里曼得到了里科·波斯塔的授权,正用一台"大地–深空"捐赠的远程数据控制台工作着。这间房子同时还通过电话线路与"大地–深空"自有的巨大电脑设备相连。

　　3V电话同样寂静无声。曾有段时间,他们接到不少来电,于是他们选择开通了来电过滤服务。

　　凯特端来了咖啡,顺便开口问道:"保罗,进展如何?"

　　"去问尼克。他一次能在脑袋里装下的东西比我多。"

　　尼克正用普通的家用台式机和便签本工作着,此时他开口答道:"还不错。储存库里已经有几个资源分配程序,而且其中一个真他妈的好。非常灵活多变。尤其是它的升级系统,可谓精致。"

　　"我这边有更好的消息。"保罗喃喃道,"我刚刚发现了一个漏洞,可以让你驾驶轨道工厂。不过,我也发现了一个会让我们颇感心碎的事情。"

　　"告诉我!"尼克警觉地抬起头。

　　"看起来,这片大陆上的贫困完全是人为造成的,刨除那些

---

　　① 原文为 Siege Perilous,指的是亚瑟王传说中,梅林在骑士圆桌中预留下的一个空位置。这个位置事实上是给能找到圣杯的骑士准备的;没有找到圣杯的人如果坐了这个位置,则会遭遇危险。在托马斯·马洛礼所著的《亚瑟王之死》中,加拉哈德爵士坐上了这个位置。

残疾、有精神缺陷或者出于个人选择的人。所谓个人选择,比如说在加拿大北部的荒山老林里安家……或者说,加入修道院。不过这只占到大概……至多百分之零点二五。"

凯特瞪着他道:"你说得好像在经历了波及整片大陆的灾难之后,我们应该生活得更好,而不是更糟——这太荒谬了!"

"倒不全然。"尼克说着,继续敲着自己的计算器,"我想起了一个例子。在二战期间,以及二战结束之后一段时间,英国曾大幅度削减食物配给,以至于我们大部分人都觉得新标准根本就是英国在闹饥荒的表现:一周两盎司的人造黄油;如果走运的话,一个月还能多拿个鸡蛋,诸如此类。然而,那个时候,政府的人要比现在更加理智:他们雇佣顶级的营养学家来规划配给的优先等级;结果,他们养育了英国历史上最高大、最英俊也最健康的一代人,甚至在低配给时代结束之后,佝偻病的再次出现都成为全国的头条新闻。我们总以为富余和健康是相辅相成的,但事实并非如此。毕竟,富余之中,也藏着心脏衰竭的风险。"

电话响了。凯特想走去接,但此时尼克已经可以暂时停下手上工作,思考自己刚才所写的内容。于是他心不在焉地接起电话,打开摄像头以看清来电的究竟是谁。

然后他叫道:"泰德·霍洛维茨!"

其他人紧张起来。手头上的事情都被抛在了脑后。

险境镇的警长喘着粗气,用手抹了抹脸。

"上帝,我费了这么大劲才通过你的过滤服务,我生怕已经来不及了!仔细听好了。这有违'聆听援助'的规定,但是我觉得他们能理解的。你曾听说过一个叫哈尔茨的家伙吗?据说是数据处理局的前副局长。"

弗里曼往摄像机拍得到的地方倾过身子,"我还不知道已经是'前'了。"他说,"但剩下的是真的。"

"那就他妈的快离开你们待的地方。房子里所有人都快跑——更理想的是,把周围街道的人也全疏散掉。他说一场针对你们的打击行动已被授权。第五类行动,他是这么说的。"

弗里曼吹了声口哨,"那意味着'不论伤亡执行行动'——而且,一般而言他们会用炸弹来完成任务。"

"意料之中的事情。我们也得到线报说有人正把一枚炸弹偷运进险境镇。我们已经把纳提·巴波和其他的狗派去巡视周边了——啊,你们到的时候我再告诉你们。"

"你能把我们三个都运过去?"尼克快速地说道。

弗里曼打断了他的话,"我不过去。我要离'大地-深空'近一点,我需要他们的设备。别跟我争论!"他露出一个微笑——现在他已经更加放松了,能露出一个微笑,而不让自己看起来像个死人了,"我这辈子做过不少坏事。但如果我能做成现在这件事,那我就能一次性弥补所有的错误了。"

霍洛维茨看了看自己的手表,"行。根据我的安排,十分钟之后我们就会见面。当然,杰科·特雷维斯会按计划到你们那里去,不过我已经联系过他,告诉他碰头地点发生了变化。你说个地方,我会叫他过去的。"

夜间差事

"你看起来有点沮丧啊。"司机说道。

"妈的,我们身边的大陆正在崩溃……!"这辆安静的电动车后座上的乘客结结巴巴地说道。他的腿上放着一个手提箱,箱锁靠在他的膝盖上:"所有事情都乱成了一团,最开始是有人命令我去完成任务;然后他们说,等一下,我们可能会改派国民警卫队去;再然后,他们又说还是遵照原计划进行。上帝,想想他们犹豫不决浪费的时间造成了多大损失! 好了,这里就可以了。"

司机惊讶地说道:"可我们离目的地还有五个街区远呢!"

"他们有一群学生巡逻守卫,说不定还都有武器。"

"好吧,但是……你看,我以前也做过类似的事情。如果你打算从这里打击他们的话,你——"

"省省吧。我手上的东西能做到的,你根本无法想象。"乘客打开了手提箱,开始组装一个表面呈黑色的细长锥形物,"停车。我必须在车完全停下来之后才能发射这东西。"

司机照做了。他从后视镜看去,眼睛瞬间睁大了。

"那个小不点的东西能轰倒一栋房子?"

"跟你说了你不会相信的。"乘客简短地回答道。他摇下窗户,探出身去。

"所以那他妈的到底是——?"

"不关你事!"

随后,他又叹了一口气:"啊,告诉你又有什么关系呢? 机密——最高机密——都成了摆设,因为那个混蛋释放了蠕虫。到明天,任何人都能查到这东西的设计图。这玩意儿叫卡帕鸟①。听说过吗?"

———————
① 原文为 kappa bird。

司机皱了皱眉,"我有点印象。附近还有两辆车,对吗?"

"嗯哼。对目标的房顶做个一米的交叉瞄准。"

"但是——妈的,能毁掉整间房子?"

"击中瞬间就会形成风暴般的大火,温度要比太阳表面还要高。"乘客干巴巴地笑道,"现在还想更靠近爆炸目标吗?"

司机断然地摇了摇头。

"我也不想。行了,发射。掉头往南开,慢慢开就行。"

过了一会儿,城市上方笼罩的灰色低云上,闪过了明亮的光芒。

资料准备齐全

每到一个州边境的检查站,杰科·特雷维斯医生都会尽职尽责地将一系列文件展示给前来检查的人:他自己的身份证、职业资格证书、证明他作为研究型生物学家将受保护动物跨州运输的许可证,还有他本次旅行的行程单。

直至目前,检查人员和他的对话都在预料之中:

"你的卡车里真装了只美洲狮?"

"嗯哼。当然,已经注射了镇静剂以确保安全。"

"喂!我还从没见过活着的美洲狮呢。我能不能⋯⋯?"

"当然。"

检查人员于是遵循他的指示走到后厢,透过一个窥视孔向车里看去:一只年老却依然体态优美的雄性美洲金猫①样品,虽

----

① 原文为 Felis concolor,字面意思为"单色猫属动物",是美洲狮的学名,此处译作美洲狮的别称"美洲金猫"。

然在药物作用下睡眼蒙眬,但却依然十分警觉,恼怒地撅起了嘴。

而检查人员此时也闻见了一股猫科动物特有的恶臭,正从一个喷雾气罐里飘散而出。这一招对诱导被圈养的大型猫科动物繁殖很有帮助。

"呸!希望你的车厢里装了空调,这对你有好处!"

而那个喷雾气罐,正是为了让爱管闲事的人把鼻子抬起来①才设置的。

完美议会

有段时间,巴格希拉一直在泰德·霍洛维茨苔藓绿的办公室里踱来踱去。纳提·巴波的气味痕迹随处可寻,巴格希拉循着这些气味试图找到那条狗,但所有的成年犬依然在巡视城镇的边界。现在,巴格希拉心满意足地躺在凯特身边,任她抓挠着自己的耳后,时不时还发出一声满意的低吼,表达自己与她再次相聚的喜悦之情。

至于他看见超过一百只和自己体型相当的狗时会作何反应,这个问题的答案还要留待日后揭晓。

泰德扫视围在旁边的当地人——乔什·特雷维斯,洛娜·特雷维斯,苏兹·德灵格,斯威特沃特尔还有布拉德·康普顿——随后干脆地说道:"我知道尼克和凯特有很多问题要问我们,但在

---

① 此处"爱管闲事的人"原文为 nosyparker(也作 nosy parker),所以后文的"把鼻子抬起来"(get up the nose)其实是作者玩的一个文字游戏。

我们开始回答之前,我想问问你们有没有问题想问他们?请务必说得简洁一点。你说,斯威特沃特尔?"

"尼克,他们花了多久来看穿你关于什么单性生殖蠕虫所说的含混说辞?"

尼克摊了摊手,"我也不知道。像艾尔温·沙利文这种人包括他身边的顶尖助手,可能早已察觉到了真相。然而,我寄希望于……嗯,两点。首先,我确实编写出一个超出他们应对能力的蠕虫;其次,在他们看来,不管面前这个全新的伎俩究竟为何,它所做的事情恰好和单性生殖蠕虫相同——前提是,这种蠕虫真的能被编写出来。现在 N 值平均路径分析中有一种特别考究的理论。这一理论告诉我们,当数据网发展到一定程度时,用从未添加进网络的程序提取出数据,是完全有可能的。"

"嘿,嘿!"布拉德·康普顿拍着他肥胖的手说道,"妙啊,真是太妙了!这就是人们所说的'处女生产理论',对不对?而你给了他们一个微妙的信号,展示了这个理论的可能!"他咯咯笑着,又拍了一次手。

"核心思路是这样的。但这并非是我原创。我也是从别处借鉴而来。二战时期的西方势力首先发明了这套理论。他们叫手下的科学家搭建了一些貌似有用的玩意儿,随后把这些玩意儿放入破损的金属箱中,再丢进射击场,然后用缴获的敌军武器将其摧毁。接着,他们引导纳粹找到这些碎片。一个这样胡搞出来的玩意儿,足够缠住十几个敌军的顶尖研究人员几个星期,直到他们鼓起勇气表示这其实根本不是什么新型秘密武器。"

一群人都被逗笑了。

"不管怎样,"尼克继续说道,"他们很快就能发现自己被误导了，但这也没什么大不了的。要阻止现今发生的一切，他们还是需要关闭整个数据网，不是吗？"

"这点毫无疑问。"德灵格市长干脆地说道，"根据最近的统计，权限变更引来的档案里，我们收到了九十四份财政档案和超过六十份联邦调查局档案，而且——嗯，据我所知，每一份都被抄送到了至少四十个相互独立的地址。在联邦电脑忙着追踪这些副本下落的同时，我相信很多无关的路人，都乐意再复制一份副本留存。"

"最好是我们不认识的人。"洛娜·特雷维斯喃喃道。她的丈夫用力地点了点头。

"确实，现状令人担忧。诚然，现在的情况正是我们平常所说的应早做准备的那种，但是……啊，算了。现状的到来让我们措手不及，在我看来估计也算佐证托夫勒定律的又一个例子：未来到得太快，而且到来的顺序还是错误的。尼克，还要多久他们才能意识到轰炸前家里已经没人了？"

"我也猜不到。来这里的路上我没空儿停下来，找台电话去查清楚这件事。"

这句话又让大家不约而同微笑起来。

"不管怎样。"泰德插话道，"我一直在采取预防措施。现在，各大媒体都已经播报了记者会的情况，尼克和凯特的脸现在大概是大陆上最具辨识度的了。因此，他们肯定会不断被人认出来——先在这个地方，再是那个地方，有时还可同时在两个地方被辨认出你们来。啊，我们能让他们忙活个好几天呢。"

"几天。"乔什·特雷维斯重复道，"嗯，我猜这都是计算好的了。"

布拉德点了点头，"而且，别忘了，我们可是动用了史上最大的资金储备啊。"

一阵停顿。意识到没人准备说话后，凯特开口了：

"我可以问一个问题吗？"

泰德示意她继续。

"这个问题听起来很蠢，但是……啊，妈的！我真的很想知道。而且我觉得尼克也很想知道。"

"不管怎样，"尼克干巴巴地说，"这话我同意。我还是靠着那百分九十的猜测在行动呢。"

"你们想知道险境镇的故事？"泰德嘟哝着说，"行，我告诉你们。但是其他人最好回去工作。抛开其他事情不说，这场危机正让'聆听援助'的所有资源均处在超负荷运转状态之下，而如果我们应付不来……"

"布拉德也可以留下来。"斯威特沃特尔站起身说道，"他换班刚结束，而且，考虑到他最后接的那个电话，我也不想让他就这么回去。"

"不好对付？"尼克同情地说道。肥胖的图书管理员重重咽了一口唾沫，点了点头。

"晚点见。"苏兹·德灵格说着，带头走了出去。

布拉德向后靠回椅背，双手放在自己的啤酒肚上，抬头望着闪着微光的绿色天花板说道："要知道，如果你们刚来的时候照宝莉·瑞安的话做了，我们现在就不会和你们说这些了。"

"这什么意思？"凯特问道。

"就是，来我这里看一看《美国灾难镇》系列的第一版。你父亲手上有多少本《美国灾难镇》的专著？"

"为什么这么问？全套二十本！"

"而这，毫无疑问，对于每个像他那样的人来说，这是一个合情合理的整数。然而，我们的这一版，却有一个第二十一本。多出的一本专著没有出版商敢接受，没有印刷商会印刷出来——最终，我们在绝望之中自己把它印了出来准备分发，只是有一夜，一枚炸弹在我们存放首批一万份印刷品的小屋里爆炸了，一切都化为灰烬。很显然，我们那时在打一场必输的战争，所以……"他叹了一口气。

凯特紧张地向前探过身去，"这第二十一本是关于什么的?"

"里面记录了四百万政府公共资金中五十万的下落，那笔钱本应该用于支援难民，但却全部不知所终。总之，书中有全部的关键证据——很多名字、日期、地点、直接影印件。这些信息全部和一堆已注销的支票有关，就是那消失的五十万美元。"

"你没把整件事说出来。"泰德用冷漠的声音说道，"凯特，你第一次来这里的时候，你曾问过克劳斯学会是不是因为大部分成员都留在险境镇才解散的——你还记得吧?"

她点了点头。她的脸紧绷着。

"答案是:没错，是这样的。小屋被炸的那一夜之后，他们别无选择。布拉德和我帮他们埋葬了死者。"

空寂与沉默持续了很久。最后，凯特说道:"这最后一本专著——它有没有题目?"

"有的，而且，足够有预见性:它叫《发现权力之基》。"

随之而来的沉默是如此漫长，仿佛空气正被一点点抽出房间。沉默直至被一声短促的轻响所终结——尼克重重地叹了一口气:

"妈的,我从没从那个角度考虑过。我肯定是瞎了。"

"我不争辩,"警长说道,他的表情非常严肃,"但是你不是唯一一个这样的人。虽然说我们是在回望过去,但……这样来看:你给予整个大陆的人前所未有的技术,他们可以使用先进的通信手段接触到大量信息,手上还有足以使贫困人口消失得一干二净的资产——当然,前提是合理分配。与此同时,你承认任何一场大型战争都已是毫无意义,因为战争失去的太多,却无法带来收益。以波特那句著名的话说:现在是进行脑力竞争的时候了。

"但是你身处政府。权力在你手中的延续依赖于那终极的约束措施:'如果你不服从我们,我们就杀了你!'或许你没意识到这一基本事实;或许,虽然非你本意,但在你不得不尝试找出为什么国家无法再像以前一样蒸蒸日上的原因时,这一事实才在你面前逐渐清晰起来。其结果自然是,你将国家关键资源从武器改为了个人才智。

"但是,有才智的个体总有古怪的脾气,难以捉摸,特立独行。从表面上看,想把这群人当成单纯的工具、单纯的物品使用是绝无可能的。你几乎就要得出自己是时代的淘汰品这样的结论了。你这种人所拥有的力量在现代社会是无处施展的。

"然后,你面前出现了曙光。有这样一个组织也拥有强大的力量,而且是靠着个体获得的。另外,这些个体要比充满束缚的现代社会更加麻烦——从某种意义上说,那是一群彻头彻尾的神经病。"

"而这个组织同样也下定决心要维持自己太阳底下的地位,"布拉德补充道,"也同样想把终极约束举措应用在不服从他们的人身上。"

凯特的下巴都惊得掉了下来。

"我觉得我们解释清楚了。"泰德喃喃道。

"是——恐怕是清楚了。"凯特的手攥成了拳头,"但我无法让自己相信这一切,尼克⋯⋯?"

"在你的公寓被炸掉之后,"尼克冷酷地说,"我已经准备好相信关于他们的所有事情了。我们得到警告得以把街道上的人全撤走真是个奇迹——我们全撤走了吗?泰德,我一直都想问来着,有人受伤吗?"

警长苦涩地点了点头,"恐怕有些学生没听进去我们的警告。有十个人受了伤,其中两个死了。"

凯特把脸埋在了手掌之中。她的肩颤动着。

"说吧,尼克。"泰德示意道,"如你所见的那样,都讲出来。你自己昨天也说了:真相将使我们获得自由。不论真相多么令人不悦,它依然对我们有好处。"

"确实有这么一个权力基础可以维系老派的政府,"尼克低沉地说,"那就是有组织犯罪。"

泰德站起身,开始来来回回地踱步,"当然,严格来说。这并不算什么新闻。让这个政党得以当选的传统财富要么已经耗尽,要么落入了一群不想继续合作的人的手中,出现这种状况迄今大概也有五六十年了。金钱的枯竭引发了一种真空状态。犯罪分子就从这种真空中下手,将自己庞大的经济资源转换为真正的权力——源源不断的权力,就像是洪水汹涌漫过干涸的大坝一般。这些犯罪分子一直在城市或者州的层面上密切参与这类活动;而现在,他们爬上梯子最后一级的时间到了。确实,犯罪集团竞选总统的第一次尝试彻底失败了。他们没有意识到聚光灯下的白宫会有怎样的曝光率。另外，他们采用的伎俩也为人所知：比如说，通过墨西哥或者无关者洗钱——但这群人，他们学得很快。"

"确实如此。"布拉德说，"第二十一本专著的深刻教训并不在于告诉我们去哪儿找那五十万美元，而在于告诉我们除了那五十万以外还有无法追踪的钱。我们知道这笔钱去了哪里：变成政治战争基金了；但我们绝无可能找到关于此事的证据。"

"考虑到全球核裁军条约依然生效，"泰德喃喃道，"我们本来还觉得事态不会更糟了。"

"我猜也是。"尼克脸上露出了怒容，"啊，我很久之前就该想清楚这一点的。"

"你所处的位置不太好。"布拉德干巴巴地回道，"要是你和十个难民同睡在一间帐篷里，没有衣服换，没有东西吃，甚至没有安全的饮用水，那你很容易就会注意到联邦干员和黑手党之间的相似性。即便以最友好的眼光看待，他们之间也并无差别，这一点只不过是又一次佐证了我们已经知道的事实而已。"

"我本该从另一个角度想到这些的。"尼克说，"我本该考虑为什么行为科学在二十世纪八九十年代的时候，会收到大笔大笔的政府补贴。"

"这是很重要的一个点。"泰德点点头说道，"和余下的拼图相吻合。那些行为科学家将原本的'萝卜和大棒'原则移植到了某种'科学的'基础之上，这种基础和纳粹用于支撑他们所谓的种族科学的那一套，本质上是相同的。行为科学家成为研究所里的宠儿也并不奇怪。政府需要威胁和创伤来巩固自身地位。最容易统治的群众应该软弱、贫穷、迷信，最好还会被明天的未知性吓得魂不守舍。那些群众还要被不断提醒如果上级屈尊走过，自己必须踏进下水道以示迎接。行为科学家的研究提供了维持这种状态的方法，哪怕二十一世纪的北美已经拥有空前的财富、文化素养以及表面上的自由。"

"如果你在泰德的描述中找到了西西里岛①的感觉，"布拉德喃喃道，"这绝非纯粹是巧合。"

凯特现在再一次控制住了自己的情感，正以手肘撑着膝盖，身子前倾，聚精会神地听着。

"数据网无疑给他们带来了巨大的威胁。"她插话道。

"确实，但他们也有手段进行防范。"泰德回答道，"我的意思是，直到现在。他们做足了预防措施。他们以现有赌博组织所提供的模板构建了德尔斐赌博系统。他们声称这个系统是根据股票市场构建的，但它和那些赌博组织之间的区别微乎其微；自那时起，赌资就成了他们两三个用于投机性投资的最大资金来源之一。他们开始放任不甘于平淡的黑帮自生自灭，结果那些最具野心、兼具怒火与才智的成员们要么死去要么残疾。眼前的社会现状也就自然而成了。很久很久之前，他们就已经小心翼翼地竭力防止普罗大众卷入黑帮战争之中。此外，本身设计用于保证人类安全往返月球的强大电脑功能，也被他们转而拿去追踪那些迁往新环境的人，这个比例占总数的大约百分之二十。还有很多类似的事情。我没必要把它们一一说给你们听。"

"可如果他们如此谨慎，你是怎么——？"凯特顿了顿，咬住了自己的嘴唇，"啊，我真蠢。用'聆听援助'。"

---

① 黑手党的起源地。此处布拉德说到西西里岛，言下之意仍和上文谈及的"有组织犯罪"相关。

"嗯哼。"泰德坐回了自己的位置,"我们险境镇的电脑功能在——嗯——十六到十七年间,足够我们从打来'聆听援助'的电话中分析出它们各自的模式。另外,时不时还会有一些特殊的电话,会给我们开辟一片全新的需要调查的领域——比如你在塔诺威时打给我们的那个。"他对尼克点了点头,"我们始终安静地追寻着一条又一条线索,积攒着我们需要的东西,比如说:打开联邦安全数据存储库所需要的密钥。我们始终相信,终有一天,一场危机将会降临,而公众会因此陷入迷茫和恐慌。到那时,他们会希望有人来告诉自己,他们究竟身处世界的什么位置。为了将我们的规划向前再推动一步,我们创造了——呃,地下铁路系统,也就是把你们运来的那一种。朋友、同事、合作者、支持者、同情我们的人,实打实超过一百多个不同职业的人被我们以这个系统运输着。"

"保罗·弗里曼说得很到位。"尼克说,"以他的话说,一旦你学会了观察它的方法,你会发现险境镇有一片广阔的领土。"

泰德笑了起来,"啊,是的! 如果你算上那些可以自由进出险境镇的人,还有那些得以利用我们的防卫措施保护自己的人,我们的人口大概是你在人口普查报告里看见的五倍或者六倍。"

"我们有一些模型可以借鉴。"布拉德说,"旧的嬉皮运动是其一;十八世纪的科学共同体是一个;上个世纪中叶活跃的一个叫作'敞开大门'的组织也是一个;诸如此类吧。"

"你们的远见卓识真是令人赞叹。"凯特热切地说。

"确实如此。"泰德接受了这一夸奖,"高于平均水平是肯定的。但我们从未预见到危机会以一个年轻男人的形式到来!"

"不是一个,"尼克说,"是好几个:逃离塔诺威的人,生活方式咨询师,牧师,圈围欺诈师——"

"也是一个活生生的人。"凯特坚定地说,并将自己的手放在了他的手上,"啊,另外,泰德!"

"怎么了?"

"感谢你救了巴格希拉。"

"并不算太难。过来的路上,你们和杰科·特雷维斯聊过么? 知道他为什么能够帮忙吗?"

她摇了摇头,"他直接把我们送进了车的隐藏隔间,我们一路上都没有露头。"

"我猜这是为了安全起见。嗯,杰科是我们这里研究如何让狗寿命增长的负责人之一。这项研究涉及众多,其中就包括探究压力与年龄增长之间有怎样的联系。等你有机会了,一定会喜欢和杰科聊天的。你父亲的假说——"

他的话被打断了。夜幕下远处某个地方传来一声尖利的吠叫,随后是另一声,然后又是一声。

布拉德昂起了头,"听起来纳特抓到了我们在等的炸弹客。"

泰德站了起来。"要是这样的话,"他低沉地说,"我可不愿意处在他的位置上。"

推动政府崩溃达到高潮的其中几个因素

1. 感谢您查询有关特勤局特工米斯金·A.布瑞德洛夫行踪的信息。他现在正在加利福尼亚州险境镇接受重症医疗救护,身上多处受伤。布瑞德洛夫是在反抗警长西奥多·霍洛维茨的追捕中受伤。当时,他身上带有六个可自动追踪目标的弹射型炸弹,均带有美国军方的代码QB3。这些炸弹是昨天太平洋标准时间上午10点10分,从位于加利福尼亚州圣费里西亚诺的国民警卫队武器库中分发给他的。这项行动参照的是第919号,针对超高速武器的机密总统令,全文如下:

"我受够'聆听援助'了。把那些混蛋干掉,别管还会伤到谁。"

2. 鉴于布瑞德洛夫先生的任务已宣告失败,一场针对加利福尼亚州险境镇的空袭行动已被授权,将于太平洋标准时间明日上午7点30分进行。靠近圣迭戈的朗兹军用机场的飞机将执行本次任务。考虑到本次任务将投放轻量级核弹(美国空军代码:19L–J2J),布瑞德洛夫先生将极有可能死于本次打击。

(附注:以上消息中的第二条直接违背国防部第229号RR3X3规则,即信息应对国民的身体、心理以及/或者社会状况起促进作用而发布的控制论数据。)

暴怒的典型①

"收起你那恶心的笑脸吧! 你那时知道公司就要破产了的,

---

① 原文为 Extremely Cross Section. 其中 cross section 原意为"横截面",也引申为"典型"之意。联系下文来看,作者在此将不同人的话语放在一起,呈现出社会的众生相,可以说是给读者提供了一个故事中社会的"横截面"。除此之外,cross 亦可作形容词"发怒的"解。结合作者选取的话语,多是知道真相的民众在宣泄自己的愤怒,恰和小标题中的 extremely cross(暴怒)相对应。

而且我能证明这一点!"

"险境镇?那是哪儿?"

"我的姐姐瞎了,听到了吗?瞎了!而她除了你们这个牌子的眼部化妆品,其他什么都没用过!"

"轰炸一座美国城市?啊,这肯定是搞错了。"

"那是我的钱,我流血流汗挣回来的,而它们全部被装进了你们那散着恶臭的钱包!"

"险境镇?好像我以前听过这个名字来着。"

"上帝,你对那可怜的小姐做了什么!她几个月以来都没睡安稳过,总在尖叫或嚎哭中醒来。而我,竟然蠢到把她带回这儿,要求进一步的治疗。如果我不把你的脸毁了,那我再也无法直视她的脸了。"

"那关于险境镇的,说了什么?"

"他妈的没错,我投了票给他。但如果那时我就知道了现在知道的一切,那我宁可投块砖也不会投票的。"

"一次打击?用核弹?我的天,我知道'聆听援助'并非很受欢迎,但是——!"

"吉姆,我想你不认识我的律师,查理斯·斯维恩。他有些东西要给你。查理?好的。你会注意到,传票上提到了你造成的价值五千万美元的损失。"

"我以为我们在说一个叫险境镇的小镇。"

"税收表单上的内容我看了,而我向上帝发誓,如果你这混蛋敢出现在我面前,我就用铅弹支付税款给你!"

"真的?我总是在想他们的基地在哪里。"

"险境镇?"

"'聆听援助'？"

"核弹？"

"我的天啊！你觉得他们知道这件事吗？哪里有电话？
快！"

一触即发

"聆听援助"总部，时间已经过了凌晨一点。一般而言，已经
入夜了，因为大陆的绝大多数人都已陷入沉睡，只有一小部分最
孤独、最忧郁、最绝望的人，会依然急切地寻找一个匿名者聆听
自己倾诉。

但今晚，事情却有所不同。房间里充满了克制的紧张气
息。自险境镇成立以来就矢志不渝要实现的目标，现在落在了
他们肩头；只是他们从未想到这一刻会来得如此快。

在场的十二个人脸上都挂着肃穆的表情。其中只有一半人
在负责接听电话；此外的所有电话都被转接到了私人家庭。剩
下的六个人正在监视他们的超级蠕虫的进展。

尼克从自己的控制台前转过身，对着所有人说道："保罗·弗
里曼发来消息。他已经把躯壳和灵魂那个木马投入运行了，就
是他构想的重新改写联邦资源分配程序的那个木马。他说这是
个蛮艰难的任务。"

"是战后的那一个？"斯威特沃特尔问道。

"没错。"尼克挠着自己的胳膊说道，"从结果上来看，它是被
编写出来保证只有那些得到政府认可的人员，才会被分到食物、

药品还有能源。"

"你的意思是,"凯特补充道,"这个程序的用途是,保证那些蠢到会把我们拖入大战泥潭的人,在战后依然能身居高位。"

"没错,确保他们还能再坑害我们一次。但是保罗成功剥去了令我们愤慨的这一部分:他用一个类似的模块替代了资源分配资格,然后让剩下的部分原封不动地接入数据网,这套程序拥有的权限甚至比它作为维乔皮的工具时还要多。这套程序被写出来的时候,保罗就在维乔皮。他马上就发现了它的弱点所在。"

"所以这个程序现在能干什么?"布拉德问道。

"不是什么坏事。如果人们支持1号提案——那么只要还有人无家可归,那些贪婪的家伙就得不到自己的全覆盖3V网络;只要还有人因那些明明可以治愈的疾病而死,那些贪婪的家伙就得不到绕星球的飞船环游之旅。"

"作为前菜来说,相当不错了。"斯威特沃特尔说,"但是尼克,你在税收结构合理化这方面有没有什么进展?这是我在意的地方。特别每当我想起我曾付给奥克兰警察多少钱,就因为他们那针对灵媒的法令!"

"啊,好的。2号提案亦如1号提案一般进展顺利。"尼克说,往自己的控制台上快速敲下了一个代码,"它反馈的结果显示找到了几个漏洞,而如果再没有什么小差错的话……啊,好极了。结果两分钟后出来。"

苏兹·德灵格的声音有些游离,"你知道,我一直都想知道民主到底是什么滋味。我终于能在空气中闻到它的气味了。"

"奇怪的是,民主居然是以电子政府的形式出现了。"斯威特沃特尔喃喃道。

布拉德·康普顿看着她说:"要是你想想自由的历史,答案可没这么确定。自由的历史,就是有关原则如何凌驾于暴君的胡作非为之上的故事。人们认定法律要比国王更有权利,这在当时算得上一次重大的进步。现在,我们已经来到了另一个里程碑的所在地:我们将把权力交给更多的人,比曾有机会手握权力的人数量更多的普罗大众。而——"

"而这给我的感觉,"尼克打断他的话,"我确信第一次引发核链式反应的人也曾经有过。明天的太阳升起时,这个世界真的还会继续存在吗?"

一阵短暂的沉默,只有电子仪器的嗡嗡声在房间里回荡。他们深思熟虑后得出的计划,将于后天先发制人付诸实施,而范围覆盖整片大陆。后天,从当地时间早上7点到晚上7点,大陆上的每一台3V电话都会一遍一遍地播放两条提案。同时,出于照顾文盲人群的考虑,这两条提案还将以语音播报的形式放送。大部分播报将用英语,但也会有西班牙语,美洲印第安人语言以及汉语播报……而这两条提案都是基于最新的大陆人口普查制定出来的。在一轮播放结束之后会有一段停顿。在这段停顿期间,任何成年人都可以在电话上输入自己的代码,随后选择"赞成"或者"反对"。

而根据结果,大陆的电脑将会进行回复。

1号提案旨在消灭除自愿选择以外所有贫困状况;2号提案——

"来了。"尼克说,扫视着出现在屏幕上的大串数据和代码组,"最终的结果很理想。将职业以三个轴进行了分类:其一,必要的特殊训练，或与之相当的不同寻常的才能——这是为了涵盖诸如音乐家和艺术家这类，有超人创造性天赋的人；其二，诸如拥有不确定的工作时长以及肮脏的工作条件这样的不利状况；其三，对社会的不可缺少性。"

布拉德拍了拍自己的大腿，"对于克劳斯学会来说，这是何等的成就！"

"嗯哼。每张打印出来的资料上都会有一条脚注，写明如果我们重视了克劳斯学会针对海湾大地震难民的研究发现，那这一切早在一个代纪之前就能确立了……嗯！没错，我觉得这样维持了一个不错的平衡。比如说，一名医生可能在特殊训练和社会重要性方面得分颇高，但如果他想要挤进高收入阶层，他就必须接急诊任务，而不是朝九晚五地坐办公室。这样，他在三个轴上都会处在较高的位置。再比如说，收垃圾的人。虽然在特殊训练上面他得分很低，但会在第二和第三个轴上得到不错的分数。所有服务大众的职业——警察、消防员，诸如此类——自然都会在第三个轴上有很高的得分，在第二个轴上分数也不会低——啊，棒极了。我喜欢这个，尤其考虑到很多以前身处高位的社会寄生虫，现在要承担百分之九十以上的税收，因为他们在三个轴上的得分都是零。"

"零？"有人以不相信的口吻问道。

"怎么不是呢？比如说，弄广告的那些人。"

提问的人抬起一边眉毛，"以前从未想过这一点。不过，确实如此。"

"你觉得他们能接受吗？"凯特紧张地说，拍了拍趴在她身边的巴格希拉。自从这只美洲狮见过纳提·巴波之后，他就再也不准凯特把它留在视线以外的地方了。尽管如此,他和纳提都展现出容忍彼此存在的克制,这一点倒是朝着预先期望的方向发展了。

"他们的选择只有关停网络,"尼克说,打了一个响指,"要是这样的话,他们也就自己折断了自己的脖子。苏兹,你看起来很担心的样子。"

市长点了点头,"就算他们没有摆出个明显的自杀姿态,去故意关闭整个数据网……有另一个甚至更让人担忧问题的存在。"

"什么问题?"

"饱受恐惧折磨的人们,现在还心智正常吗?"

随后是一阵沉默。过了一会儿,一个电话打了进来,轻柔的嗡嗡声打破了让气氛又活跃起来。凯特将电话接到自己的控制台上,然后戴上耳机。

几秒钟之后,她大声地倒抽了一口气,所有人都看向了她。

她摘下耳机,从椅子上转过身来。她的脸色苍白如纸,惊恐地瞪着双眼。

"这不是真的! 不可能是真的! 我的天呐,现在已经一点二十了——飞机肯定已经起飞了!"

"什么? 你说什么?"大家焦急地问道。

"打电话的人自称是米斯金·布瑞德洛夫——也就是你逮捕的那个叫泰德的炸弹客——的表姐。她说险境镇将在一点半遭到核弹攻击!"

"十分钟之后? 我们不可能在十分钟之内疏散整个城镇的居民!"苏兹低声说道,攥紧拳头,盯着墙上的钟表,仿佛希望它显示的是早前的时间。

"我们必须尽力一试!"泰德厉声道,立刻从座位上跳起来朝门口冲去,"我会叫纳特把大家都叫醒——"他突然打住了话头。尼克的动作忽然变得无比迅猛,手指在控制台上飞快敲击,比钢琴家在琴键上弹奏的速度还快。

"尼克! 别浪费时间了——快走! 我们需要每个人的帮助!"

"住口!"尼克紧咬牙,嘶声说道,"你们快去,把镇上的人叫起来,尽可能把人都疏散出去……别管我!"

"尼克!"凯特说道,犹豫不决地向他走去。

"你也是。快跑——因为这可能行不通!"

"如果你要留下来,那我也——"

"快走啊,该死的!"尼克喝道,"快走!"

"你到底打算怎么做?"

"闭——嘴——快——走!"

凯特在寒冷的黑夜中奔跑,巴格希拉跟在她身边,身边不住颤抖,颈背的毛发都竖了起来,她摸着感觉很扎手。周围的声响震耳欲聋:狗们狂吠不已,泰德对着一个高音喇叭大声叫喊,人们尽可能找出各种东西,一路敲出乒乒叮当的声音,那聒噪之声足以将任何沉睡的人唤醒。

"快离开小镇! 快跑啊! 什么都别带,跑就是了!"

一条狗不知从哪里跑出来,来到了她面前。凯特惊慌地停下脚步,心里有些好奇,要是巴格希拉因为害怕和不解而向那条狗扑过去,自己能否把它拉回来。

那狗摇晃着它那巨大的尾巴。她忽然认出这是纳提·巴波。

纳提低着头,脖子凹成了一个弧形,少见地表现得像只小狗。他向巴格希拉走去,尾巴友好地摇了摇。巴格希拉颈背的毛发渐渐变平;他任由纳特闻了闻自己的口鼻,但他的爪子依然有一半露在外面。

这出哑剧是什么意思?纳特不是应该在执行任务,用叫声把大家唤醒吗?

这时巴格希拉用行动做了总结。他伸长脖子,用脸蹭了蹭纳提·巴波的鼻子。他的爪子收回去了。

"凯特!"有人在后面叫她。她吓了一跳,发现是斯威特沃特尔。

"凯特,你还好吗?"那位高大的印第安女人跑到她身边,"你为什么没——? 噢,对。你不敢让巴格希拉乱跑!"

凯特深吸了一口气,"我以为我不能让它乱跑。但纳特刚刚令我改变了看法。"

"什么?"斯威特沃特尔不解地盯着她。

"要是人类有这只狗一半的洞察力……!"

凯特近乎歇斯底里地哈哈一笑,松开了紧抓着巴格希拉项圈的手。纳提·巴波立即转过身,蹦跳着和巴格希拉一起冲入了黑夜之中。

"凯特,你到底在说什么?"斯威特沃特尔继续问道。

"你没看见吗? 纳提·巴波刚才授予了巴格希拉险境镇自由民的身份!"

"噢,看在——! 凯特,跟我来! 我们只剩几分钟了!"

现在已经没时间阻止大家逃离了;险境镇居民们四散而逃,

循着最短的路径向小镇边缘跑去,然后继续前进,跑到了围绕险境镇的农田之中。凯特气喘吁吁地跑着,腿上被锋利的草和石头划伤了,一条母狗驮着一个尖叫不已的小孩,轻快地从她身边跑了过去;她觉得那应该是布伦希尔德。一根树枝忽然在她脸上刮了一下,她险些摔倒,但一只有力的胳膊扶住了她,使她稳住了脚步,并且扶着她又向前跑了十几步,带她来到了一块空地上。这里有几个浅坑可以供人躲避。

"没必要再往前跑了。"泰德那粗哑的声音从黑暗中传来,"与其跑到空旷处站着,还不如大家挤在一起,躲在坚实的掩体后面。"

又有两个人踉跄着跳进了坑里。其中一个凯特不认识,另一个是那位叫尤斯塔斯·费涅利的餐馆老板。

"大家为啥这么惊慌?"他有些恼怒地问道。

泰德立刻向他解释了一遍,最后看了眼手表,"攻击将在一点三十开始,也就是大概一分半钟之后。"

尤斯塔斯沉默了片刻,然后在无数表示谴责的词汇中选了一个字,简洁地说道:"操!"

凯特惊讶地发现自己忍不住笑出了声。

"很高兴有人觉得这很好笑!"尤斯塔斯咕哝道,"是谁——?噢,凯特!你好啊。尼克也在这儿吗?"

"他不肯来。"她尽可能用平稳的声音说道。

"他什么?"

"他留在了镇里。"

"可是——!你是说没人找得到他,并告诉他会发什么?"

"不是。他……噢,泰德!"

她难过地转过身子,倒在了警长的肩头,痛苦地啜泣起来。

他们听见了远处隐约传来的电动引擎发出的呜呜声,那种引擎马力超强,通常装备在低空短程攻击机上。那声音越来越大。

越来越大。

越来越大。

最困难的办法

致美利坚合众国总统

　情况紧急,最高机密

　先生:

　随此信抄送给您的,是今日零点十四分朗兹军用机场收到的一项指示。据称该指示是您以总司令的身份亲自下达的,内容是对位于美国境内的某个坐标进行核打击。

　该指示由一个供今日使用的一次性密码加密,看上去不会令人怀疑。这极有可能造成一场灾难,尤其可能导致加利福尼亚州的险境镇约三千名平民死亡。我不得不遗憾地告知您,这项任务已经开始,除非奇迹发生,不然将无法及时令其终止(终止任务需要收到国防部第376774P号信号,而该信号将警告海陆空所有军事基地,故对破坏分子可能已经找到了进入数据网的方法)。

　我已经采取措施,对授权本次行动的官员进行惩罚,并尽我自己的职责,向西海岸所有的军事基地发送了关于本次事件的简报。我满怀敬意地建议您，立刻从国家层面展开某些行动。

　　您忠诚的，

维尔伯·H.诺伊格鲍尔将军

情势危急

　　他们看着那架飞机俯冲而来。他们借着推进器周围散发的一圈诡异的蓝光，清楚地看见了那架飞机。推进器正将大量空气吸入电场，那股吸力强力无比，要是有人不小心将手臂伸进去，等几秒之后再拿出来时，他的手臂将只剩下一截残肢。

　　他们也听见了那飞机发出的轰鸣，仿佛预告死亡即将发生的女妖发出的哀嚎。

　　可是当它从小镇上空飞过时……它什么都没投下。

　　等待了一小时后——这期间他们紧咬牙关，双拳紧握，不敢抬头，担心空袭终究还是会发生——险境镇的居民又看到了希望。

　　他们蹒跚地在黑夜中前行，跌跌撞撞地朝家走去，周围尽是孩童的哭泣声。

　　不知怎么回事——凯特后来一直都没想明白——她发现巴格希拉再次和自己走在了一起。走在巴格希拉旁边的是泰德，往前几步是纳提·巴波。

　　巴格希拉正发出咕噜咕噜的声音。

仿佛他对自己被授予了荣誉狗的身份而感到光荣。

泰德小心翼翼地打开"聆听援助"总部的门，凯特和斯威特沃特尔则伸长脖子，向里望张望。他们身后还有六个人——分别是苏兹、尤斯塔斯、乔什、洛娜和布拉德，他们正在寻思自己因何得救——都在不耐烦地等着。

尼克就在里面，双臂抱在胸前，身子前倾，查看着控制台上是否有差错。

凯特从泰德身边冲过，朝尼克跑去，呼喊着他的名字。

他的身子微微一动，舔了舔自己的嘴唇，然后坐直身子，将右手放在太阳穴上。他似乎有些头晕，但看见凯特后，他还是努力露出了微笑，然后朝陆续进门的大伙儿笑了笑。

"成功了。"他用沙哑的声音说道，"我本来都不相信这能成功。我太害怕了，简直怕死了……但我及时做到了。"

泰德在他面前停住脚步，扫了一眼房间。

"你做了什么？"

尼克轻声一笑，指向自己的屏幕。屏幕上，某个叫诺伊格鲍尔将军发给总统的信号正以清晰的文本形式，一遍又一遍地滚动播放着。文字数量太多，那屏幕无法一次性完整显示。

"刚才真是好险。"他继续道，"真的好险。在朗兹当班的那位军官肯定习惯了奉命行事，而不会多问为什么……当我发现那架飞机已经上路时，我差点崩溃。"

斯威特沃特尔从人群中挤出来，眼睛盯着屏幕。

"喂，"她思考了片刻后说道，"那该不会是一个国防部的信号代码吧？"

"当然不是。"尼克站起身来，舒展了一下身子，忍住了打个大呵欠的冲动，"但这似乎是创造一个信号代码的最快办法。"

"最快办法！"斯威特沃特尔后退半步，惊奇地瞪大双眼，然后用手数了起来，"据我所知，你必须用恰当的行话编写信号，找到信号的参考号码，用只能今天使用的密码对其进行加密，通过相应的线路传到朗兹——"

"再给它加上自动解密的标注，以防它像大部分在夜间传输的信号一样被留到白天才处理。"泰德插嘴道，"对吧，尼克？"

"嗯哼。"他同意道，忍住了想要打一个更大呵欠的冲动，"但这并不是最花时间的。我必须要查出诺伊格鲍尔将军家的代码，而该代码在所有二星优先级以下的记录里是查不到的。他对被人叫醒这件事也不是很高兴。"

"而你在不到十分钟之内做到了？"凯特低声说道。

尼克露出一个腼腆的笑容，"噢，现在回头想想，当时每一秒钟都特别漫长。"

苏兹·德灵格努力站直身体，同时向他走去。

"本镇的镇长，"她有些尴尬地说道，"通常不会举行你会在别的城镇看到的那种正式仪式。我们一般不太注重那些虚礼。不过现在这个场合确实该这么做。我不必为此事而征求我的镇民同胞们的同意。任何不同意的人都不是一个合格的险境镇居民。尼古拉斯·肯顿·哈福林格，我很荣幸地以我的正式身份，代表所有人向你致以我们的谢意。"

她伸出手去准备与他握手，却被提前打断了。

纳提·巴波本来像往常一样趴在主人身边。这时他却出人意料地站起身来，用肩膀挤开苏兹，将自己大大的前爪放到了尼克的胸口上，接着用他那宽大的红舌头舔了舔尼克的双颊。

然后他便回到了泰德身边。

"我——呃……"尼克努力吞了下口水,才继续道,"我想这一定就是你们所说的'荣誉称号授予仪式'吧。"

所有人忽然都大笑起来,除了他。凯特也没笑。她用胳膊抱着他,脸上满是泪水。

"之前从未发生过这样的事情,不是吗?"她轻声耳语道。

"至少我不记得发生过。"他柔声回答道。

"你做了正确的事,唯一该做的事……"她搂住他的脖子,将他的耳朵拉到自己嘴边,说出了其他人听不到的字眼。

"有智慧的人!"

这时他吻了她,吻得很深,吻了很久。

提案内容

1号提案:这是一颗富饶的星球。因此贫困和饥饿是不该出现的。既然我们可以解决这两个问题,那我们必须做到。

2号提案:我们是一个文明开化的物种。因此从今以后,任何人都不许以"集体比个体懂得多"为理由去谋取不正当的利益。

公投结果

那么——你会怎么投票呢?